天国までの49日間

～アナザーストーリー～

櫻井千姫

STARTS
スターツ出版株式会社

人は誰しもいつかは死ぬ。

病気だったり、事故だったり、あるいは自殺なんてのも。

死んだらどうなるのか、誰でも一度くらいは考えたことがあるんじゃないかなぁ？

結論から言うと、人間の一生は死んで終わり、じゃない。

死んでから49日間の間地上を彷徨《さまよ》い、その後天国へ行くか地獄へ行くか、自分で決める。

天国に行くか地獄に行くか、決めるのは神様でも閻魔《えんま》様でもない。

自分自身なんだ。

ボクは天使。死んだ後の49日間、彷徨える魂に自分が死んだことを知らせ、49日間が終わった後迎えに行くのが仕事。

このお話は、ボクが関わった魂の中でも印象に残った魂の49日間。

及川聖《おいかわひじり》という、不幸な事件により十七歳で生涯を閉じた魂の物語だ。

目次

天国までの49日間〜アナザーストーリー〜

天国までの49日間

~アナザーストーリー~

男たちの戦場

しんと暗い夜の底で、殺気を抑えたいくつもの影が蠢《うごめ》いている。

元は小さなレストランだったらしい、コンクリ造りの平屋建て。閉店してから十年以上経っているそうだが大人の事情ってやつで今だ取り壊されず、俺たち不良に窓をぶち破られたり、壁にスプレーで落書きをされたり、ゴミで汚されたりしながらも、なんとかまだこうして存在している。街の不良の間ではたまり場として有名だった。住宅街から少し離れているのでよほど騒がなければ警察を呼ばれることはないし、四方を囲んでいるコンクリの壁は大人たちからロクデナシ扱いされる俺らを、優しく包み込んでくれているようだった。

『ボンジュール』。俺たちはこの場所をそう呼んでいた。元はここで営業されていたレストランの名前。俺が知らないずっと昔、レストランとして幾人もの客たちに癒しの場を提供していたこの建物は、時代が移り変わった今でも不良たちの癒しの場であり続けている。しかし癒しのパラダイスはちょっとしたきっかけで、戦場に変わる。

破られた窓のひとつから音を立てないようにして中に入ると、既に十数人不良が人垣を作ってひしめいていた。これから喧嘩を始めようという緊張感のせいで誰も物を言わず、コンクリートの壁に閉ざされた空気は殺気で温まっている。何人かがこっちを振り返り、俺に気づいた栄太《えいた》と雄斗《ゆうと》が手招きする。歩き出すと、自動的に人が動いて道が作られる。俺はこいつらのリーダー、古い言葉で言えば番長だ。つまり我が東高の代表、この町を二分する二大勢力の片方の、いちばん偉い奴ということになる。

「……待たせたな」

東高の連中が作る人垣のいちばん前に出て言うと、ちょうど俺と向かい合う形になった到《いたる》がガムをくちゃくちゃさせつつ、唾を吐くような顔をして眉を持ち上げる。到の後ろには西高の奴らがずらっと並んでいる。人数は東高・西高どちらも七人、ちょうどいい勝負になりそうだ。俺が前に出るだけで西高の奴らの目にかあっと火が噴き上げる。しかし、睨み合いではこちらも負けていない。栄太も雄斗も、その他の奴らも、ついこの前中学を卒業したばかりの一年たちも、それぞれ自分がいちばん怖く見えると思われる顔を作って、ガムをくちゃくちゃやってる到を睨みつけていた。

「おっせーんだよ聖！　九時開始っつっただろうが、二十分も過ぎてんぞ」

「不良のくせに細けぇこと気にしてんじゃねぇよ、そんなんだからお前の頭、高二にしてつるっぱげなんだろうが」

「これはスキンヘッドだ、わざと剃ってんだよ」

到がぷっとガムを吐き出す。唾がここまで飛んできて、頬がちらっと濡れた気がする。俺の両側にいた栄太と雄斗が顔をしかめ、両者の殺気がにわかに高まる。危うく始まりそうになっている雰囲気だが今にも到たちに飛びかかっていきそうな栄太に落ち着け、と目配せをし、例のアレとささやく。興奮していた栄太がはっと落ち着きを取り戻し、ジーンズの後ろポケットに入れて八つに折りたたんでいたそれを俺に渡す。ゲタ箱に突っ込まれていたため、紙の端が少し汚れている。折りたたまれたものを開き、西高から送りつけられた「挑戦状」を読み上げる。

「挑戦状！　もとじつを以って、我が西高生は東高の手からボソジュールを取り戻す！　いつまでもボソジュールがお前らの天下だと思うな！　今夜九時、ボソジュールで待つ！　……ほー、やってくれんじゃん」

挑発するようにわざと口元をにやつかせ、ルーズリーフに書かれた「挑戦状」をひらひらさせると、西高サイドからヤジが飛んでくる。

不良の人気スポットであるボンジュールは、その高い人気ゆえ長い間東高と西高の抗争の原因になっていた。どちらの高校にもそれぞれ縄張りがあり、町のゲーセンや喫茶店がしばしば「どちらのものか」で揉めるのと同じように。一年前、それまで三年間西高の縄張りだったボンジュールを、喧嘩によって俺たち東高の手中に収めたもつかの間、今到たちは再びボンジュールをその手のものにしようと、迫ってきている。

殺気立つ西高の連中の中で到は一人超然としていて、余裕の笑みさえ浮かべていた。

「聖、お前やっぱバカだな。もとじつってなんだよ。本日だろうが、ほ・ん・じ・つ」

さすがの俺も嫌味ったらしいその言い方にカチンと来て、頭の中心温度が一気に五度ぐらい上がった。今度は東高サイドが到にヤジを飛ばす中、俺は笑って言ってやった。

「はっ、バカはお前だろ？　ボソジュールって何だよ。ボンジュールだろ。お前、カタカナも書けねぇのか？　ンとソの違いもわかんないんでちゅかぁ」

「なんだと」

到のスキンヘッドがトマトみたいに真っ赤になる。両者、一気にヒートアップ。嵐のように吹き荒れるヤジ、じりじり距離を詰める両者。指を鳴らすポキポキという音があっちからもこっちからも聞こえてくる。

夜の底で俺たちは燃え上がる。喧嘩が始まる直前の、この雰囲気が俺は大好きだ。熱く煮えたぎった血に突き動かされ、喉をいっぱいに開ける。

「野郎ども、かかれえっ!!」

俺と到はほぼ同時に叫んでいた。

戦場に乗り込む女

なつきから電話がかかってきたのは夕ご飯を食べ終わって、これからお風呂に入ろうって時だった。

「それ、ほんとにひーくんたちなの？　間違いない？」

『うん、さっき家の前通り過ぎてった自転車が打倒及川聖!!　って叫んでたもん。どうせまた、西高生でしょ？　あの学校、バカが多いから』

「それ言ったら、ひーくんたちも十分、おバカさんなんだけどね」

言いながらふーっ、大きなため息が出ちゃう。まったく、高校二年生にもなって喧嘩なんて、何やってるんだろう？

なつきは街外れの今は廃墟になっている元レストラン『ボンジュール』の近くに住んでいて、ボンジュールでひーくんたちと思われる不良が暴れてるのを見つけるたび、こうして電話をくれる。電波の向こうで椅子から立ち上がる音がして、カーテンを引く音が続いた。高台にあるなつきの家の二階からは、ボンジュールの建物が見下ろせる。

『中、なんか騒がしいなぁ。ここまで聞こえてくるし。建物の前にいっぱい自転車停まってるのも見えるもん』

「しょうがないなぁもう、ひーくんってば。わたし、止めてくる」

『大丈夫？　心菜《ここな》一人で』

「大丈夫。あの人たち、見た目はちょっと怖いけど女の子には優しいもん」

『女の子ってか、美少女に優しいんだろうね。そりゃ、心菜みたいな可愛い子に喧嘩なんかやめてーって言われたら、やめちゃうわ』

電波のあちら側とこっち側でくすくす笑いながら、携帯を持ってないほうの手で支度をする。自転車の鍵、たぶん使わないだろうけれどお財布。きっとケガをしてるはずだから、ばんそうこうと救急セット。七月にしてはちょっと肌寒い日だから、Tシャツの上にパーカーを羽織る。電話を切るなり部屋を飛び出し、玄関で靴を履いているとお母さんが近づいてきた。

「こんな時間にどこ行くの、もう九時過ぎてるわよ」

「ひーくんが喧嘩してるっていうから、止めてくる」

「また？　あの子も喧嘩さえしなければ、いい子なのにね」

って、お母さんも呆《あき》れてる。ひーくんは何度もうちに来てるから、お母さんとも顔見知り。美人親子だとか二十代に見えるとか下手なお世辞を並べるひーくんを、お母さんは結構気に入ってくれてるみたい。不良だからって他の大人みたいに頭ごなしに否定しない、そこがうちのお母さんの素敵なところだ。

「しょうがないわね。明日も学校なんだし、あんまり遅くならないようにするのよ」

「はーい、行ってきます」

お母さんにちらっと手を振って、走り出した。うちのマンションはエレベーターがないから、一階まで一気に駆け下りる。自転車置き場に停めておいた愛車にまたがり、いざ発進！　まったく、不良の彼氏ってほーんと、世話が焼けちゃうな。

ボンジュールは町外れの荒地みたいな一角にある。住宅地かなんかに開発しようとして不況の影響で中途半端に止まっちゃったって感じの、茶色い土がむき出しになって広がってる場所。近くを細い川が流れていて、岸にびっしり茂ってる葦が夜風に吹かれてザワザワささやくのが聞こえてくる。なつきが言ってたとおり、ボンジュールの前には自転車が何十台もずらりと停めてあって、街灯の光がステンレスのボディを銀色に光らせている。わたしも端っこに自転車を停めて、うらーとかおらーとかいう声が響き、殴ったり蹴ったりしてるような音が続く建物に近づいていった。もう慣れてるから、別に怖いとは思わない。

「みんなやめなさーい!!」

破れた窓のひとつから顔を出して叫ぶと、次の瞬間、殴り合ってもつれあってた影がぴたっと静止して、不良たちが一斉にわたしを見る。電気の通ってない建物の中、天井にいくつかぶら下げられた懐中電灯が、男の子たちのまだ幼さの残る顔を照らしていた。わたしはすぐ、人ごみの中で笹原《ささはら》くんともみ合った格好のまま、こっちを見てぎょっと目を広げているひーくんを見つけた。

ひーくんは可愛い顔をしている。小学校の頃に自転車で転んだ痕だっていうほっぺたの傷はちょっと怖いけれど、睫毛の長いくるくるしたつぶらな目も丸い形の鼻もピアスがあんまり似合わない口元も、子犬か小動物に見えてほんとに可愛い。背の低さをごまかすため、ブリーチを繰り返した金髪はワックスでツンツン逆立ててあって、ハリネズミの背中みたいになっている。

「ひーくん、これどういうことなの⁉　喧嘩はダメって、わたし言ったじゃない！ひーくんだって約束するって言ってくれたよねぇ⁉」

窓から中に入り、ひーくんに向かって歩きながら言う。数秒前まで喧嘩に夢中だった男の子たちが、慌てて道を開けてくれる。ひーくんの彼氏であるわたしは、ひーくんの仲間から見ればいわゆる「姐さん」ってポジションに当たるらしい。だからただの女の子でも決して乱暴には扱われず、一目置かれてるみたいだ。ひーくんはもみ合ってた西高のボスの笹原到くんからおずおずと体を離し、わたしをまっすぐ見れずに俯いた。丸い目が叱られた子どものように足元で彷徨《さまよ》っている。

「だって、しょうがねぇだろ……こいつが挑戦状送ってきたんだから」

げた。

　ひーくんの指が笹原くんを指差し、笹原くんが「何だよ俺のせいかよ！」と声を上げた。

「ひーくん、ひとのせいにしちゃダメ。先にどっちがけしかけたかなんてどうでもいいの、喧嘩両成敗って言うでしょ」

「は、はい」

「で、原因は何なの？　その挑戦状っていうの、見せてみてよ」

　ひーくんは少し迷う顔をした後、ジーンズのお尻のポケットの中でくしゃくしゃになってた一枚のルーズリーフを取り出して、広げながらわたしに差し出した。

　な、何コレ……ボンジュールがボソジュールになってるし、文章も喧嘩の動機も小学生レベルじゃない!!　このおもちゃは僕のものだー、いや僕のものだー、なんてやってるお子ちゃまと全然変わらないよ!?　わたしは挑戦状をビリビリ引き裂いてやった。

「ああっ心菜何やってんだよ、そんなことしちゃって」

「こんなくだらない挑戦状は、破り捨てます!!　そんなことで喧嘩なんて、何やってるの!?　誰かがケガしたり、おまわりさんを呼ばれたら大変なことになるんだよ!?　高校退学とかなったら、みんなのお母さんだって泣いちゃうよ!?」

　ひーくんだけじゃなくて、ここにいるみんなに向かって言った。さっきまで殴り合ってた男の子たちが、そろってしーんと下を向いている。普段は強がってても、みんな基本的には素直ないい男の子たちだ。

「でもさ心菜、実際、問題なんだよ。ここをどっちの学校の奴が使うか」

「そんなの、週ごとに代わりばんこにしたらいいじゃない。一週間ごとに東、西って回していけばいいの。もし破った人がいたら、その時は二度とここを使えないってことでどう？」

「なんか、このおもちゃは交代で使いなさいって言われてる子どもみたいなんだけど」

「ひーくんたちがそんなレベルの喧嘩してるんでしょう!!」

ひーくんも誰も、言い返さない。うん、これでいいか。一応みんな、納得してるみたいだし。仕上げにひーくんの腕を引っ張り、隣でそっぽを向いている笹原くんの腕も引っ張る。

「ほら、仲直りのしるし！　握手して!!」

「えー嫌だよ、こいつの手ぇ握るなんざ、気持ち悪ィ」

「一瞬でいいから！　わたしの目の前で握手して、二度と喧嘩はしないって誓って!!」

二人ともさんざん文句を言ったけど、結局互いの手をきゅっと握り合い、声を合わせて「もう二度と喧嘩はいたしません。これからはお互い仲良くしましょう」って、

（棒読みだったけど）言ってくれた。よしっ、これで一件落着!!

「おい心菜、これで気が済んだか？」

「うんっもう満足！　ひーくんも笹原くんも、ほんとにもう喧嘩しちゃダメだからね？」

「わかってるってば」

その時、少し遠くでウーと高い音がした。あれは消防車？　ううん、それともパトカー……？

「やべっ、サツ来たぞ!!」

誰かが言った。

不良たちは文字通り蜘蛛《くも》の子を散らすように、一斉に逃げ出す。

わたしもひーくんに手を取られて、ほとんど引きずられるように走った。

事件

　心菜と栄太と雄斗を連れて、ボンジュールからチャリで五分の公園へ逃げた。この公園は長い坂道の途中にあって、すべり台の上からはボンジュールの建物が見下ろせる。四角いコンクリート製の廃墟がパトカーの赤い光に照らされ、黒一色で塗りつぶされた夜の街にぽっかりと浮かんでいた。

「次っ！　ひーくん！」

　順番に傷の手当をしていた心菜がベンチから俺を呼び、俺はアルミ板の上をダンダンダン！　と走ってすべり台を下りる。顔にばんそうこうを貼られたちょっと間抜けな顔の栄太と雄斗はブランコに腰掛けていた。

「いってー、しみる！　ちょ、心菜、もっと優しくやってくれよ」

「男の子でしょ、これぐらい我慢して。嫌ならもう、喧嘩しない！」

「はいはい」

　心菜に叱られてる俺を見て栄太と雄斗が声をひそめ、ぷっと笑う。横目で睨《にら》むと二人ともツンとすました、真面目な顔になった。

「みんなにメールしたけど、うちの高校の奴は全員無事だって。誰も捕まってない」

栄太が携帯をいじりながら言った。両耳を飾る計五コのピアスが公園の外灯の光を浴びて、テカテカしている。隣で雄斗がくるっと首をこっちに向ける。茶色でも金でもなく、ハイビスカスみたいな真っ赤に染めた髪は夜でもよく目立った。

「なんか、俺らの近くで影山《かげやま》が暴れてたんだって。あのパトカー、俺らじゃなくて影山を追ってたらしい」

「で、影山は？」

「いやどうも、逃げちまったらしいですよ、ボス」

ふざけた調子で敬語を使い、ニッと欠けた前歯を見せる。俺は心菜が消毒している腕の痛みを我慢しながら、フンと「ボスらしく」頷いてみせた。

影山はこの街の不良の間では有名な男で、なんでも少年院に入ってたことがあるらしく、ほんとかどうかわからないが「俺は人を殺したことがある」みたいなことを言って回ってる。どうせハッタリだとは思うけど喧嘩の腕は確かなようで、影山にアバラを折られたとか前歯を持ってかれたなんて噂は絶えない。俺は直接当たったことはないが、なんとなく妙な雰囲気はあるし、ちょっとあなどれない男なのだ。

「ねーねー、誰なの？　その影山って人」

「こっちの話だよ。心菜は関係ない」

「あっまた喧嘩の相談でしょ。ダメだからね」

「違うってば」

俺と心菜のやり取りをくすくす笑って見ていた栄太と雄斗が立ち上がり、公園の入り口に停めておいたチャリに向かって歩き出した。

「じゃ俺ら、もう帰るわ」

「あとは二人でドーゾ。おアツいカップルの邪魔はしませんよう」

「何言ってんだよお前ら！」

でかい声を出したら傷口を濡らす消毒液がツンと神経を刺激して、喉が一瞬固まった。

栄太と雄斗の自転車が坂道を下りていき、タイヤがアスファルトを滑る音も聞こえなくなった頃、俺の傷の手当ても終わった。心菜がばんそうこうや消毒液をポーチの中に片付けながら、やれやれとため息をつく。

「まったく、ひーくんはどうしてもう、すぐ喧嘩なんかするかなぁ」

「しょうがねぇだろ。俺、東高のボスなんだから」

「ボスとか学校同士の喧嘩とか、そんなのやってるの今どきひーくんぐらいのもんだよ。もう、ほんっと子どもっぽい。ひーくんは楽しいのかもしれないけど、わたしは本気で心配してるんだからね？」

すねたような言い方。白い横顔にはうっすら涙が浮かび、長い睫毛の端っこを濡らしている。心菜は、可愛い。中学の時も高校生になった今も、学校でいちばん可愛かった。惚れてるからってのもあるけれど、そこを差し引いても心菜は実際、かなり人目を引く美少女だ。学校にファンクラブだってあるらしいし、俺と歩いていて芸能事務所のスカウトに声をかけられたこともある。

そんな心菜に悲しい顔をされると、俺は弱い。

「でも、それもあとちょっとの間だけだよ。秋になればボスは交代だ、今の一年の中からタイマンで選ぶんだけどさ。そうなったらもう、俺らは引退」

「そうなの!?」

「そうなの。うちは毎年きっちり、高二の秋に引き継ぎがあるんだよ。うち、一応進学校だから、その後は受験に集中しようってわけ。まるで部活みたいだろ」

そう言って笑うと心菜の両目からどっと涙の粒が噴き上げてきて、華奢《きゃしゃ》な体が俺に飛びついてきた。いきなり抱きつかれて、ちょっと驚いた。でも柔らかい感触と甘い体温が嬉しくて、俺は細い背中をそっと撫でてやる。

「ごめんな、いつも心配ばっかかけて」

「ほんとだよ。わたしだけじゃないよ？　ひーくんのお父さんだってお母さんだって、どれだけ心配してるか」

「そうだよな……」

今日も家を出る時大喧嘩してしまった。オヤジとオフクロの顔を少し思い浮かべた。どうせ喧嘩しに行くんだろ、ってなじるように言うオフクロと、今にも俺につかみかからんばかりの勢いで「不良なんかに育てた覚えはない!!」って怒鳴るオヤジ。オヤジと殴り合いの喧嘩になるのもオフクロの小言もすっかり慣れちゃってたけど、ほんとに俺、だいぶ心配かけてんだろうな。いつ大ケガして帰ってこないか、問題起こして高校クビにならないか、気が気じゃないんだろうな。ウザいと思ったことも親なんていらねぇって思ったこともある。でもこんなロクデナシの不良でも見捨てないでいてくれる二人には、なんだかんだで感謝してるんだ。そんなこと、絶対に口に出せねぇけど。

「俺、これからは真面目になる。秋になって引退したら、もう不良は終わりだ。勉強もきちんとやって進路のことだって真剣に考えて、自分のやりたいこと見つける。心菜に心配かけないようにする」

「ほんと?」

「男に二言はねぇーよ」

ニッと笑うと心菜は泣き笑いみたいな顔になって、俺は指の腹で目の縁に溜まってる涙を拭ってやった後、つやつやした桜色の唇にキスを落とした。薬用リップクリームのとがった味がした。

まずは優しく、それから少し激しくキスをする。舌を伸ばしてやわらかい頬の内側を探ると、あふれた唾液が顎を伝う。心菜がちょっと苦しそうに息を漏らす。やべー止まんねー。キスだけじゃ我慢できなくなってきた!!

行くべきところに行こうとした俺の手を心菜は慌てて握って止め、そしていそいそと身体を離した。白かった顔が真っ赤に火照《ほて》っている。

「だっダメだよこんなところで！　ひーくん、何考えてるの!?」

「こんなところじゃダメだったら、こんなところじゃなかったらいいのか？」

「どういうこと？」

「行くか？　ホのつくところ」

心菜がもっと真っ赤になって、下を向いた。付き合ってもう二年近く経つのに、反応が相変わらず初々しい。こういうところがめちゃくちゃ、好きだったりする。

「だっダメ！　十八歳未満はそういうところ入っちゃいけないの！　知らないの!?　だいたい、もう十時近いじゃない！　高校生はもう家に帰る時間だよ!?」

「ったく、心菜はほんっと真面目だよなぁ。不良と付き合ってる割には」

「ひーくんがこんなんだから、わたしがしっかりしなきゃなの!!」

ぱんぱん、とスカートの裾を払いながら立ち上がって、心菜がはっと息を止めた。視線が公園の入り口で静止している。

車止めを跨ぎ、並んで停めた俺らの自転車を避けるようにして公園に入ってくる人影。Tシャツにジーンズ、身体の大きさからするとたぶん男。公園の外灯に照らされ、何もないのっぺらぼうの顔が浮かび上がる。一瞬息が止まる。いや、のっぺらぼう、じゃない。銀行強盗がするような真っ黒い覆面を被っているんだ。

一歩一歩、おもむろにこっちへ近づいてくる男の右手には、金属バットらしき長いものが握られていた……。

それを、獲物を捕らえる鬼のように大きく振りかざした。

「心菜！」

叫びながら、心菜の手を取って走り出した。同時にそいつも動いた。重そうな武器を持ってる割に、意外と素早い。ぶん、ぶんと金属バッドが空気を切る音が不穏に鼓膜を叩《たた》く。この公園は俺らの自転車が並んで停めてある入り口のほか、もうひとつ入り口がある。心菜を連れてそっちに向かって走ったが、男のほうが足が速い。

「ひーくん……！」

心菜が不安に満ちた声で俺の名前を呼んだ。

咄嗟に何か攻撃出来るものを探すと、空き缶やペットボトルが詰められたゴミ箱が目に入る。いったん心菜から手を離してゴミ箱を持ち上げ、中身ごと男に向かって投げた。俺の予想外の動きを読めなかった男はあっさりゴミ箱から飛び出した空き缶につまずき、ドサッ！　と傢か何かが倒れたみたいな音がした。

呆気に取られてる心菜の手を取って公園の前の路地に出る。この坂道は降りればボンジュールのある荒地に続き、上れば急カーブが続くクネクネした山道だ。一日を通して人通りの少ない道で、十時近い今もしんとしている。助けを呼んだところで誰も来てくれないだろう。

「心菜、逃げろ！　あいつはたぶん頭のおかしい通り魔だ！　逃げるしかない！」

「ひーくんは……」

「俺があいつを引き付ける！　心菜はこの坂下りて、橋場《はしば》ん家に逃げ込むんだ!!　二人別々の方向に行こう!!」

橋場なつき。心菜の中学時代からの親友で、ベリーショートがトレードマークのサバサバした男っぽい子。その子の家はこの坂道を下りる中にあったはずだ。ベストな選択をしたはずなのに、心菜はぎょっと目を見開いて恐ろしげな表情になる。

「そんな……嫌だよ、ひーくんと離れるなんて」

「俺は大丈夫だ、とにかく心菜の安全が絶対だから！　早く逃げろ!!」

「でも……」

「それしかねーんだよ!!」

公園の入り口にぬっと頭を突き出した覆面の顔を見つけ、俺は心菜を突き飛ばした。

突き飛ばされた瞬間、心菜は真ん中から真っ二つに割れそうな顔をした。

「ほうら！　おめーが狙ってるのは俺だろ⁉　こっち来いよ、お尻ぺんぺーん‼」

挑発して走り出すと、覆面男はまんまと俺を追いかけ、坂を上りだす。覆面男の遥か向こうに、一目散に坂を下りていく心菜の後ろ姿が見えた。正しいことをしたはずなのに、胸がギリリと痛んだ。あいつは今、きっと泣いている。さっさとこの通り魔をなんとかして、心菜の涙を止めてやらなきゃいけない……。

坂を上りきったところにはオレンジ色の外灯でぼんやりと中を照らされたトンネルがあって、ここは心霊スポットとして有名だった。なんでも夜通ると女のすすり泣きが聞こえるとか、血まみれのゾンビに追いかけられるとか、下半身がないおかっぱの女の子がケタケタ笑いながらついてくるとか……。いかにも怪しげな雰囲気の場所で、幽霊だのオバケだのあまり信じてない俺でも、そして不良のボスでも、夜はあまり通りたくないところだったが、今はとりあえず通るしかない。トンネルに入った途端、足音が壁と天井に反響して大きくなる。

すぐにもうひとつの足音が聞こえてきた。坂の上へ引き付けたのは相手の速力が落ちることを期待したからだったのに、上り坂にも関わらず全然こいつはスピードを落とさない。予想以上の体力にチッと舌打ちした途端、俺は何かに足を取られてすっ転び、反射的についた両手のひらを思いっきりすりすりむいた。変色してぐちゃぐちゃになったダンボールが落ちていた。トラックの荷台か何かから転げ落ちたやつだろう。

急いで起き上がろうとするがその前に足音に追いつかれる。もう戦うしかない！

大丈夫、喧嘩ならこっちは専門家だ……振り下ろされたバットを反射的に交差させた手首で受けた。骨がはじけるような痛みが皮膚の下でふくれ上がった。すぐに来るもう一発を避け、ふらふらする身体でなんとか立ち上がる。柔道の要領で足を払うと覆面男は俺の不意の攻撃にすっ転び、そのまま落ちた上半身を押さえ込もうとするとやけくそのように振り回されたバットが肩に当たる。衝撃が背骨まで貫いて、今度は俺がアスファルトに崩れてしまう。

顔を上げた時、覆面男は既に立ち上がっていた。バットが振り上げられ、表情のない顔が俺を見下ろしている。

「ゆ〇〇〇〇だ」

はっ？　今なんて言った？　いやそれより俺も立ち上がらないと。バットを避けて立ち上がって、こいつのわき腹に二、三発お見舞いして、それから。

間に合わなかった。

ドゴッ、と重い音がして、それが俺の最期の感覚になった。

行方不明

　途中から、どこを走ってるのかわからなくなっていた。走ったのと怖いのとで心臓はバクバクで今にも破裂しそうだし、涙で目の前がよく見えない。

　止まった途端、どっと汗が噴き出してくる。足音が聞こえないことを耳で確認して振り返ると、ところどころ外灯に照らされてるアスファルトが地面に横たわっているだけで、覆面男もひーくんも見えない。坂はとっくに下りきって、なつきの家は通り過ぎちゃってた。わたしが立っているのは、荒地に伸びる一本のアスファルトだった。道の両側は家を建てることが予定されていた更地が続いてる。少し遠くにボンジュールの建物も見える。

　スカートのポケットから携帯を取り出し、ひーくんにかける。トゥルルルルルルルル、呼び出し音がやけに長い。一回、二回、三回……二十回目の呼び出し音を聞いたところで、携帯のフリップを閉じた。ひーくんはきっと今、電話が出来ない状況にあるんだ。もしかしたらまだ覆面男から逃げてるのかもしれない。今まさに、金属バットを振り回すその人と戦ってるのかもしれない。ううん、もっと最悪なことだってありえる……!!

「いやっ!!」

一人で小さく叫んで、走り出した。もと来た道を戻るのは覆面男に近づくことだから怖かったけど、それ以上にひーくんが失われちゃうかもしれない、その現実のほうが恐ろしかった。めちゃめちゃ怖いし、まだ頭の中がぐるぐるして状況がよくわからないけれど、わたしが助けを呼べばひーくんは助かるかもしれない。逆に言えば、今ひーくんを助けられるのは、わたしだけなんだ……!!

「こっ心菜!? どうしたの!?」

ドアが開くなり、玄関に倒れるようにして入ってきたわたしを見て、なつきが声を上げる。その後ろからなつきのお父さんとお母さんも出てきて、ぼろぼろ泣いてるわたしを見て、どう声をかけたらいいのかわかんないって顔をしていた。

「どうしたの心菜、泣いてちゃわかんないよ!?」

「うっ、うえっ……ひーくん、がぁ……」

「えっ何、ひーくんがどうかしたの!?」

なつきの顔を見た途端嗚咽《おえつ》が喉を突き上げて、しゃべろうとしてもうまくしゃべれない。それにわたし自身、今何が起こってるのか、まだよくわからずにいる。

あの覆面男は誰なの？ なんでバットを持ってわたしたちに向かってきたの？ ひーくんが言ってたように通り魔？ どうしてそんなことをする必要があるの？ な

んでわたしとひーくんが、襲われなきゃいけないの……??

混乱した頭に、聞きなれた着メロが届く。わたしの携帯だ。なつきがはっとした顔をして、わたしの代わりにスカートのポケットから携帯を出してくれた。サブディスプレイにお母さんの名前が見える。なつきから携帯を受け取り、フリップを開けた。

「もしもし……」

『心菜!? 今どこにいるの!? メールしても返ってこないし……早く帰ってきなさいって言ったでしょう、こんな時間まで何してるの!?』

ちょっと怒った声。生まれた時からいちばんたくさん聞いていたその声が、昼の間に流れ込む涙の味を変える。そう、わたしは一人じゃない。なつきも、お母さんもいてくれる。

「あの、ね、お母さん……」

わたしはなつきとその家族の目の前で、お母さんに今起こったことを話した。なつきの顔がみるみるうちに青ざめていった。

なつきのお父さんが警察を呼んでくれた。パトカーはまだぼろぼろ泣いてるわたしを乗せ警察署に向かい、そこでお母さんと合流。大好きな顔を見た途端、わたしはお母さんの胸に飛びついて、子どもみたいにわあわあ、声を上げてしまった。でもそれでようやく、怖くてわけがわからなくてごちゃごちゃしていた胸の中が、少し落ち着いた。

警察署の中は廊下をバタバタ走る音がひっきりなしに響くし、人の話し声もやまないし、夜中だっていうのに慌しい。

「何かあったんですか？」

お母さんが聞くと、わたしとお母さんを連れて部屋に案内していた刑事のおじさんは、なんだかハナにつく笑顔を浮かべて「いえ、いつもこんな感じです」と早口で言っただけだった。お母さんは顔に出さないようにしてたけど、ちょっとムッとしているようだった。

事情聴取っていうから取調室みたいなところに連れて行かれるのかと思ったら、意外にも事務机が並べられたフロアの隅っこ、向かい合って設置された長ソファーの片方に座らせられて、きちんとお茶まで出されてしまった。でも、丁寧だったのはここまで。おじさんはメモを取りながら、一生懸命しゃべるわたしにふんふんと顎の先で頷くだけで、さっきのハナにつく笑顔までうっすら浮かべてる。まるで、夜中にバットを持った覆面男に追いかけられた、それがどうしたって感じで。

「……それで、ひーくんの言う通りにわたしは坂の下へ、ひーくんは坂の上へ逃げたんです。こっち来──いって挑発なんかして、自分のほうに引き付けて……」

「どうしてそんなことをしたんだろうねぇ？」

「決まってるじゃないですか、ひーくんはわたしをかばってくれたんです」

「ふーん、君をかばった、か。いい彼氏なんだねぇ」

褒めてくれてるけれど、ムカつく言い方だった。ちょっと、さっきから何なのこの人⁉　ひーくんが今大変な目にあってるかもしれないこと、わたしがすっごくひーくんを心配してくること、全然わかってくれてない‼

「あの、なんなんですか、さっきから」

我慢できなくて、ついに言っちゃった。おじさんがぴくんと顔を上げ、お母さんが心菜、とわたしを制そうとする。でもわたしは止まらない。

「なんなんですかその態度、ヘラヘラ笑っちゃって」

「……」

「あなたにとってはひーくんはただの赤の他人なんだろうけれど、わたしにとっては大事な彼氏なんです。その彼氏が今頃痛い思いをしてるかもしれない、ケガをして動けないかもしれない……そんなわたしの気持ち、どうしてわかってくれないんですか‼」

三人の間にとがった沈黙が広がる。廊下を行きかう慌しい足音が、よりいっそう、大きくなる。ごめんなさいの言葉を期待して待ってるわたしの前で、おじさんはプッと笑った。えっ、笑った？

「まったく、何を言い出すんだ。子どもがえらそうに」

「……!!」

「そもそも高校生が夜中に出歩いてるから、こんな変な事件に巻き込まれるんだろう？　大事な彼氏っていうけれど、大人からみれば単なる不良少年だ。君からみれば彼は君を守ってくれたんだろうが、警察からしたら君はとんでもない彼氏のせいで変な事件に巻き込まれたんだよ」

ムカついて、呆れて、言葉も出ない。この人のハナにつく態度の理由がわかった。おじさんはひーくんが不良だから、こんなことになったって思ってる。そしておじさんは、ひーくんみたいな不良が嫌いなんだ……。

「君にはまだわからないだろうけど、世の中にはいろんな人がいる。そして夜には特に、変な人が多くなる。だから夜に出歩いて事件にあうなんてのは、自業自得なんだよ、君」

「……」

「お母さんも、しっかりして下さい。こんな時間に娘さんを一人で外に出すなんて、そもそもが非常識ですよ」

「……すいません」

お母さんは素直に頭を下げたけど、声が震えていた。

この人はきっと、正しいことを言ってるんだと思う。わたしにはまだわからないって言うけれど、それぐらいもう知ってる。新聞、テレビ、インターネット。わたしぐらいの子どもが巻き込まれた事件のことなんて、毎日のように報道されてるから。

でも、いくら正しいことでも、それはこの瞬間わたしに向かって言うべきことじゃない。

わたしにとってひーくんがどれだけ大事なのか、その大事な人がこんなことになって、今どれほどわたしが心配しているか。この人はちっとも、わかってないんだ……!!

何も言えずに膝の上でぎゅっと手を握り締めていると、このおじさんよりだいぶ若い別の刑事さんがこっちに駆け寄ってきて、「魚住《うおずみ》さん、ちょっと」とおじさんに耳打ちした。わたしとお母さんに短く断って席を離れたおじさんは、数分後戻ってきた時、さっきまでとはまったく違うこわばった顔をしていた。

「どうしたんですか……？」

出した声が、震えてた。なんだかものすごく悪い予感がして、お腹の底がぎゅっと狭くなる。おじさんはわたしから目を逸らさずに言った。

「先ほど、峠を走行していた車からの通報により、少年の遺体が発見されました」

少年、遺体……耳に届くなり、言葉はばらばらになって消えていく。心臓がドクドクと激しくわたしを揺さぶり、おじさんの顔が急に遠くなる。まさかという思いとそんなわけないと打ち消す思いとが、ぶつかり合う。おじさんは一言一言はっきり、ゆっくり言った。

「彼のズボンに入っていた携帯電話で、ただちに身元が特定されました……芹澤《せりざわ》心菜さん。あなたが探している、及川聖くんでした——……」

何も見えなくなりそうな目の裏にふわっと一瞬ひーくんの笑顔が浮かんで、消えた。

死んじゃった

白い光の中にいた。

上、下、右、左。

どこを見ても、白しかない。

俺はマジで何にもない真っ白い世界の中に、ぽっかり浮いていた。

なんじゃ、こりゃ。夢なのか？　いや、夢にしたって変すぎるだろ、こんな。

「どこだここ」

思わず口にした俺に答えるように、声がした。耳を通さずに頭の中に直接入ってくるみたいな、妙な響きだった。

「気がついた？」

「なっ……なんだお前!?」

不良の条件反射で思わずファイティングポーズをとりながら叫んだ俺を見てそいつはぎょっと目を見開き、そして呆れたように頭をぽりぽりとかいた。

それにしても、変な野郎だ。見事に輝く長い金髪に、透けそうな真っ白い肌。彫刻みてーな整った顔をしていてものすごい美形だが、着ているものが変ちくりんだ。白い学ランとか、何のマンガのコスプレだよ。

「ふ、フザけた格好してやがんなお前」

「フザけた格好って。一応、これがユニフォームなんだけど」

「いやそれがユニフォームって、おかしいだろ。その顔といいその髪といいその真っ白い服といいまるで天使じゃん……んっ天使？　……え、あ……あああっ!!」

叫んだ途端どっかに閉じ込められてた記憶が一気にあふれ出して、パニックになった俺はすっとんきょうな声を上げた。目の前のやったらきれいな男はそんな俺を見て面白そうにニヤニヤ笑ってる。何だよ。そんなにおかしいかよ。自分が死んだことに気づいてパニくってる人間がそんなにおかしいかこのヤロー!!

……いや、死んだ、じゃない。俺の記憶が間違ってなければ、俺はただ「死んだ」んじゃない。あのわけのわからん覆面ヤローに、殴り殺されたんだ……!!

「えーと君の名前は、及川聖。一九九一年五月三日生まれのB型。ど、あってる？」

ポケットから手帳らしきものを取り出して読み上げる天使（と思われる男）。ヤツに見つからないようにこっそり手の甲をつねってみた。いてー。夢じゃねぇ……。

「彼女の名前は、芹澤心菜。中三の頃からの付き合いで、君みたいな不良には勿体無いそれはそれは可愛い子。君自身はろくでもない不良で、地元では有名な喧嘩バカ」

「バカって何だよバカって、おめー初対面の奴に向かってそれはねーだろーが天使は礼儀を知らないのかよ！」

「ほうら、そういうとこがバカっぽいの。単純で、喧嘩っぱやくて」

「なんだと!?」

「まぁまぁ、とにかく人の話は聞きなさい。ちゃんと聞かないとこれから49日間、やってけないよ？」

「は？　49日？」

ちょっと変な声になった。天使はまだほぼ何もしてねーっつーのに、あー疲れたーとか言いながら肩をコキコキやっている。こいつ、天使だろ？　聖職者（たぶん……）だろ？　さっきからふざけすぎじゃねぇか？　思いっきりひとをバカにしてるじゃんか。

「知らない？　人間界でも有名な話らしいんだけど。死んだ魂は49日間この世、つまり君たちの世界にいるって」

「そういや、小学校の時死んだじいちゃんが言ってた気がするな、そんな感じのこと」

「そう、それと同じ。つまり君はこれから49日間、魂だけの姿、すなわち君らの言葉でいう幽霊となって地上で過ごすことになる。そして49日の後、ボクがまた迎えにくる。その時に聞く、天国に行くか地獄に行くか」

「はっ何？　俺が決めるのか？」

「そう、決めるんだよ。自分を裁くのは、自分自身だ」

天使がにっと口角を持ち上げて、その顔は天使っつーかむしろ悪魔を思わせて、背筋がヒヤリとした。自分を裁くのは、自分自身……重い言葉に、自分の肩に乗っかってるものの大きさ、そして自分が死んでしまったことを改めて実感する。

ちくしょう。俺、死んだのか……たった十七で……！　なんでまた、いきなりそんなことになるんだよ。ついさっきまで俺が死ぬとか、ありえないことだったじゃん？こっんな若くてピンピンして、やりたいこともやらなきゃいけないことも山ほどあったのに、どうして……って、どうしてっつったら、あいつのせいだろ。俺をいきなり殺しやがった、あの誰だかもわかんねー奴……あいつのせいで俺は今、こんなフザけた天使ヤローと向かい合ってんじゃねーか!!

「じゃあそろそろ地上へ戻すよ、いい？　てか何、そのすっごい怖い顔」

「おい。俺を殺した奴は誰だ？」

「知るわけないじゃんそんなの」

「なんだと!?」

声を上げた俺に、天使はちょっと肩を縮める。面倒くさそうに細い眉尻が下がる。

「だってそれ、ボクの仕事じゃないもん。ボクの仕事はあくまで行き場所の決まってない、君みたいな魂の案内であって、罪人を裁くことじゃない。ボクは君が誰にどうして殺されたかなんて、興味なーいの」

「お前は興味なくても俺は興味あんだよ！　なんで俺がこんな、若い身で殺されなきゃいけなかったのか……そうだよ、マジ許せねぇよあいつ。俺は死にたくなんかなかったんだよ、今からやりたいこと、いっぱいあったんだよ!!　不良もやめて、真面目になって、心菜を幸せにしてやりたかったんだよ!!　それが全部、あのアホのせいでパアじゃんか!!」

「そりゃ、死んじゃったもんねー、君」

あんまりにも軽い言い方で神経を逆撫でされるが、とりあえずほうっておく。しゃべってるうちに、俺の怒りは更にヒートアップ。幽霊でも身体が熱くなった感じがするのが不思議だ。

「そうだ、どうせ地上に戻れんなら、この手でそいつをとっ捕まえてやる!!　そしてブッ殺す!!　天国？　地獄？　そんなん知るか。俺は俺を殺した奴を、絶対許さねぇ!!」

「ブッ殺すって、何言ってるの？　君は幽霊なんだよ？」

「幽霊がなんだ！　てめーなんか文句あんのかぁ!?」

白学ランの襟をつかみ、きれいな顔を引き寄せる。天使のほうが俺よりたっぷり10センチは背が高いので、なんだか変な体勢になった。チクショウ。

天使はいきり立つ俺にビビったりせず、いやむしろものすごく呆れて、そして落ち着いていた。

「あのね、今君がこうやってボクに触れられてるのは、ボクが天使だから。君は幽霊、ボクは天使。言うなれば同じ次元のモノなんだよね。ところが人間や、いわゆる『この世』のもののすべては、君とは次元が違う。だから触れることも息を吹きかけることも、しゃべることも出来ない」

「……」

「そんな状態で捕まえるとかブッ殺すとか、出来るわけないじゃん。君、バカ？」

「うっ、うっせぇ!! とにかく俺はやる!! 戻ったら必ず、そいつをブッ殺す!! 止めれるもんなら止めてみろ!!」

「止めないよ。どーせ出来ないに決まってるし」

はあぁ、と天使は聞いてるほうがムカつくようなため息をひとつついて、ぼんやりと目を泳がせた。

「あーあ、やる気出ないな今回。不良ってのは疲れるねぇ、相手するの」

「なんだと!!」

「ほら、そういう単純ですぐムキになるとこ、マジで疲れるー。どうせならやっぱ、可愛い女の子の面倒みたいよね。この間来たいじめで自殺したって女の子、いろいろ辛いことがあったはずなのに負けん気があって、元気が良くて、結構良かったのに。そうそう、君の彼女の心菜ちゃんて子、可愛いよねー。なんで君が死んじゃうかなぁ、どうせなら心菜ちゃんのほうが死んでくれたほうが、ボクとしてはラッキーだったんだけど」

「てめぇ何言ってんだ」

ホントのホントにブチ切れそうになってる俺を見て、さすがに天使も慌てている。

「まぁまぁ、ムキになんないのー。冗談だってば、ごめんごめん」

まぁまぁ、と手を振りながら後ずさるが、その顔はちっとも反省してない。

「てめぇ、二度とそんな冗談言うんじゃねぇよ」

「言わないってば。さて、そろそろおしゃべりは終了。地上に戻すよ」

「なぁ、天使」

「まだあるの？」

もううんざりという顔をした天使に向かって、俺は49日間の誓いを立てた。

「俺は俺を殺したあいつを、絶対許さない。49日間の間にそいつをとっ捕まえてブッ殺す」

「はいはい。せいぜい頑張って」

まともに聞けよ!!　と言おうとしたその時、天使の指からしゅうっと放たれた光が一瞬で俺を包み込んで、眩しさで目の前がまったく見えなくなった。
雷の中を駆け抜けているような、でっかい洗濯機の中で回されてるような衝撃が、
何度も全身をかけ巡る。てか大丈夫かよこれ、まさか地上につくまでにもう一度死ぬなんてことは……。
とか考えてるうちに、俺の意識は再び途絶えた。

早すぎるお別れ

　ひーくんのお通夜は町外れの小さなお寺で行われた。お通夜と葬儀には生まれてから二回、参加したことがある。一度目は小三で、父方のおじいちゃんが亡くなった時。二度目は中二で、親戚の伯母さんがガンで亡くなった時。でもこんなに会場を目指す足がふわふわして雲の上でも歩いてるようで、泣きすぎた目が痛くて頭がズンと重くて、そんなふうに向かうお通夜は初めてだった。そしてこれからもたぶん二度と、ないんだろう。

「すみませーん、ちょっといいですかー!?」

　お寺の門の前で、びっくりしてしまった。道を塞ぐように立っている人、人、人。彼らの手にはそれぞれカメラやメモ帳が握られていて、一目でマスコミだってわかった。わたしを見た途端、いっせいにこっちに大移動し、あれよあれよという間にわーっと囲まれてしまう。突きつけられるマイク、カメラ。フラッシュの光と音が目と耳をいっぺんに突き刺す。恐怖がこみ上げてきて、わたしは反射的に逃げようとしていた。

「自分を助けて代わりに死んだ彼氏についてどう思う?」

「まだ逃げている犯人に何か言いたいことは？」

「殺された及川聖くんはどんな男の子だったんですか？」

「犯人への怒りをひと言、お願いします!!」

何を聞かれたってどう答えたらいいのかもわからないし、答えようという気にもなれない。わたしはじっと黙って涙をこらえ、迫ってくる人たちをかき分けながら前に進むだけだ。

ひーくんの事件は被害者がたった十七歳の少年だったこと、犯人がまだ捕まっていないこともあって、全国的なニュースになって世間を賑わせていた。その多くは、現場にいたわたしを助けて代わりに自分が犠牲になったひーくんを褒め讃えるものだった。生きていた時は大人からロクデナシ扱いされるばっかりの不良だったのに、死んで初めて、ヒーローになったひーくん。ひーくんはこのこと、天国でどう思ってるんだろう……？

「やめて！　ほうっておいて下さい!!」

しつこいマスコミについに耐え切れなくなって、言葉が喉を突いた。報道陣を振り切ってお寺の敷地内に飛び込んだわたしの目の前に、さっとなつきが現れる。お互い、制服姿。いつもは腰のところで折って穿《は》いてるスカートは今日は校則どおりの膝丈で、少しだけしているメイクもなくて、顔色の悪いすっぴんがむき出しだ。

「心菜、こっち!!」

なつきはまだわたしたちに向かって焚かれてるフラッシュから逃げるように、素早くわたしの手を引いて物陰に連れて行った。二日前の事件当日、わけがわからないまなつきの家に逃げてきて助けを求めて、警察を呼んでもらって、それ以来の再会。時刻は夜の七時過ぎで、夏の空はまだ青みが残り、日の落ちた方角がぼんやりと明るい。夕暮れの青いうす闇の中、なつきはお寺の建物の外壁《がいへき》に身体の右半分を力なくもたせかけ、しくしくと泣き始めた。

「ごめんね、心菜。あの時あたしが電話なんかしなければ、こんなことには……」

「なつき、それは違うよ……!」

なつきはやけっぱちのように首を振り、部活で日に焼けた顔を濡らして、嗚咽を漏らす。そんななつきを見ていたらわたしまでたまらなくなってきて、あれから何度崩れたかわからない涙のダムが、また決壊してしまった。

なつきと二人で、遺体が安置されている部屋に入った。むせ返りそうな線香の香り。天井を彩る、お寺らしい金ピカの彫刻。ひーくんは菊の花に囲まれ、耳にはめたピアスを光らせて、十七歳の男の子らしく元気に笑ってた。ニュースにも使われたありし日のひーくんのベストショットが、今は遺影になっている。その下には、真っ白の四角い箱。ひーくんはあの中にいるんだ……。

たまらなくなって部屋を飛び出したわたしを、すかさずなつきが追いかけてきてくれる。部屋を出てすぐの廊下の隅っこ、壁にぐいとおでこを押し付けて震えてるわたしは、おろおろしてるなつきの視線を背中で感じる。誰かがそばを通り過ぎていって、わたしを気にしたのか一瞬、戸惑ったように足音が遅くなる。

「どうしたの、心菜⁉」

「いや、やっぱりダメ、お線香をあげるなんて、無理……そんなことしたら、ひーくんが死んだの、ほんとになっちゃうもん……‼」

「心菜……」

わたしはまだ、どうしてもうまく信じられなかった。警察の事情聴取も、ワイドショーを賑わせるひーくんのニュースも、焚かれるカメラのフラッシュも、全部夢のようで。だってひーくんが死んじゃうなんて、わたしの前から永遠にいなくなってしまうなんて、ありえないことだもの。あんなに明るくて元気いっぱいで、わたしを大好きでいてくれたひーくん。ひーくんとの楽しい毎日は今までもこれからも、当たり前に続いていくものだって、そう信じてた。それがこんな形で強制終了されてはいそうですかなんて、言えるわけない。しばらく濃い沈黙が続いた後、なつきがはっとした声を上げる。

「おばさん‼」

壁に押し付けていたおでこを離して振り返ると、喪服姿のひーくんのお母さんが立っていた。驚くほど、やつれた姿で。血色の良かった頬は真っ白で、黒かった頭にも急に白いものが増えたみたいで、ふくよかだった身体は喪服の中でひとまわり縮んでしまったようだった。

「心菜ちゃんが、外へ出て行くのが見えたからね。おばさん、中にいたんだよ。気づかなかったかい？」

もとからガラガラしていた声はより一層枯れて、無理やり浮かべた笑顔も力なく、頼りない。ひーくんの家でわたしを迎えてくれたこの人は、いつだって元気な肝っ玉母ちゃんって感じだったのに……。

「ねぇ、心菜ちゃん。聖に最期の挨拶、してやってくれるかな？　そのほうがきっと、聖も喜ぶよ。もちろん、心菜ちゃんがどうしても嫌なら、無理は言わないけど」

「いえ……わたし、大丈夫です……！」

きゅっと両手を握って、歩き出した。なつきもわたしに寄りそうようにしてついてくる。

お線香を上げ、遺影の中のひーくんに向かってお辞儀をする。今にもポッキリ折れそうな心を、なんとか支えながら。だって今だけは、しっかりしないといけない。ひーくんのお父さんとお母さんが、すぐそばにいるんだもの。二年間彼女をやってたわたしより、ひーくんを生まれた時からずっといちばん近くで見ていたこの人たちのほうが、ずっと辛いはずなんだ。わたしがめそめそ泣くなんて、ダメ……!!

お焼香《しょうこう》を終えたわたしとなつきに、ひーくんのお父さんとお母さんが近づいてくる。いつもひーくんと取っ組み合いの喧嘩をしてたっていうお父さんは今日は細い頬がよりいっそう痩《こ》けて、目の下にも濃いクマが出来ている。

「心菜ちゃん、本当にありがとう。聖と仲良くしてくれて」

ひーくんのお母さんが、とても優しく言った。細い目の端っこにうっすら涙が浮かんでいて、わたしの胸もギリギリうずく。ひーくんのお父さんが悲しそうに笑って、言った。

「あいつはあんな奴で、ほんとろくでもない不良で、勉強はしないわ親の言うことは聞かないわ喧嘩ばっかりするわ、とんでもない子どもだった。でもね、そんな奴でも親にとっては、たった一人の大切な息子なんだよ」

「おじさん……」

なつきが掠れた声で言って目を潤ませる。ひーくんのお父さんはわたしをまっすぐ見て、続けた。

「心菜ちゃん、ありがとう。君がいてくれたおかげで、聖は幸せだったはずだ」

「あの、ほんっと、ごめんなさい……! あの時がわたしがいなければ、自分だけ守ることを考えられる状況だったら、きっと、ひーくんは……!!」

「それは違うよ、心菜ちゃん」

震え始めたわたしの手を、ひーくんのお母さんが握る。だけど振り絞るその声こそ今にも途切れそうに、震えてた。

「きっと、どうしようもないことだったんだ。心菜ちゃんは悪くない」

「でも、でも、わたし……!!」

「本当だよ。心菜ちゃんは何も、悪くない」

首を振りながら、涙がまた溢《あふ》れてきた。泣きたくないのに、泣いちゃいけないのに、あとからあとから出てきて止められない。

もしあの時わたしがひーくんと公園にいなかったら、もしボンジュールに駆けつけていかなかったら、そもそもわたしがひーくんと付き合ってなかったら……「もし」を言ってもきりがないってわかってるけれど、考えちゃう。

こんなことになった責任は、きっとわたしにもあるんだ……。

ドタドタというたくさんの足音が部屋に入ってきた。涙を拭きながら顔を上げると、西高の制服が遺影の前を占領していた。髪の色はそのままだけどみんな今日はワイシャツの前を開けたりズボンを下げたりしないで制服を校則通りにきちんと着こなし、ピアスやアクセサリー類を身につけてる人もいない。たくさんの不良の登場に呆気にとられてるわたしやひーくんの両親の前で、ボスの笹原くんが怒鳴った。

「全員、正座!!」

声に従って、全員が床の上で足を折る。ずらっと横一列になった西高生たちの真ん中で、笹原くんがしゃくり上げていた。

「ちきしょう聖! なんで死んじまうんだよ、なんで……!!」

笹原くんはそのまま突っ伏せて、ドンドン床を拳で叩きながら嗚咽を上げていた。

犬猿の仲って言われてた「東の及川、西の笹原」だったけど、本当の本当に、憎み合ってたわけじゃなかったんだね……。

喧嘩ばっかりしていた二人は実は、固い絆で繋がれていたんだろうな。

係の人が慌てた様子でやってきて「君たち何してるのっ!」と上ずった声で怒鳴ったけど、泣いてる笹原くんを見て、それ以上は何も言わなかった。

帰りはなつきと二人、こっそりお寺の裏から出た。帰りもまた、行きと同じようなことになりたくないもん。

足音をしのばせて二十メートルくらい行って、そろそろいいかな、と二人で顔を見合わせ、ほっとして歩調を緩めたところで、声をかけられた。

「芹澤心菜さん、こんばんは。隣にいるのは通報者の橋場なつきさんかい?」

「あ、刑事さん……」

今回の事件を担当することになった刑事さんたちだった。浅黒くて目がぎょろっとしているほうが恩地《おんち》さんで、どちらかというと丸顔でタレ目が目立つほうが魚住さん。刑事らしく、どちらもがっしりした身体つきをしている。

「刑事さんたちも、及川くんのお通夜に来たんですか？　なんか、あたしたちのこと待ち伏せしてたみたいな登場ですけど」

なつきがちょっとトゲのある声を出した。刑事という仕事の人を本能的に警戒してるのか、待ち伏せが気に入らなかったのか。魚住さんが嘘っぽく目を細める。

「待ち伏せなんて、してないよ。私たちも聖くんの遺影に手を合わせて、捜査への士気を高めなくてはいけないからね」

「心菜さん、昨日は辛い中、本当にありがとう」

恩地さんがわたしに言った。警察での事情聴取、現場検証……周りの人たちに押し流されるまま動いていたけれど、今その時のことを思い出そうとしてもあまりうまくいかない。何もかも、すべてが夢みたいだ。

「いえ、ひーくんのためですから」

「こんなことになってしまって、本当にすまない」

恩地さんが身体の横にきっちり手を揃《そろ》えて、わたしに向かって深く頭を下げた。魚住さんもちょっと戸惑った顔をしながら隣で同じことをし、口を添える。

「犯人は必ず、警察が捕まえるからね。一日も早く、心菜さんが安心して眠れるようにするよ」

「それでその、犯人は捕まりそうなんですか？」

なつきが強い声で聞くと、恩地さんが頭を上げた。刑事の固い表情だった。

「残念ながら、まだ目星はついていない。今、近所で目撃されている不審者を洗っているところだ。だから心菜さんにもまた、聞きに来た。昨日はまだ事件のせいで混乱していただろうけど、今日になって思い出したこともあるだろう。どうかな、及川聖くんを恨んでる人はいなかったかい？」

「やっぱり、そういう目的で来たんですね」

嘘をついたことが許せないって感じのなつきの口調。魚住さんがフッと誤魔化すように笑って、なつきが更にぴくっと眉を上げた。わたしは少し考えた後、言った。

「そんな人はいません。ひーくんは、誰からも恨まれたりなんてしてませんでした」

「本当かな？」

魚住さんがわたしの目をぐいと見据える。最初、警察署でわたしとお母さんを迎えたのって、この魚住さんだったんだよね……既に一度突っかかっちゃってるけど、わたしはどうしてもこの人が苦手だ。

「聖くんはこの町で有名な不良で、しかもかなり短気で喧嘩っ早い性格だったそうじゃないか。事件の当日だって、他校の生徒と喧嘩してたんだろう？　そんな生活を続けてたなら、恨みのひとつやふたつ買っててもおかしくない」

「そんなことはありません。あの日喧嘩してた相手の笹原くん、今日ここに来て、さっきひーくんの遺影の前で泣いてました。仮に恨んでたところで金属バットで殴りかかるなんてこと、あの人はしません」

「そうかな、今の高校生はわからないよ。やることなすこと、常軌を逸してるからね。それも普段から殴り合いの喧嘩をするような子なんだから」

「あの、心菜疲れてるんです。今日はこれくらいにしておいて下さい」

なつきが一歩前に出てわたしの肩を抱き、下から魚住さんを睨みつけた。魚住さんはちょっと黙った後、「じゃあ、また改めて伺うよ」と言って、恩地さんと肩を並べてお寺のほうに歩いていった。

「ったくなんなのよあのオッサン。及川くんは被害者だってのに、まるで殺されたほうが悪いみたいな言い方……!!」

二人の姿が夜の闇の向こうに完全に見えなくなった後、なつきはプンプン怒りながら今にも地団太《じだんだ》を踏みそうな勢いで足を動かしてた。わたしの代わりに怒ってくれてるなつきを見てると、なぜかこっちが怒る気がなくなってしまって、しんと静かな胸の中に浮かんだのはひとつの「なんで」だった。

「ねぇ、なつき。ひーくん、なんで死ななきゃいけなかったのかな」

「心菜……」

なつきがむき出しの怒りを引っ込め、言葉を詰まらせる。犯人に対して、未だ強い怒りは覚えない。それはまだ、ひーくんが死んだこと自体をちゃんと受け止められてないからだと思う。今にもすぐそこの電柱の影とかから、ひょっこりひーくんが出てきてニッと笑いそうで。

ほんとに、信じられないし信じたくない。ひーくんが死んだなんて……!!

「わたし、変かな？　ひーくんはまだ死んでないような、近くにいるような気がして、しょうがないの」

「……きっと、変じゃないよ。突然すぎるもん。あたしもまだ、そんな感じ」

「時間、かかるだろうな。ひーくんがいないことに慣れるの」

なつきがそっとわたしの手を取った。ひーくんのものとは違うつるんとした感触に、また鼻の奥が熱くなる。

「心菜。あたしはここにいるから。ずっと心菜の味方だから」

「ありがとう……」

手を繋いで歩くわたしたちを、ぼんやり銀色に光る月が照らしてる。ひーくんはそっちの世界に行っちゃったって、空の上に消えてしまったって、いくら自分に言い聞かせても、そんなことないってどっかで否定してしまってて、月はいつのまにか涙でぐちゃぐちゃに溶けていた。

気がついたら俺は、しんと薄暗い部屋の中にいた。

照明はなくて明かりといえば窓から入ってくる日の光だけで、時刻は夕方らしく、金色の西日が床に転がってるタバコの吸殻や空き缶やスナック菓子の空袋なんかを浮かび上がらせ、無数の埃《ほこり》がちらちらと雪のように空中で踊っているのが見える。

て、ここ、ボンジュールじゃんか。

なんであの天使、こんなところに戻したんだ？　俺が無意識のうちに思い入れがあって、だからここに戻されたってことか？　わかんねぇけど。

とりあえず歩いてみるが、当然足音はしない。一見生きている時とまったく変わりなく、普通に身体を動かせているようで、思いっきり足の裏で床を打ち鳴らしてみたら膝の辺りまで地面にめりこんじまって、慌てて体勢を元に戻した。

服は死んだ時と同じ、高校の制服のまま、か。生きてた時と大して変わらないように見えて、その実確かに俺は「幽霊」らしい。天使が言ってた「次元が違ってこの世のものには触れられない」ってのも、本当みたいだ。

てことは、ひょっとしたら、こんなことも……？

えいやっと壁に激突してみれば、俺の身体は生きてりゃ当然感じるはずの痛みを覚えることもなく、あっさり分厚いコンクリートをすり抜けて建物の外に出た。夕方の五時から六時の間ってところか？　七月のこの時期らしく空はまだ結構明るくて、荒地に茂ったセイタカアワダチソウが風に揺れている。しかし俺の肌はこの世の風を感じることは出来ないし、俺の鼻は夕方の空気の匂いを捕らえることはない。

夢でも幻でもない。俺は今、マジモンの幽霊なんだ——……。

……いかんいかん、何を暗くなってる？「俺を殺した奴をとっ捕まえてブッ殺す」てちゃんとした目的を持って、喜び勇んでこの世にカムバックしてきたんじゃねーか！　弱気は敵だ、敵!!

なんせ、これから俺を殺した殺人犯と喧嘩するわけだからな。しっかりしねーと。

とりあえず学校や家がある方角に向かって走り出す。歩くのも走るのもごく普通、夢の中で歩いたり走ったりするのと同じ要領だ。生きてた時の身体の動かし方は、幽霊になっても忘れないもんらしい。いや、待てよ。今俺幽霊なんだし、もしかしたら。

「飛べんじゃね？」

そう思った、ついでに口に出した。その途端、俺の身体はふわりと浮いていた——。

「すっげぇ」

死んで初めて、心から笑えた。

て、おっとっと、これ、けっこうコントロール難しいじゃん。でもそこはさすが運動神経の良い俺、空を飛ぶカラスとスピードを競ったり宙返りしたり、そんなことをしてる間にすぐ慣れた。このほうがずっと、歩いたり走ったりするより速いし、楽じゃん??

夢中になって遊んでる間に、空はどんどん赤くなり、やがて赤から夜の気配を含んだラベンダー色へと変わっていった。やベー俺、うっかり時間を無駄遣いしちまった……この世にいられるのは49日間しかねぇってのに。といってもいきなり何をすればいいのかよくわからないのだが、とりあえず高度を上げてうちや学校のある方角を目指すことにした。

勤め帰りの人たちや買い物袋を提げたおばさん、制服姿の女子中高生、きゃあきゃあ甲高い声を上げて走り回る子どもたち。空から見下ろす人たちは、誰も俺に気づかない。人が空を飛んでるんだ、誰か見つけたら大騒ぎになるはずなのに。幽霊だから、誰からも見られてないってわけか。

町外れの一角で、俺は奇妙な光景を見つけて足を……じゃない、飛ぶのをやめて空中に静止した。狭い路地をずらっと埋め尽くす人、人、人。何台ものカメラやテレビ局の車も見える。なんだあれ。何かあったのか??

気になって地上に下りてみると、すぐにその理由がわかった。彼らが立っている路地は小さな寺にくっついていて、その寺の門の横には「及川聖通夜会場」と達筆な字で書いてある。そうか俺、殺されたんだもんな、なんかよくわかんねー通り魔だかなんだかみたいな奴に。高校生がいきなり金属バットで殴り殺された、そりゃあ事件だ。しかしこの報道陣の数、やたら多くないか？　俺のこと、そんなでっかいニュースになってんの⁇

被害者は……とか警察は……とか、大人たちの会話が飛び交う中、俺は携帯をいじってる人を見つけ肩越しからディスプレイを覗き込んで、今日の日付と時間を確認した。俺が死んでから、丸二日が経とうとしていた。警察の現場検証、司法解剖、そんで通夜、まぁそんなもんだろうなぁ。てか俺を殺した犯人、もう捕まったんだろうか？　この手でブッ殺してやりてー気持ちマンマンだから、警察に先を越されてたとしたらちょっと悔しい。

報道陣の間がにわかにざわつき、話し合ったりメモに食いついたり携帯で誰かとしゃべったりしていた奴らがいっせいに動き出した。俺の身体をすり抜けて何人もが走っていって、すり抜けられたほうはちょっと気持ち悪い。何だ何だ、何が起こった⁉

報道陣が駆けつけたその先には……心菜がいた。泣きはらした目、この世の終わりを見てしまったようなひどい顔色。ここぞとばかりに突きつけられるマイクとカメラの前で、細い肩が震えている。

「自分を助けて代わりに死んだ彼氏についてどう思う？」

「まだ逃げている犯人に何か言いたいことは？」

「殺された及川聖くんはどんな男の子だったんですか？」

「犯人への怒りをひと言、お願いします!!」……。

どうやらまだ犯人は捕まってないらしい。そうか、だからこんな大袈裟《おおげさ》なことに??

可愛そうなのは顔をひきつらせ、涙をぐっとこらえたような表情で、報道陣をかき分けて前に進もうとする心菜だ。俺はたまらず心菜の前に出て、両手を広げて叫んでいた。

「お前ら、心菜をいじめてんじゃねぇ！　だいたい自分を助けて代わりに死んだ彼氏、ってなんだよ！　まるで心菜のせいで俺が死んだみてーじゃねーか!!　ちったぁ考えろ!!」

と言ってももちろん幽霊の叫びが報道陣に届くことはなく、奴らはより一層マイクを近づけ、心菜は今にも割れそうな顔で逃げようとする。クソ、幽霊の俺には何も出来ないってことかよ……!!　心菜を守れない自分が、死んでしまった自分が、悔しかった。

「やめて！　ほうっておいて下さい!!」

心菜がついに叫んで、報道陣を振り切りお寺の敷地内に逃げ込んだ。橋場が出てきて心菜の手を引き、物陰へ連れて行く。

俺はまだフラッシュを焚いているマスコミのアホ連中（こいつらまとめて呪い殺してぇ!!）を思いきり睨みつけてやってから、心菜たちを追った。

天井に金ピカの飾りをたくさんつけた線香臭い部屋の中、俺の身体は白い棺に納められていた。遺影は今年の春休み、栄太や雄斗たちと遊んだ時、ボンジュールの建物をバックに写したやつの、俺の顔のところをアップにしたものだった。ほんの数ヶ月前の写真なのに、自分の笑顔がめちゃくちゃ遠くにある気がする。幽霊らしく天井近くにぼんやり浮かびながら、さすがの俺も打ちひしがれていた。あそこにいる俺はもう、俺であって俺じゃない。身体なんて死んだらただの物体で、友だちと笑うこともうまいものを食うことも好きな人を守ることも二度と出来やしない。そう。俺は、死んだんだ……。

「どうしたの、心菜!?」

橋場の声がして、心菜が部屋を飛び出していくのが見えた。すかさず俺も部屋の外に出ると、心菜は廊下の壁に額を押し付けてブルブルしていた。張本人の俺だってこんなにショックなんだ、心菜が遺影の俺を目にしてショックを感じないわけがない。

「いや、やっぱりダメ、お線香をあげるなんて、無理……そんなことしたら、ひーくんが死んだの、ほんとになっちゃうもん……!!」

橋場の前で細い声を上げている心菜に言ってやりたかった。俺はちゃんとここにいるって。まだ心菜の近くにいるって。死んでも心菜が大好きだって。でも、何を言おうがもう俺の気持ちが心菜に届くことはなかった。そっと近づいて痩せた肩に手を伸ばしても、幽霊の俺の手はむなしく心菜の身体をすり抜けてしまう。

そんな時、二人に近づいてきたのはオフクロだった。何度か見たことのある喪服に身を包んだオフクロは、二日前の朝、最後に見た時と比べて驚くほどやつれてた。いつも健康的に赤みがかってた頬が真っ白で、口紅を塗ってない唇はガサガサ。白髪も増えたようで、全体的に少し痩せたかもしれない。

「心菜ちゃんが、外へ出て行くのが見えたからね。おばさん、中にいたんだよ。気づかなかったかい？」

心菜に話しかけるオフクロは、今まで一度も見たことのない悲しい笑顔をしていた。こんな時まで他人を気遣う姿が健気で強くて、俺の胸の辺りが裂けそうに痛い。変だ、とっくに心臓なんか動いてねぇはずなのに……。

「ねぇ、心菜ちゃん。聖に最期の挨拶、してやってくれるかな？　そのほうがきっと、聖も喜ぶよ。もちろん、心菜ちゃんがどうしても嫌なら、無理は言わないけど」

「いえ……わたし、大丈夫です……！」

そう言って心菜は急に背筋を伸ばし、歩き出す。限界の状態で気張った顔。お焼香をあげる震える指。心菜は俺の遺影の前で手を合わせ、泣かなかった。こいつまで、オフクロを見習って無理をしている。そして二人にそんなことをさせてるのは、他ならぬこの俺だ。

お焼香を終えた心菜と橋場にオヤジとオフクロが近づいてくる。何度殴られたかわからない強面のオヤジも、今日は頬が痩け、目の下にひどいクマが出来て、憔悴しきっていた。

親孝行なんて一度も出来ないまま、不良で喧嘩ばかりで心配かけ通しのまま、俺は二人をこんな姿にさせてしまった。

「あいつはあんな奴で、ほんとろくでもない不良で、勉強はしないわ親の言うことは聞かないわ喧嘩ばっかりするわ、とんでもない子どもだった。でもね、そんな奴でも親にとっては、たった一人の大切な息子なんだよ」

オヤジが言うと、我慢出来ずについに心菜と橋場の目が潤みだした。オヤジだって、必死で涙をこらえているのが丸わかりの顔だ。たった一人の大切な息子、か――俺は、ますます痛くなる胸の辺りを、ぎゅっと押さえた。何も入っていない幽霊の身体は、生きてる人間と同じ感触だった。俺が今触れられるのは魂で作られた自分の霊体だけで、ガキの頃みたいにオヤジの背中に抱きつくことも心菜の手を握ることも二度と出来なかった。

「心菜ちゃん、ありがとう。君がいてくれたおかげで、聖は幸せだったはずだ」

「あの、ほんっと、ごめんなさい……！　あの時がわたしがいなければ、自分だけ守ることを考えられる状況だったら、きっと、ひーくんは……!!」

「それは違うよ、心菜ちゃん」

細かく震えてる心菜の手を、オフクロの荒れた手が握る。心菜の言葉が俺の内側でがんがん反響しながら回っていた。心菜が責任を感じる理由も人に責められる理由も、どこにもねぇのに。

「きっと、どうしようもないことだったんだ。心菜ちゃんは悪くない」

「でも、でも、わたし……!!」

「本当だよ。心菜ちゃんは何も、悪くない」

心菜は首を何度も振りながら、涙を溢れさせた。その隣で橋場も顔を伏せていた。

そうだ、心菜は何も悪くない。こんなことになったのも、心菜やみんなが悲しむのも、それを俺がどうすることも出来ないのも、みんなあの覆面野郎のせいじゃねぇか。しかもあいつ、おめおめと逃げおおせたらしいし。ちくしょう!!　なんであんなわけのわからん奴のせいで、心菜やオヤジやオフクロが悲しまなきゃいけねぇんだよ!!

その時、ドタドタとたくさんの足音がいっぺんに部屋に入ってきて、心菜たちも驚いた様子で顔を上げた。入ってきたのはえっ、西高の奴ら……？　みんな今日は制服を校則通りきちんと着こなし、ピアスやアクセサリーの類もない、シンプルな格好をしている。髪の色こそ茶、金、銀、赤、色とりどりだけど。

「全員、正座!!」

ボスの到が叫んで、全員がいっせいに膝を折る。俺の遺影の前で横一列になった西高生たちの真ん中で、到はしゃくり上げていた。

「ちきしょう聖！　なんで死んじまうんだよ、なんで……!!」

そのまま床に突っ伏せて、かつて俺に向かって振り上げた拳で、今はドンドン床を叩き、嗚咽を漏らす。

俺だって、ちゃんとわかってる。数え切れないほど喧嘩したけど、睨み合って「でっ嫌い!!」とか言ってたけど、到とは敵同士でありながら、親友みたいなものでもあったんだ……。

到、泣いてんじゃねぇよ！　ってケツを蹴り上げてやれたらどんなにいいだろう。でも死んでしまった俺は生きてる人間に物を言うことも喧嘩することも、一緒に笑うことも出来ない。ほんとに幽霊って、出来ないことだらけだ。

心菜や橋場やオヤジやオフクロや到、みんなの様子を見ていたらたまらなくなって、俺は天井をすり抜けて部屋の屋根の上に出た。ここならさすがに、人の泣き声も聞こえない。寺の屋根に寝転び、いや正確には寝転ぶような形で浮かびながら、ふうとため息をつく。

こうなってみて、初めてわかる。心菜とキスしたり抱き合ったりすること、到と喧嘩すること、栄太や雄斗たちとバカやって騒ぐこと、オヤジに殴られオフクロに怒鳴られること、行きたくもない学校に通うこと。そのすべてが、幸せだったんだって。

わかったところで、俺はもう生きてる頃には戻れない。及川聖として、みんなに会うことも二度とない。あー、ほんとろくでもねぇな。不良で喧嘩ばっかしてきて、たった17で正体不明の変な奴に殺されて、彼女も親も友だちもこんなに悲しませて。マジ、最悪じゃんか。

どれぐらい時間が経っただろう。夕方と夜の境目のほの青い闇はいつのまにか黒く濃いものに変わっていて、寺の入り口に固まってた報道陣も数が減ってきていた。空にはまあるく太った月が銀色に輝いていて、俺がいなくても月は満ち欠けし、昼は夜に変わり、時間はまったく滞りなく流れてくんだなぁと思いつき、またため息が出る。

と、寺の庭のほうから若い男の叫び声が立ち上ってきた。

「……んだよテメェ！　俺がやったって言うのか⁉」

えっとこの声は、到……？　さっきまで俺の遺影の前でわあわあ泣いてた到が、今はカンカンに怒っている。屋根を離れて地上に下りると、寺の庭の片隅で到と、丸顔でタレ目のおっさんとが向き合っていた。二人の近くで西高の奴らがおろおろしている。

「そんなに怒るなんて、ますます怪しいね。実は心当たりがあるんじゃないかい？」

「んなもんあるわけねぇだろ！　いいか、俺と聖は普段は喧嘩しまくってたけど、ほんとは男の熱い友情ってやつに繋がれてたんだ！　俺が聖を殺すわけねぇじゃんか!!」

「おい到、やめろ！　相手は警察だぞ!?」

雄斗と栄太が寺の建物から飛び出してきて、顔を真っ赤にしておっさんにつかみかかろうとする到を両側から押さえつけた。少し状況がわかった。どうもこのおっさんは刑事で、今日この場に現れて俺の関係者たちに聞き込みをしてたらしい。そして俺と敵対してた到がおっさんに目をつけられた、と。そう考えたらこのおっさん、タレ目だし髪は少ないし二重あごだけど、刑事っぽくなかなかゴツい身体してんじゃねぇか。

おっさんは雄斗たちになだめられてもまだ殴りかかろうと暴れる到を見下ろして、フッと笑った。

「まったく、そうやってすぐにキレて感情ひとつ抑えられないで、君たちがどんな大人になるか、大体想像がつくね。好き勝手やって暴れて誰にも感謝しようとせずバカなことばっかりしでかして、そんなんだからこんな事件が起こるんだ。巻き込まれる大人の迷惑も少しは考えてみるといい」

「何だとテメェ⁉」

到の顔がもっと真っ赤になった。そして俺も何かがブチンと切れた。

何だよこいつ、こんな事件が起こって迷惑この上ねぇって感じのこの態度‼　それに今の言い方、俺が死ぬのは当たり前ってか⁉　警察がそんなこと言っていいのかよ‼

到とおっさんのせいで、喪服の人で賑わう寺の庭は騒然としてしまった。そこへ人ごみをかきわけつつオヤジがやってきて、キレてる到の前に進み出て、おっさんに腰から折り曲げる丁寧なお辞儀をする。

「すみません。私たちも聖をこんな目に遭わせた犯人を早く捕まえてほしい、捕まえて同じ目に遭わせてやりたい思いでいっぱいです。でも今日と明日だけは、静かな気持ちで聖を送ってやりたい、それがきっとあの子のためにもなるでしょう。どうかもう、今日はお引き取り下さい」

頭を下げるオヤジを見る到ははっとしたような表情になって暴れるのをやめ、そしておっさんは少し気まずそうについと目を逸らした。

そしてこちらはいかにも刑事って感じの、目がぎょろっとして色黒の逞しそうなおっさんがもう一人、速足で近づいてくる。

「ご遺族の方の気持ちも考えず、大変失礼しました。後日また改めて伺います」

オヤジに向かって丁寧に頭を下げてから、タレ目のほうに「行くぞ」と短く言い、歩き出す。寺を出て行く二人をすかさず俺は追いかける。

抑えた声で話す二人に思いっきり近づき、会話を聞き取ることに集中する。普通は刑事の会話を盗み聞きなんて、なかなか出来ないよなぁ。それが軽々出来ちゃうのが、幽霊の強みだ。せっかく刑事に出くわしたんだ、この際捜査情報を盗み聞きしまくって、俺が犯人のところに先回りしてやろうじゃねぇか!!

「魚住、少しは被害者の気持ちも考えろ」

「しかし恩地さん、あいつらは自由の意味をはき違えてる不良どもですよ」

「警察に不信感を抱かせてしまっては、その後の捜査に差し支える。大事な仲間を亡くした人間の気持ちが、お前にわからないわけじゃないだろう」

へー、恩地とかいうこのデカくて色黒のおっさん、タレ目の魚住と違って話のわかる大人じゃねぇか。刑事にもいろんなタイプがいるんだな。見たとこ、魚住より格上っぽいし。

魚住はすいません、と固い声で謝ってから、

「どう思います？　やはり怨恨《えんこん》の線はシロですかね」

「笹原到はシロとして差し支えないだろう。ただ、及川聖は不良だ、複雑な交友関係の全貌は、もっと調べてみないとわからない。ところで事件当日に目撃された不審者の調べは進んでいるか？」

はっ何!?　事件当日に不審者ぁ!?　犯人はそいつなのか!?　俺はますます魚住に近づいた。鼻の感覚がないおかげで加齢臭は気にならない。

「行天《ぎょうてん》ですね。事件当日の夕方、現場付近をうろうろしていたところを職務質問されていますが、その場では何も見つからず帰されたようです。すぐにでも話を聞きたいところですが、自宅は留守にしていて携帯も電源を切っていて、なかなかつかまりません」

「事件発生と同時の蒸発か。怪しいな」

「今、行方を追っているところです」

俺は刑事たちの後を追うのをやめ、浮いたまま腕を組んで考え込んだ。二人の足音が夜の奥に遠ざかっていく。

事件当日に目撃された不審者、しかも現在蒸発中。怪しい！　こりゃ怪しいぞ!!

しばらく止まって考えている間に恩地と魚住はどんどん進んでいて、俺は慌てて二

人を追いかけた。
心菜の涙を止めるためにも、俺は一刻でも早く犯人の元にたどり着かなきゃいけない。
この手で復讐を果たせれば、心置きなく心菜の傍にいれるんだから。

心菜の決意

事件のあった日から数えて五日目の、月曜日。

いつも通り、なつきと待ち合わせて学校に向かった。梅雨が明けて夏休みも近く、朝からキンと眩しい太陽が世界を照らしてる。夏らしく元気に膨らんだ白い雲も、花壇で黄色い花を広げてるひまわりも、すれ違う小学生たちのまだピカピカのランドセルも、すべてが泣き腫らした目にじんじん染みた。

何もかもがいつも通りに過ぎていくのに、ひーくんだけがいない。

「最近親がさぁ、塾行け塾行けってもう、うるさくって。部活もあるし、塾なんて三年からでいいじゃんねぇ？　先のこととか考えないで思いっきり遊べるのなんて今のうちだけなんだしさぁ」

なつきは今日は会うなり一人でぺらぺらしゃべっててその口は休みなく動くのに、事件のことは一切話題にしない。気の遣い方がわざとらしかった。

やがて校舎が見えてきて学校の喧騒《けんそう》が近づいてくると、わたしの足は自然に止まってしまう。

「どうした？　なつきが振り向いて、淡い笑顔を浮かべて言う。

「心菜」

「やっぱ行きたくないや、学校。なんか、そんな気分じゃない……」

だって学校に行ったら、もう使われてないひーくんの席を見ちゃったら、ひーくんが死んだこと、認めずにいられなくなりそうで……なつきがそっとわたしの肩に手を置く。

「行こ、学校」

「でも……」

「一度逃げたら、目を背けたら、ずっと逃げ続けなきゃいけなくなる。こないだ、部活の先輩に言われた」

なつきの声は優しいのに、その言葉は確かな重みを持って心に落ちてきた。そのまなつきに肩を抱かれて、わたしは再び足を動かす。

「あっ、心菜!!」

校門をくぐった途端、実沙《みさ》と智穂《ちほ》がわたしを見つけて駆け寄ってきた。わたし、なつき、そしてこの二人が同じクラスのいつもつるんでいるメンバー。いつもは元気印の実沙がわたしの顔を見つめながらしばらく言葉を探した後、心配そうに言った。

「大丈夫？　来る時、変な人につけられたりしなかった？」

「変な人？　つけられる？」

「マスコミだよ！　もう引き上げたみたいだけど、金曜日なんて大変だったんだから。

校門の前ずらーっとカメラ持った人が並んでて、ぜぇんぶマスコミ!!」

「そうそ、たしかにあれ、すごかったよねー」

なつきがすかさず相槌を打つ。マスコミか……わたしもお通夜と告別式の時にだいぶ迷惑したけど、こんなところにも来てたなんて。こちらは眼鏡をかけていてどちらかっていうとおとなしい感じの智穂が、しっかりわたしの目を見て言った。

「こんな時に元気出してとか簡単に言っちゃいけないんだろうけど、わたしもみんなも、頑張るから。一日も早く、心菜にまた笑ってもらえるように」

「智穂……」

智穂が口の両端を持ち上げ、隣で実沙も笑顔を添える。なつきもにっこりと頷いた。

悲しみに引き裂かれて、それでもまだまだこれからずっと続いてく未来にしり込みして、いつのまにかすっかり固くなっていた心が、みんなの笑顔のおかげで少しずつ溶けていった。

三人に囲まれるようにして歩き出すと、また声をかけられる。ひーくんの仲間の丸《まる》井《い》栄太くんと飯田《いいだ》雄斗くんだ。丸井くんは耳がピアスだらけだし、飯田くんにいたっては髪の毛が真っ赤なハイビスカス色で、見た目はちょっと怖そうなんだけど、ほんとはいい人だってわたしは知ってる。

「心菜ちゃん、なんかあったら俺らに言えよ。マスコミの変な奴に追いかけられたりとかしたら、この丸井栄太がぶっ飛ばしてやるから」

「そして聖がいなくて寂しくなったら、いつでも声かけてくれよな！　東高の女子高生キラー・飯田雄斗がデートしてやるよ」

バーカ何言ってんの、となつきと実沙にブーイングを受けつつ、飯田くんは二人でも全然構わないよーなんて笑ってる。みんなが作る優しい空気が、重かった足をなめらかに動かしてくれる。

教室の手前で、いつもはあんまり話さない担任の浅岡《あさおか》先生にまで声をかけられた。

「芹澤、辛かったな。話に聞いたよ、お前もだいぶ怖い思いをしたって」

「先生……」

「無理はしなくていい。でも出来ることは、やろう。先生も応援してるから」

「はい……！」

四十代半ばくらいのおじさん先生で、ものすごく厳しいわけでもものすごく優しいわけでもなく、いわゆる熱血教師みたいなところの全然ない人だけれど、ちゃんとわたしのことを気にしてくれてたんだなぁって、ちょっと嬉しかった。

教室に入ったら、男の子も女の子も、話したことのある人もない人も、みんな口々に声をかけてきて、わたしを気遣ってくれた。ひとの優しさ、あたたかさが素直に嬉しい。わたし、間違ってたのかな。悲しむのは正しいことだけれど、これだけわたしを思ってくれる人たちのこと、もっと考えないと。

いつも通りの一日が過ぎていって、あっという間に下校を促すチャイムが鳴る。斜め前のひーくんの席——二度とひーくんが座ることのない席——をぼんやり見ていると、なつきが元気よく声をかけてくる。

「心菜、一緒に帰ろう！」

「え、いいの？　なつき、部活なんじゃ……」

なつきは中学の頃から陸上部に所属していて、短距離をやっている。しかも結構優秀な選手で部屋には賞状やトロフィーがいくつも飾ってあって、だから部活はなつきにとってかなり大切なもののはずなのに、いいのいいのと手をひらひらさせる。

「いいのいいの、こんな状況だから顧問も先輩も大目に見てくれてるし、第一あたしがまだ部活の気分になれないし」

「そっか。じゃあ、お言葉に甘えて」

「そうこなくっちゃ。ね、クレープ食べにいかない？　いやアイスがいいな、今日暑いし」

「おやつ食べるのもいいけど、それよりも行きたい場所があるんだ」

小麦色に日焼けした顔を正面から見て言うと、なつきはちょっと目を広げた。

「どこ？」

「ひーくんの死んだ、あのトンネル」

「心菜……！」

なつきが言葉を詰まらせる。わたしたちのすぐ傍では、クラスの男の子たちがまだ帰らないで机に腰掛けながら、輪を作っておしゃべりに花を咲かせてる。なごやかなムードが漂う放課後の教室の中、わたしとなつきの間だけがぴんと張り詰めた空気に繋がれていた。

「心菜、それは……！」

「逃げちゃいけないって言ったのは、なつきだよ」

わたしにはわたしを思ってくれてるたくさんの人がいる。いつまでもひーくんの死から目を背けて落ち込んだままじゃ、その人たちにも、もちろんひーくんにも、申し訳ない。少しの間の後、なつきは頷いた。

ゲタ箱の前で丸井くんと飯田くんにばったり会って、これからトンネルに行くと言うと、二人もついてきた。まだマスコミがうろうろしてるかもしれないから、護衛だって。ただでさえ暑い日なのに、トンネルは長い坂道の上にあるので、ついた頃には四人とも汗びっしょりで服のままシャワーを浴びたみたいになっていた。でも、ブラックホールのように黒い口をぽっかり開けているトンネルを目の前にすると、その汗もたちまち引いてしまう。

「さすがは心霊トンネル。聖の霊まで加わって、更に怖さが倍増してるな」

飯田くんが言って、ひどすぎる冗談だってなつきに頭をたたかれていた。

このトンネルは心霊スポットとして、地元の若者の間で有名な場所だった。実際、なぜだかトンネルの出口付近では交通事故が多いし、この近くで車の中で練炭を焚いて自殺した人や木の枝で首をくくった人もいるらしい。ほんとかどうかわからないけど、夜に入ったら女の人のすすり泣きが聞こえるとか、血まみれのゾンビに追いかけられるとか、下半身がないおかっぱの女の子がケタケタ笑いながら追いかけてくるとか、いかにも、ていう噂もいくつもあった。たしかにこうして見ると照明は少ないし、トンネルの作り自体もかなり古いし、昼間ですら怖い場所だとは思う。でも、今は……。

「よし。行くぞ」

丸井くんのこわばった声を合図に、四人がそろそろと歩き出す。なつきたちはトンネル全体に漂うこのいやーな雰囲気に怯えながら、そしてわたしは胸に秘めた決意を確認しながら。逃げないで、ちゃんとひーくんの死を受け入れよう。今度こそ、ひーくんのために心から手を合わせよう……。

心霊トンネルは、結構長い。四つの足音がおもむろに反響する中、なつきが恐怖のせいでちょっと上ずった声で言う。

「ねぇ、まだ？」

「たしかもっと奥だったはず。花が添えられてるはずだからすぐわかる……あっ、あそこじゃね？」

飯田くんの手が指差した方向に、菊みたいな白いものがぼんやりと見える。わたしは走り出した。

「あっ心菜、待ってよ！」

なつきがすかさず追いかけてくる。そんなわけもないのに、今から行くところでひーくんが待っているようで、ひーくんにもう一度会えるようで、精一杯のスピードで足を動かしていた。

なのに本当にそこで待っていたのは、信じられない光景だった。

「何これ……ひどい!!」

わたしの後ろでなつきが声を震わせ、後からやってきた丸井くんと飯田くんも絶句している。

めちゃくちゃに踏み荒らされたお供えものの花たち。昨日や一昨日、ひーくんの仲間や学校のみんなが、こぞって手向けてくれたものだった。ひまわりは茎がポッキリ折れ、菊は細い花びらがばらばらになって、カーネーションには吐き出されたガムがこびりついてる。供えられていたタバコは踏まれて中の葉っぱが飛び出て、缶コーラは中身をぶちまけて花を汚した末、踏みつけられたペタンコの状態になっていた。

「どういうこと……!? こんなこと、いったい誰が……!!」

なつきの身体の両側で握り締めた拳が震え、静かな怒りがトンネルの中の空気をよりいっそう冷たくする。わたしも、ショックだった。せっかくひとの温かさに触れたばっかりなのに、今度はひとの冷たさを思いきり見せ付けられてしまった。ひどいやり方で殺されたひーくんに、なんでこんなことが出来るの……!?

丸井くんと飯田くんが戸惑ったように目を合わせ、小さく頷く。

「お前らには、黙っているつもりだったんだ。けど特に心菜ちゃんには関係のあることだし、やっぱり言っておいたほうがいい」

「何よそれ」

なつきが八つ当たりするように丸井くんに言った。丸井くんが制服のお尻のポケットから携帯を取り出し、何度かピッピッとボタンを押した後、わたしとなつきに向かって画面を突き出してくる。隣でなつきが息を詰まらせ、わたしの中でも心臓がドクンドクンと不穏な鼓動を打ち始めた。

それは、インターネットの匿名で投稿出来る掲示板サイト。スレッドのタイトルは『○県で高二が殺された事件について語るスレ』で、その下にずらっと書き込みが続いてる。「どーせ不良の喧嘩だろ? 彼女助けたからってこんな奴持ち上げんなよ」

「犯人はクズ。被害者もクズ」「こいつうちの近所に住んでる。高校生のくせに前タバコ吸ってたの見たことある、まじアホのクズ」「不良は死んで当然。生きててもいずれ死刑」

「なんなのよっこれ!!」

なつきが言った。というか、叫んだ。両目が怒りに血走っている。飯田くんが辛そうな声を出した。

「マスコミが心菜ちゃんを助けたヒーローだって聖のこと持ち上げた分、それに反発する人間がこんなに出てきた。不良がヒーロー扱いってのがほんとに嫌みたいで……花をこんなにしたのも、たぶんそういう奴だと思う」

「聖だけじゃない。心菜ちゃんのことまで、悪く言ってる奴がいる」

丸井くんの指が画面をスクロールすると、中学の卒業アルバムのわたしの写真が出てきた。当然報道されてなかったわたしの名前、住所、生年月日、ここではみんな明らかになってる。「とんでもない男と付き合ってたんだしこいつもヤ○マンに決まってる」「高校生のくせに及川聖とどれだけヤリまくったんだよ」「俺もヤリてーし。ハアハア(*´Д`*)」「心菜ちゃん萌えー。彼氏死んじゃったんだから俺が付き合ったげる」

丸井くんがぱたん、と携帯のフリップを閉じた。

みんなが声をなくしてしまったトンネルの中、その音はやたら大きく響いた。なつきの血走った目の端に涙が滲《にじ》んでいた。

たしかにひーくんは、不良だった。タバコを吸ったし喧嘩もしたし、学校をサボったり先生に反抗したことだってあった。ちっとも「いい子」なんかじゃなかった。だけどひーくんにだってわたしや、親や、友だちや、悲しむ人はたくさんいるのに。

この書き込みをした人は、もしわたしたちがこれを見たらどう思うかって、そのことをほんのちょっとでも考えられなかったんだろうか……？

「どうしよう……ひーくんのお父さんやお母さんが、これ、見ちゃったら」

「心菜」

なつきがわたしを抱きしめてきた。そのなつきも、震えてた。丸井くんが力強く忠告する。

「心菜ちゃん、ほんとに気をつけたほうがいい。この分だと変なストーカーが出てきたって、おかしくないからさ」

小さく首を縦に振った。目に見えないもので傷つけられた痛みが身体の内側を駆け回って、ショックで頭がフラフラしていた。

帰り道、丸井くんと飯田くんと別れてなつきと二人きりになると、親友同士だけになった気安さが、なつきの溜めていた怒りを全開にした。時々、すれ違う人がえ？て感じで振り返るくらいに。

「あの魚住とかいう刑事といい、ネットの書き込みといい、ほんっと許せない!! 不良だったとかヤンキーだったとか、関係ある!? 及川くんは加害者じゃなくて、被害者だっつの!!」

怒り心頭のなつきとさよならした後、親友には悪いけどなんかほっとしてしまった。今はとにかく、一人になりたかった。いろいろな感情に打ちのめされて、疲れが一気に襲ってきていた。

家の近くのコンビニを通りがかった時、店の外に向けてディスプレイされた雑誌の列の中、一冊の週刊誌の表紙に気になる文字を見つけた。引き寄せられるようにコンビニに入り、本を手にとる。今日発売されたばかりの、有名人や政治家のスクープを面白おかしく書くことで有名な雑誌だった。水着の女の人がポーズをとっている表紙で、女の人のお尻の下に「不良高校生殺害事件の真実!! ヤク中の喧嘩番長、彼女はエンコー少女!?」と、赤い文字が躍っている。

ちょっと迷った。見れば、わたしが傷つくだけ。でも見なければ、何が書いてあったのかずっと気になってしまう……結局レジへ向かった。主婦らしいおばさんの店員さんは、わたしの顔を知っているのかずいぶんこっちをじろじろ見てきた。既に近所では、悪い噂が広まっているのかもしれない。

家に帰って、何をするよりもまず週刊誌を広げた。リビングの隅っこで壁にもたれ、ページをめくる。想像通り、ううん想像以上の内容で、あることないことのオンパレードだった。ある程度調べた事実に、好き勝手に尾びれ背びれをつけて飾り立て、大袈裟にしている。ひーくんが地元でも有名な不良で喧嘩ばかりしてたってのは本当だけど、ひーくんはドラッグなんてやってないし、ましてや弱い者いじめなんか絶対しないのに。わたしのことだって、お母さんがシングルマザーだって、事実を書いてあるのはそこまでで、あとはお母さんの仕事が水商売だとかわたしが援助交際をしてるとか、見ている人を面白がらせるような嘘ばっかりだ。

週刊誌を持つ手を震わせていると、ドアが開く音がした。お母さんだ。いつもよりだいぶ早い。そういえば、今日は早番でこの時間には帰れるって言ってたっけ。

「心菜？　靴あるけどもう帰ってるの……？　あら」

リビングの片隅で週刊誌を読んでるわたしを見つけ、お母さんがちょっと目を見開いた。みるみるうちに目の前のものすべてが曇って、何も見えなくなる。わたしは泣いていた。お母さんの顔を見た途端、こらえていたものが一気に溢れ出す。傷つけられた心がヒリヒリ痛んで、ひーくんのお葬式の時とはまた違う涙が頬を濡らした。小さな子どもみたいにボロボロ泣くわたしを、お母さんは黙って抱きしめてくれた。

「ひどいよ、こんなのひどすぎる……!!　ひーくんだけじゃないもん、お母さんのことまであることないこと、こんなに悪く書かれて……!!」

お母さんはわたしが赤ちゃんの頃に離婚して、それから看護師の仕事をしながら一人でわたしを育ててくれた、すごく尊敬出来る人だ。なのにこの記事ではお母さんがわたしを虐待していて近所にまで泣き声が聞こえてたとか、そんなひどいことまでまるで事実のように書かれている。お母さんは虐待なんかしないのに。本当に強くて優しい、とっても素敵なお母さんなのに。

お母さんは三歳の子どもにするようにわたしの背中をゆっくり撫でながら、言った。

「知ってるわよ」

「知ってるって……！　お母さん、このこと知ってたの……？」

涙をごしごし手の甲で拭ってお母さんを見ると、クリアになった視界の中、お母さんは固い顔で頷いた。

「こんなの、気にすることないわよ。みんなには伝わらなくても、心菜はちゃんと、聖くんが本当にいい子だって知ってるじゃない」

「でも、だけど……！　いくらなんでも、ひどいよ!!　お母さんのことだって、こんなにひどく書かれて……!!　わたしたちの気持ち、これを作ってる人は、全然考えてないっ!!」

悔しさで大きな声になって、また涙が溢れてきてしまう。お母さんの顔は動かない。

ひーくんを失っただけでもめちゃくちゃに辛いのに、まだ悲しくて途方に暮れてるのに、どうしてわたしたちがこの上こんなことで苦しまなきゃいけないんだろう。確かに、ひーくんは死んだんだから、ひーくんがこれを見て傷つくことはない。けど、ひーくんを大事に思っているわたしたちは、死んでまでこんな目に遭わされるひーくんを見ることに、耐えられない……!!　怒りと悔しさが、今にも爆発しそうだった。

お母さんがゆっくりと下を向いた。白く整った顔が、辛そうに強張《こわば》っていた。

「ほんとね。お母さんもこんなの、間違ってるって思う。たとえば芸能人とか、テレビに出てる人なら、こうやって批判されるのもある程度仕方のないことだとは思うわ。有名になるっていうのは、そんな危険を背負うことでもあるから。けど聖くんや心菜は、違う。一般の人で、たまたまひどい事件に巻き込まれてしまっただけなんだもの……でもね」

色の抜けた唇が、小さく息をついた。ひーくんを失ったこと、わたしが傷ついていること、それはお母さんまでもこんなに苦しめてる。

「でもね、世の中ってそういうものなの。人と違うことをする人、人と同じことが出来ない人、そういう人には、みんな厳しい。こんなことをして、人の揚げ足を取って面白がる人間がたくさんいる。正しいことじゃないけど、世の中ってそういうものなの。それは簡単には変えられないのよ」

「我慢しろっていうの？」

「仕方のないことも、あるのよ」

そんなのおかしい。悪いのは向こうなのに、こっちが我慢するなんて間違ってる……!!　そう言おうとしたけど言葉にならず、気がつけば走り出していた。ドアを閉める時、心菜っ、と悲鳴のような声が背中に投げられた。一気に階段を駆け下りる。

ごめん、お母さん。後でちゃんと謝るから、今は一人にさせて……？

涙を拭って、歯を食いしばって歩いた。既に太陽は西の空のだいぶ低いところまで落ちていて、西日の眩しさが目を焼く。生ぬるい空気のせいで半袖のブラウスから飛び出た腕に、ぶわっと汗が噴き上げる。

お母さんは、強い。強い人だから、あんなふうに自分を納得させることも出来るんだと思う。でもわたしは、嫌だった。このまま泣き寝入りして我慢するだけなんて、どうしても嫌。子どもっぽいかもしれない、お母さんみたいにすることが利口なのかもしれない。けれどこのままにしておいたら、あんな記事を書かれたひーくんが可哀想過ぎる。

ひーくんはもう、死んだんだ。いくら誰かに何か言われたからって、言い返すことなんて、絶対出来ないんだ……

だからってじゃあどうすればいいのか、なんてのもちっとも思いつかなくて、ただただ悔しくて腹が立って、頭の中がジリジリ焼けているようだった。そうやって周りの景色なんてろくに見えないまま、つかつか速足で歩いてたから、角を曲がって出てきた男の人に気づかなかった。

「うわっ！」

「あ、ごめんなさい……」

Tシャツにジーンズ、赤っぽい茶髪。歳は三十少し前ってところの、ちょっとうさん臭そうな男の人。短く謝ってまた歩き出すと、その人が慌てた様子でついてきて、早口でまくし立てだした。

「ねぇねぇ君、芹澤心菜ちゃんだよねぇ？　及川聖くんの彼女だった」

振り返ったわたしは自然とその人を睨みつける目つきになってた思う。あぁやっぱりそうだ、と男の人が嬉しそうに言った。わたしは顔を背けて足のスピードをいっそう速める。

この人、きっとマスコミだ。お通夜や告別式や、学校にまで押しかけてきたのと同じ種類の人間。事件から五日も経ってワイドショーの騒ぎもひと段落したってところなのに、まだこんな人がこの町にいたなんて。

男の人はわたしの冷たい態度にめげず、ヘラヘラした笑顔を浮かべながらついてくる。

「なんでもさ、事件当日、及川くんの殺された近くで、影山っていうこの辺りでは有名な不良が目撃されたらしいんだよね。警察では今のところ通り魔の犯行のセンを追ってるらしいけど、不良のボスだったんだし、複雑な交友関係とかありそうだし、怨恨のセンも捨てきれないよね。なんでもこの影山、俺は人を殺したことがあるなんて言って回ってるみたいだし。君さ、彼女だったんでしょ？　及川くんと影山の関係、知らない？」

「知りません!!」

叩きつけるように言って走り出した。しばらく行って振り返ると、もう男の人は追いかけてこない。小さくため息をついて、また歩き出す。

わたしがやってきたところ。さっきなつきたちと来た場所。ひーくんが死んだ、もしかしたら今でもひーくんに会えそうな気がする、あの心霊トンネル。

なつきたちがいないと、一人分の足音はより大きく、より長く響く。まだ明るい時間なのに、さっきから一台も車は通らない。心霊トンネルの名に恥じない嫌な雰囲気の場所だけど、ちっとも怖くない。出るのがひーくんの幽霊なら、むしろ嬉しいくらいなのに。

さっきと変わらない踏みつけられた状態の花たちを見たらいたたまれなくなってしまって、しゃがんで花を直し始めた。折られたり踏まれたりしたものは持って帰って捨てて、まだきれいなものだけここに置いておこう……作業をしていたら、お供えのジュースの缶の隣に在りし日のひーくんのプリクラを見つけた。中学校の時のひーくんの友だちが供えてくれたのかもしれない。だってここに写ってるひーくん、中学の制服姿で今よりも幼い顔をしてるし。この頃からひーくん、いっぱしの不良で喧嘩っ早くて、先生にも目をつけられちゃってたっけ。女の子の中にはひーくんのこと「コワイ」って言ってる子もいたけど、わたしにとってはちょっとおバカなだけで、優しくて一生懸命でいつもわたしを大事にしてくれる素敵な彼氏だった。

……会いたいよ、ひーくん――!!

花を集めているうちに、本当にひーくんが傍にいるような感じがして、いったんは静まっていた心の表面にまた、ふつふつと怒りが沸いてくる。ひーくん、可哀想だ。いきなり追いかけられて、追い詰められて、殴られて。どんなに痛かっただろう？　怖かっただろう？　そしてひーくんをこんな目に遭わせた犯人は、今頃どこで何をしているんだろう？

絶対間違ってる。被害者の側ばっかりが苦しんで、犯人がまだのうのうとしてるなんて。ハエのようにたかるマスコミも、無神経なネット書き込みも、踏み荒らされた花だって、元はといえばみんなその犯人のせいなのに……!!

プリクラの中のひーくんの頬に指を当てて、そっと撫でた。言葉が唇からこぼれ落ちた。

「ひーくん、わたしはもう、ひーくんの死から逃げない。だからひーくんを殺した犯人を、絶対見つける！　そしてわたしの手で、復讐するんだ……!!」

それだけ言ってわたしは両の拳を握り締め、元来たほうに向かって歩き出した。

立ち止まらないこと。逃げないこと。前に進むこと。そのための方法として、わたしは復讐を選んだ。

榊《さかき》登場

——時間を少々巻き戻して、事件発生四日目の日曜日、昼間——

俺は行天の自宅があるアパートに来ていた。住宅地の片隅に建つ、どこにでもありそうないたってシンプルな二階建てコーポ。元は白かったらしい壁は薄い灰色に汚れてて、アパートの名前が書かれた看板には、ミニチュア版のアサガオみたいなつる植物が絡みついている。ここの二階の端っこが、行天の部屋だ。

表札のないドアの前に立ち、ふう、とため息をつく。いや、幽霊だから「息」なんて言い方が正しいのかどうかよくわからんが。ほんと、ここに来るまでにどれだけ苦労したか……いや大袈裟《おおげさ》じゃなくて。

俺はあのまま恩地たちを尾行し、やってきた警察署に壁抜けであっさり潜入、行天のことを探りにかかった。机に積み上げられた捜査資料の中から「行天　捜査資料」の付箋《ふせん》が横に飛び出したクリアファイルを見つけるのに時間はかからなかったけど、問題はそこから。他のファイルや資料が上に積み重なってて、この世の物に一切触れられない俺はそれらをどけられない!!　どうも恩地や魚住たち捜査官は、いわゆる警察手帳ってやつにとっくに行天のデータをメモってたぽいのだが、手帳のページを覗き込んでも刑事の字は汚くて……いやむしろきれい過ぎる草書体でめちゃくちゃ読みづらいし、判読しようと頑張ってるうちに手帳はパタン！　て閉じられるもんで、すぐ傍にあるものをいつまでも目に出来ずイライラ。結局俺は、十数時間も警察署の中で待つことになった。何かのアクシデントが起こって、行天の捜査資料が読める状態になるのを。

いい加減俺も疲れとイライラが高じ、発狂して悪霊に化けそうになった頃（もちろんこれはたとえ話だ）、魚住に命じられて新米の刑事っぽい人が捜査資料を片付け始めたお陰で、やっと行天の資料を目にすることが出来た。とはいえ、刑事たちみたいにメモっとくことが出来ねぇわけだから、丸暗記するしかない。まったく幽霊の身は便利だか不便なんだか。

ちなみに俺が警察署にいた十数時間の間、捜査は遅々として進まず、刑事たちは聞き込みや目撃証言をひたすら頑張ってるだけで、進展らしい進展はなかった。捜査会議ってやつにもこっそり参加したが、行天のこと以外、今のところめぼしい情報はないらしい。他に容疑者がいないんだったら、これから見るこいつの部屋の様子によっては、行天が犯人で確定！　ってことにもなるよな。自分を殺したかもしれない男の部屋に入るのか……やべーなんか緊張する！

意を決してえいやっとドアをすり抜け、室内に進入。部屋の作りはワンルームで、玄関から入るとまずキッチンが現れ、正面にもう一枚引き戸が、右側の壁にはユニットバスらしきドアが見える。一人暮らしの男の部屋らしい、殺風景なキッチンだった。コンロの上には古ぼけたヤカンが忘れられたようにぽつんと置かれ、シンクには皿とコップがひとつずつ、洗われてない状態で出しっぱなしにされている。やけに静かだけど、奴はいないのか？ 事件のあった日から行方不明で、まだ帰ってないってわけか。すごいタイミングで行方をくらましやがって、マジで怪しい。

引き戸をすり抜けて行天の生活スペース、すなわち寝室と一体になったリビングに入って、呆然とした。行天はいなかったが、俺の目の前には行天そのものよりもずっとすごいものが現れた。

一見して何だこの壁紙は、と思った。違う、よく見れば壁紙じゃない。床の近くから天井に届きそうな位置まで、ドアを除く部屋の四方の壁すべてに、カラー写真が貼り付けてある。前を見ても写真。右を向いても写真。左を向いても後ろを見ても写真。そして、写っているのは全て……。

「心菜……？」

百枚？ 二百枚？ いやたぶん、もっと。無数の心菜が俺を取り囲んでいる。制服姿の心菜、橋場と並んで歩く心菜、中には斜め下から撮った、パンチラすれすれのまである。カメラ目線の写真が一枚もないところを見ると、隠し撮りだろう。行天って奴は、普段からこんな部屋で暮らしてたのか……。

霊体の俺ですら寒気がしそうな衝撃が去っていってから、考えた。いや考えなくてもわかるな。つまり行天って奴は心菜のストーカーで、心菜の彼氏である俺が憎くなって殺したって……うん、筋が通ってる。てか心菜の奴、これだけストーカーされてこんな数の写真撮られといて、ちっとも気づかなかったのか？　まぁあいつ、しっかりしてそうに振舞っといて実は、結構ボケッとしてたりもするからなぁ。

見たところ、登下校時の写真が多い。いつも同じ場所から撮ってるらしく、撮影場所の大体の見当もついた。ん？　これは違う……ここはもしや、心菜の家の近くか!?あいつ既に心菜の家まで突き止めてんのかよ。ストーカーの執念って恐ろしい。

そうやって壁いっぱいにずらーっと貼り付けられた写真を見ているうちに、金属バットを見つけてしまった。ベッドと壁の間の隙間に転がっていたそれは、黒く塗られた持ち手の部分がいかにも凶悪そうで、本来の目的なんてすっかり忘れ去ってるように見えた。

いくらバカな俺だって、ちゃんと覚えてる。金属バット。俺の命を奪った凶器……。

「――この変態ストーカー男!!」

誰にも聞こえるはずのない声で、思いっきり叫んでた。だって、やりきれねぇだろ。そりゃ襲われてる時から、いきなりバット振り上げて追い掛け回してきて、頭のイカれた通り魔なんじゃないかとは思ったよ。それにしたって、恋に狂った変態ストーカーに殺され、たった十七で死んでって、なんて悲惨な人生の終わりだ!? 神様とかいう奴がもしホントにいるんだったら（天使がいるくらいだったらいるだろうな）、そいつはマジで何を考えてんだよ!!

それにいざ行天が犯人だと確定したところで、俺はこの事実を誰に伝えることも出来ない。誰とも言葉を交わせず、姿ひとつ現せない幽霊の身だ。ブッ殺すなんてもってのほか。最初はいざとなりゃあなんとかなるだろぐらいの気持ちでいたけど、俺もいい加減わかってきた。幽霊だからって空を飛んだり壁をすり抜けられるくらいで、超能力が使えるわけじゃないのだ。

「よかったね。自分を殺した犯人が見つかって」

振り向くと、真っ白い学ラン姿が不敵な笑みを口もとに湛《たた》えていた。

「お前、何しに来たんだよ」

「ちょっと様子見に。君みたいに、自分を殺した奴をブッ殺す!! なんて物騒なこと言いながら下界に戻っていく霊も珍しいからね」

人形のように整った顔に浮かぶ笑いが忌々しい。こいつ、俺が殺されて無念の死を遂げたことなんて、なんとも思ってねーみたいだし。

「それで? これからどうするの？ 幽霊だからって、超能力が使えるってわけじゃないことはいい加減わかったでしょ？　もちろん犯人がわかったからって、復讐なんてできないよ？」

「うるせー、黙れ」

俺は渾身《こんしん》の憎しみを込めて、天使を睨みつけた。

「消えろよ。クソ天使」

天使はふっと笑みを引っ込めた後、すっと煙のように消えた。後にはあいつの髪と同じ金色の光がしばらくちらちらと粉雪のように舞っていた。


寺の屋根の上で目覚めた俺は生きてた時の習慣そのままくいーっと伸びをしながら、くっきり青い空と地上に降り注ぐ夏の光に驚いていた。天使にバカにされてプンスカしながらもなすすべもなく、行天のアパートを出てとりあえず俺の葬式をやってた寺まで戻ってきて、昨日と同じく屋根にねそべる格好で浮かびつつ、なんとかあの天使をギャフンと言わせる方法、そして行天をブッ殺す方法を考えようと思ってた、ら……最後に見た空は西のほうがオレンジ色にぼんやり輝いた、夕方のものだった。そして今は、夏の太陽が元気いっぱいに輝く昼間。つまり俺、まるまる一日近く寝ちまったのかよ!!　まさか時間が逆走するわけもねぇし、そういうことだよなぁ??

「クソ、また時間無駄にしたし」

独り言を言いつつ、死んだ時のままのツンツン立てた金髪をもしゃもしゃやる。こうして霊体の自分には普通に触れるのに、人にも物にも触れられないって、やっぱ俺、幽霊なんだなぁ。

天使をギャフンと言わせて行天をブッ殺すとっておきの方法なんて当然何も思いついてないが、ここでじっとするのも嫌だった。うーん、何をしよう？　どこへ行こう？　真っ先に頭に浮かんだのは、心菜の顔だった。線香なんかあげたら俺が死んだのが本当になるって、叫ぶように言ったあいつ……。

よし、決めた！　心菜に会いに行こう。ただでさえあいつのことが心配な上、今はストーカー野郎・行天のこともある。もっとも、何かあったからって今の俺じゃあ守ってやれなさそうだけど……。

学校へ行ってみると既に授業は終わり、校舎全体が放課後のゆるやかな喧騒に包まれていた。教室に残っておしゃべりに忙しい女子たち、ふぁい、おー、ふぁい、おー、と声を合わせて列になって走る運動部、グラウンドを飛び交う野球部の放つ白球。生きてた時はどうでもよかった光景が、今は少し懐かしい。幽霊らしく窓をすり抜けてうちのクラスに侵入したら、まだ残っている女子はいたものの心菜の姿は見当たらなかった。ゲタ箱まで行ってみると靴がないので、もう下校したんだろう。壁の時計で時間を確認する。学校から心菜の家までの距離を考えたら、既に帰り着いていてもおかしくなさそうだ。

心菜の家に侵入するのは、いつも通っていた学校に入るのとはまた違って、ちょっと緊張した。ここは心菜と俺の思い出がたくさん刻まれている場所だから。心菜の部屋で小学校時代のアルバムを見せてもらいながらキャーキャーはしゃいだこと、イヤホンを片方ずつ耳に突っ込んで同じ音楽を聴いたこと。初体験だって、心菜の部屋だったしなぁ。それもこれも、幽霊になってしまった俺には関係ない。二度と心菜のベッドの上であの華奢な体を抱きしめられないんだと思うと、またあのとっくに止まってしまった心臓を切り裂かれるような痛みが襲ってくる。俺は覚悟を決め、玄関のドアをすり抜けた。

「おじゃましまーす……」

一応、言ってみる。誰にも聞こえはしないけど。心菜はここにも、いなかった。いたのは心菜の母ちゃんだけで、何やら思いつめた顔でダイニングテーブルに座り、何もないテーブルの表面をじっと見ている。何かあったのか？　心菜によく似た顔が打ち沈んでいるのに、悪い予感を覚えた。

いないはずの心菜を念のため探すように家の中をきょろきょろしていると、リビングの端っこに読みっぱなしの週刊誌が落ちているのを見つけた。きちんと片付けられた家の中、広げたまま置かれているその雑誌はずいぶん変なものに見えた。なんとなく誌面を覗き込んで、目を疑った。「不良高校生殺害事件の真実!! ヤク中の喧嘩番長、彼女はエンコー少女!?」という見出しの下に、細かい文字がいっぱい並んでいる、その内容は……。

「ふざけんなよ!!」

つい声を出してしまった。心菜の母ちゃんのほうを振り返ると、当然聞こえてはいないものの、相変わらず暗い表情。クソ、こいつのせいだったのか……そりゃ、ショックなはずだ。心菜の母ちゃんも、心菜も。俺だって激しい怒りのせいで、役立たずの霊体がガクガク震えてる。

俺のことは死んだんだから別にいい。問題は心菜のほうだ。心菜は死んだ俺とは違う。俺の死を背負って、重い悲しみに苦しめられながら、これからもずっと生きていかなきゃいけない。それは死んだ俺なんかよりもよっぽど辛いことのはずなのに、何だよ? これを書いた奴は、心菜にその上また、重い荷物を背負わせる気か……!?

破ることも燃やしてやることも出来ない誌面を見ていると、記事の上のほうに俺が殺されたトンネル内部の写真があった。死んだ俺に捧げられたたくさんの花。それを見ていたら今心菜がどこにいるのか、直感でわかってしまった。

すぐさま心菜のマンションの壁をすり抜け、外に出た。低空飛行のヘリコプターや列をなして飛ぶ小鳥たちもろくに目に入らず、全速力で飛ぶ。生きてた時は自転車でヒイヒイ言いながら登った坂道だって、飛べば楽勝だ。
心菜はやっぱり、心霊トンネルの中にいた。
雑誌にはきれいな状態で写っていた俺のための花たちが、無残にも蹴散らされてい
る。ひどい。あんな記事を書く連中がいるくらいだ、この世の中は俺が想像していた
よりずっと、悪意で溢れてるのかもしれない……けれど、ぐちゃぐちゃになった花た
ちを一本一本拾い集めている心菜の顔は、きれいだった。腫れた目、泣いた跡が残っ
ている頬、固く結んだ唇。この世のすべての悪意に抵抗するような、まっすぐな強さ
を持った顔だった。
ふと心菜の手が止まり、供えられていたコーラの缶に伸びた。いや、缶じゃなくて、
その隣に置かれたプリクラのシート。ずいぶん古い、中学の時のかもしれない。心菜
の指が幼い俺の頬をそっと撫でる。すると色の抜けた唇から、言葉が振り絞られる。
「ひーくん、わたしはもう、ひーくんの死から逃げない。だからひーくんを殺した犯
人を、絶対見つける！　そしてわたしの手で、復讐するんだ……!!」
鋭い何かに打たれたような気分だった。俺は何も出来ず、細かく震える心菜の唇を
じっと見ていた。
俺は俺を殺したあいつを、絶対許さない。49日間の間にそいつをとっ捕まえてブッ
殺す――

そう言った俺とまったく同じことを、心菜は考えていた。

屈《かが》んでいた心菜が立ち上がり、歩き出す。一度も振り返らない目は、トンネルの向こうの白く光る世界をじっと見ている。

まるでこれから戦場に飛び込んでいくような、後姿だった。


俺は心菜がいなくなってもその場を立ち去りがたく、もとよりどこか行くべき場所もなく、心霊トンネルの中、心菜が片付けてくれた供え物の花たちの前で、ぼんやり浮いていた。

心菜は、本気だ。

一見ポーッとしてておお嬢さんっぽいけど、なんせ不良の喧嘩に突入していくような子だ。やると決めたらやる、そういうタイプ。それがどんなに難しいことでも、躊躇しないで立ち向かっていく、まっすぐな強さが、あいつにはある。

復讐……か。俺のためにそんな気持ちになってくれるのは嬉しいが、でも……でもそれって、心菜がそいつを殺すってことだろ？人殺しになるってことだろ……？

どんな理由があれど、人殺しは人殺し。捕まって裁かれて、すべて失うんだ——ひとからの信頼、将来の夢、今まで積み上げて大事にしてきたもの、いろいろ。ダメだ。絶対ダメだ。俺のために心菜がそんなふうになってしまうなんて。

あいつは、それでもいいって言ってくれるかもしれない。犯人を許せない、その気持ちは俺も一緒だ。でも、俺は心菜に復讐して欲しいわけじゃない。捕まえてブッ殺すのは俺の仕事であって、心菜がやるべきことじゃない。心菜は俺にとらわれないで、ちゃんと前を向いて歩いていかなきゃいけないんじゃないのか？　そりゃ、取り残される俺は寂しいけれど、結局それがいちばん心菜のためになることじゃないのか……？

だからって今の俺は、心菜を止めることも出来ないんだよな……。

いくら考えても結論の出ないことをそれでも延々と考え続けてるうちに、トンネルの中は外界から入ってくる白い明かりじゃなく、照明のオレンジ色の明かりで照らされていた。いつのまにか日が暮れていたらしい。今何時ぐらいか？　六時？　七時？　いや、下手すりゃもっとか。

幽霊の俺はどこにいようと自由なんだけど、さすがにオレンジ色の照明が不気味なトンネルの中にはいつまでもいたくなくて、温度なんか感じられない身体なのに妙な寒気もしてきて、トンネルの入り口へ向かってスーッと飛んでいった。ところがいつまでたっても入り口にはたどりつかず、少し遠くに見える外灯に照らされた標識は、いくら進んでも遠いまま。なんだこれ。おかしいよな？　このトンネル、ここまで長くなかったよな⁉　あ、てか俺幽霊なんだし、上からすり抜けて出てもいいんだよなそう思ってぐいと高度を上げた途端、右足首にヌルリとしたものが絡みついた。濡れた雑巾《ぞうきん》？　ゼリー？　違う、もっと嫌な、この世のものとは思えないぞっとする感触。てか、変だ。だって今の俺は雑巾にもゼリーにも触れられない身体で……。

……。

下を見ると、信じられないものが俺の足首を掴んでいた。

頭がつるん、手足がひょろっと伸びた、黒い影。そう、影、と形容するしかない、全身黒一色の人間だった。顔のところに目と口がぽっかり開いていて、その口がにやりと左右に裂けて笑みを作る。気味の悪い声がする。

「ズルは許さないよ――……」

「ぎゃあああああ!!」

思わず、不良にはあるまじき無様な悲鳴を上げていた。ホラー映画だったらここで正体不明の影はスッと消えてしまう展開もアリなのに、そうはいかない。そいつはニヤニヤ笑いながら、よりいっそう強い力を俺の足にかけてくる。パニックになりながら自由なほうの左足で影の頭を蹴り上げても、渾身の力を振り絞って暴れても、無駄だった。影の奴の手は俺の足首と一体化したかのように、離れてくれない。

いくらバカの俺でもわかる。こいつ人間じゃない。いわゆる霊だろ!?　それもたぶん悪霊とかいう、ホラー映画や小説の定番のおっそろしい霊だろ!?　ちきしょう、心霊スポットのウワサはホントだったのかよ!!　だいたい霊が霊に襲われるって、何なんだよ!!

いつのまにか影はその数を増やしていた。アスファルトの奥から、トンネルの壁の向こうから、一人二人と飛び出してきて最初の影に加勢し、俺の足に手をかける。いつのまにかもう一方の足もつかまれて、俺の高度はどんどん下がって今にもアスファルトの上にひきずり倒されんばかりになっていた。足がもげそうだ。こらえきれない。こいつらに引き倒され、何十もの影にいっせいにのしかかられる場面を想像した。そんな最期、最悪過ぎる。

最期？　いや、とっくに最期は迎えてるだろ。俺は霊、こいつらも霊。まてよ、もし俺らがこいつらに食われるとかしたら、どうなっちまうんだ？　俺は既に、一度死んだ身。その状態でもう一度死ぬっていうのは……？　身体がない分、ひょっとしたら生きてた時よりも更に恐ろしいことになるかもしれない……必死でもがくが、その間にも影は数を増やし、少しずつ俺は下へ下へと引っ張られていく。

クソ、絶体絶命か……!?

腰のところまでぬめった手が絡みつき、もはやこれまでと思ったその時、自転車を漕ぐ音がした。また新しい霊？　いや違う、妙にはっきりした、生きてるものが立てる音をしている……。

一台の自転車が猛スピードでこっちに向かってくるのを、俺は見た。

「乾《ケン》・坤《コン》・兌《ダ》・離《リ》・震《シン》・巽《ソン》・坎《カン》・艮《ゴン》──悪霊、退散──!!」

若い男の声で呪文みたいなものが、半円型の空間にぼわんと反響した。自転車のほうから何かが飛んできて、影の塊に突き刺さる。ギャアッと声がしたかと思うと、俺の霊体にかかってた負荷は消えていた。ある影は吹っ飛び、ある影はヨロヨロと倒れ、ある影は必死で壁の中へと逃げていく。

何かわからないけど俺、助かった……??

キキィ、と急ブレーキの音がした。自転車を投げ捨てるようにしてアスファルトに下り立ったのは、若い男。黒い髪にあの天使の奴と同じくらい白い肌、なかなかの美形だ。背は高いし、歳は俺より少し上ぐらいか……?

「おい、ぼけーっとしてないでさっさと逃げるぞ」

「お、おぉ……!!」

全力疾走する自転車に続き、出来るだけのスピードで飛んだ。な、なんなんだこいつは? さっきの呪文とか、妙な紙切れとか。しかも普通に自転車乗ってるし、霊じゃないみたいだし。なんで人間に俺の姿が見えてんだ??

坂道の途中の公園──俺が心菜と最後にキスしたあの公園──で謎の男は自転車を停め、道路の端にあった自販機でコーラを買って戻ってきた。ベンチに腰かけ、無言でコーラを喉に流し込む男。コーラなんか飲んでるってことは、やっぱり霊じゃない。人間だ。

「どういうことなんだ……？」

聞くと男は口からコーラの缶を離し、俺のほうを見ないで言った。すっかり黒くなった空には既に月が輝いていて、月明かりに照らされた男の横顔はよく整っていてきれいだった。

「あれはあの場所に巣くっている集合霊だ。なんであそこが心霊スポットって言われてるかわかるか？　あいつらが弱い魂を引き付けて、悪霊が悪霊を生んでるんだ。お前みたいな成仏前の弱い霊なんて、悪霊の格好の餌食《えじき》だぞ。俺があそこで何か起こってるのに気づいて駆けつけなかったら、今頃どうなってたか……たまたま塾の帰りで坂の下を通りがかったからよかったものの、俺がいなかったらお前は今頃、あの影たちの一員にされてたぞ？」

「お、おぉ……」

妙に気迫のある話し方で、上から目線に言われてもあまり腹は立たない。ていうかこいつ、何を言ってるんだ？　一応、言ってることの筋は通ってはいるが、どう考えたって普通の人間の言うことじゃねぇし。

「昼間ならまだいいが、悪霊の動きが活発になる夜は気をつけろ。いいな？」

「わかった。わかったから、お前のこと教えろよ」

男がちょっとはっとした顔になってこっちを見た。正面から見ても美形だ。それも、何だか影のある、内側に深いものを秘めたような美しさだった。

「お前は、何なんだ？　なんで俺が見えて、俺を助けるんだ？　大体あの呪文とか、変な紙切れとか、何なんだ？」

「変な紙切れじゃない、札だ。字が書いてあったのに、見えてなかったのか」

ふ、と男が小さく息をついた。光の加減が変わって、男の鼻筋に線を引いたような影が伸びた。

「俺は榊洋人《ひろと》。霊感がある」

犯人探し

復讐を決意してから一夜明けた火曜日の朝、それは起こった。

なつきと一緒に教室に入った途端、並んでロッカーにもたれてしゃべっていた実沙と智穂がこっちを見て、二人の笑顔がすっと引いていく。なつきがおはようと言いかけた時、実沙たちは逃げるように廊下に出ていってしまった。

無視、された……??

突然の痛みに心臓が驚いて、ぎゅっと縮こまる。いつも一緒に遊んでいた大好きな友だちに無視された、そのショックがあっという間に頭を埋め尽くしていった。隣のなつきも呆然として、色を失っている。

「何よ、今の態度……まさか……まさか心菜が及川くんの事件に巻き込まれたからって、そういうこと……!?」

震えるなつきの言葉。そしてわたしは、わたしとなつきを取り囲むクラスメイトたちの視線が、妙に冷ややかで、妙に怯えてて、妙に落ち着きがないことに気づいてしまった。誰も昨日みたいに声をかけてきたり、気遣ったりしてくれない。ちらっと目が合えば慌てて逸らされてしまう。

何、これ。クラス全体が昨日とは打って変わった、手のひらを返すような態度。ひょっとしてあのネット書き込みや週刊誌のせい……!?　いや、ひょっとしたら、じゃない。今わたしがこんなことをされなきゃいけない理由なんて、他にないんだ……。

急に一人ぼっちにされてしまったような気分になって、足が震える。それでもなんとか自分の席まで歩いていって、教科書やノートを机の中に移していたら、教科書が何かカサッとしたものに当たった。嫌な予感がしつつ机から取り出してみるとそれは、四つに折りたたまれたルーズリーフだった。

『人殺し　学校来んな』――マジックの太いほうで書かれた文字が表面に躍っている。定規を使って書いたようなカクカクした字は、犯人を特定できないようにするため……？　斜め後ろからなつきがばっとルーズリーフを奪って、両手を使ってビリビリに引き裂いた。紙が破ける悲鳴みたいな音が、しんとした教室に響き渡った。

「誰がやったのよ！　こんなの、誰がやったの!?　このクラスの人間は、こんなに薄情な人ばっかりだったの!?　関係ない連中にあれこれ言われたからって、すぐ態度変えるわけ!?　何か言いなさいよ！　誰がなんとか言いなさいよ……!!　だいたい人殺しって、意味わかんない!!　及川くんが死んだのは心菜のせいだって言いたいわけ!?　そんなの、そんなの……!!」

目を血走らせながら叫ぶなつきに、誰も答えてくれない。昨日はあんなに優しさを見せてくれたみんなが、今日はそろって俯いてわたしと目を合わせようとしなかった。ネットの書き込みを見たから？　あの週刊誌を読んじゃったから？　それだけでこんなに簡単に、気持ちって変わっちゃうものなの……⁇

「橋場、何を騒いでるんだ」

鋭い声を出しながら教室に入ってきた浅岡先生に、なつきが興奮した口調で状況を説明する。先生はわたしを遠巻きにしているクラスメイトと床に散らばったびりびりのルーズリーフを見比べてから、静かに言った。

「やった者、この中にいるなら今すぐ名乗り出なさい」

先生らしい威厳のある、重たいひと言。いつもは少し疲れた感じの目が怒りを湛えて、教室を見回す。

でももちろん誰も、何も、言わないままだった。

なつきの叫びも先生の静かな怒りもみんなには届かず、結局わたしは一日そのまま無視され続けた。理科室への移動教室の時も体育の前に更衣室で着替える時も、誰もわたしとなつきに声をかけてくれない。昼休みになると、いつも一緒にお弁当を食べていた実沙と智穂は、わたしたちを避けるようにお弁当箱を抱えて教室を出て行った。

「ったく、信じられない！　あんな根も葉もない書き込みだの記事だの、鵜呑《うの》みにする!?　何も知らない他人より、いつも近くにいたクラスメイトのほうが心菜のこと、ずっと知ってるはずなのに!!　それに実沙と智穂は、友だちだよ!?　心菜にまた笑ってもらえるように頑張るって、それは嘘だったの!?　マジ見損なった!!」

なつきは体育館の外壁《がいへき》に背中を預け、購買で買った焼きそばパンにやけ食いのように食いつきながら、プリプリしていた。なつきはわたしのせいで自分までとばっちりを受けて無視されているにも関わらず、わたしの分まで怒ってくれている。昼休みの今、誰もが白い目で見てくる教室の中で机を合わせ、二人っきりでお弁当を食べるのもなんだか嫌で、わたしたちは体育館裏に避難中。すぐ目の前には学校の敷地と道路とを遮るフェンスがあって、桜の木がフェンスに沿って十数本、体育館から正門まで、ずらっと等間隔に植えられていた。風が吹いていっぱいに茂った緑の葉がカサカサ鳴って、購買のコーヒー牛乳を飲むわたしの足元で木漏れ日が生き物みたいな動きをする。食欲がなくてコーヒー牛乳だけにしたのに、その甘ったるい液体でさえすんなり喉に入っていかなかった。

「ねぇ、浅岡に相談してみない？　今朝の様子だったら、浅岡はそういうことちゃんと対応してくれる先生だと思う」

「二時間目の後、先生のほうから声かけてくれたよ。また何かあったら言いなさいって。大丈夫、気にしてないですからって言っちゃったけど」

なつきが口の周りに焼きそばソースをつけながら目を見開いた。

「なんでそんなこと言ったの？　心菜だってほんとに気にしてないわけじゃないでしょう？」

「そうだね、全然平気だって言ったら、嘘になる。でもわたしには、他にやらなきゃいけないことがあるの。嫌がらせとか無視とか、気にしてられないんだ」

「やらなきゃいけないこと、って？」

少しだけ、迷った。ひーくんを殺した犯人に復讐すること、この手で同じ目に遭わせてやること。その気持ちを誰かに話すことなんて、考えてなかった。でも、中学の頃からのいちばん大切な友だちで、こんな状況ですらわたしに寄り添ってくれてる、なつきなら。

「ひーくんを殺した犯人に、仕返しするの」

「仕返しって、まさか」

「警察より早く、犯人を捕まえる。そしてひーくんと同じ目に遭わせる」

「心菜、本気なの……？」

なつきのこんがり日焼けした顔が、青ざめていた。この時期にしては冷たい風が二人の頭の上を通り過ぎていって、わたしたちの胸元で制服のリボンがひらりと揺れる。

「本気だよ。ダメ？」

なつきは難しい目つきになって、ちょっと俯いた。しばらく沈黙があった後、ひとつひとつ丁寧に言葉を選ぶような言い方で語りだす。

「正直、あたし、よくわかんない。心菜がしようとしていることが、正しいのか正しくないのか」

「……」

「たしかに及川くんのことはひどいし、あたしだって犯人は許せないよ。マジ、死刑でいいと思う。警察が捕まえて裁判にかけたからって、ひと一人殺しただけじゃなかなか極刑にはならないんでしょ？　だったら自分で……ってなるのも、よくわかる。でもそれって、復讐になるよね？　復讐って、ほんとに正しいことなのかな……？」

なつきの言葉が胸を突いて、わたしも俯いてしまう。どうやって犯人を見つけるか、どうやって復讐するか、そういうことはあの後よく考えたけど、なつきの言ったことはちっとも考えてなかった。正しいか、正しくないか。そうやってはっきり言われたら、いくら固い決意でも少しぐらついてしまう。ひーくんのことは悲しいけれど。犯人は許せないけど。だけど。それに、となつきが続ける。

「それに実際問題、警察だってなかなか捜査進んでないみたいじゃん？　事件が起きて、もう六日目だよ。警察に出来ないことが、ただの女子高生に出来るのかな？」

「……警察が知らなくて、わたしたちのほうがよく知っていることだってあるよ」

顔を上げてなつきの目をまっすぐ見て言うと、なつきもおもむろに見返してきた。学校の前の路地をバイクが一台通り過ぎて、空気を裂くようなエンジン音が遠ざかっていった後、なつきが深く頷いた。

「そうだね。じゃあまず、何をする？」

「それね、夕べ寝る前にすごいいっぱい考えたんだけど、もっとひーくんの周りを調べてみたらいいと思うんだ。ひーくんをよく知ってる人に、話を聞くの。ひーくんが変な人に目をつけられてなかったかどうか、とか」

「たとえば誰？」

「西高の笹原くん」

しかめっ面でひーくんと仲直りの握手をした笹原くんを、お通夜にやってきてわんわん泣いていた笹原くんを、思い出す。不良のボスの笹原くんはわたしが知らない不良の世界のことをよく知っていそうだし、笹原くんを調べることで思いもよらなかった容疑者が見えてくるかもしれない。大人からはろくでなしの不良扱いされてたひーくんだけど、ほんとは誰かに恨まれるような人なんかじゃないって、わたしは知ってる。でもひーくんは何もしてなくても一方的に恨みを買っちゃうことだってあるし、そういう細かいことって警察でもなかなか調べきれないかもしれない。なつきが笑顔になってぱんと手を打った。

「あ、いいかも。ナイスアイディア」

「え、そう思う？」

「思う思う。もし笹原くんに話を聞きに行くなら、あたしもついてくよ」

「ほんと!?」

「もちろん」

「それは……わたしに協力してくれるってこと？」

ちょっとの間があった後、なつきはいつものように明るく微笑んでくれた。

「心菜は親友だもん。そして親友の好きな人は、あたしにとっても大切な人なんだよ」

「なつき……！」

目頭が熱くなって、ついなつきに飛びついていた。なつきはよしよしと子どものお守りでもするように、何度もわたしの背中を撫でてくれた。


放課後、さっそく西高まで行って不良ルックの男の子を呼び止め、笹原くんを呼び出してもらった。「話がある」というわたしたちに笹原くんは快く応じてくれて、三人で西高近くのマックまで。目の前でシェイクをする笹原くんは、妙に嬉しそうだ。

「いやぁ、なんか嬉しいやら聖に申し訳ないやらだなぁ。こうやって心菜ちゃんと向かい合ってると」

「なーにデレデレしてんのよ。言っとくけど心菜は及川くんがいないからって、あんたに乗り換えたりなんかしないからね！　見込みはないんだから諦めなさい」

なつきにぴしゃりと言われ、笹原くんは不良のボスらしくもなく、トレードマークのスキンヘッドをてっぺん近くまで赤くしていた。

笹原くんはどうもわたしのことが好きらしくて、気持ちを隠せないタイプなのか態度にもはっきり出ちゃってる。それを仲間にからかわれるのは日常茶飯事で、わたしも笹原くんの気持ちにはばっちり気づいてるんだけど、それでもこうして会ってみてあまり気まずくならないのは、笹原くんの性格のせいかもしれない。ひーくんと同様、単純なおバカさんだからなぁ。

「そうそう、心菜ちゃん、大丈夫？　あの週刊誌とかひどいだろ」

「へー、あんたも知ってたんだ」

自分なりにわたしを気遣ってくれる笹原くんに、なつきは冷たい。笹原くんはそれでもめげない。

「知ってるも何も、どうもうちの高校の女子がさ、記者にデタラメしゃべったらしくてさ。その子、聖のファンだったんだよ。心菜ちゃんに嫉妬してて、あんなこと言ったらしい。最低だよな」

「そうだったんだ。ひーくんが案外モテるのは、知ってたけど」

「うん。どうする、心菜ちゃん？　俺らでそいつら捕まえて、とっちめようか？」

「ううん、いい。嫌がらせなんて、どうでもいいの」

笹原くんが少し目を見開いた。放課後のマックの二階はわたしたちと同じような高校生たちでいっぱいで、すぐ近くで女の子たちの楽しそうな笑い声がぱっと起こった。

「驚いた。心菜ちゃん、案外強いんだな」

「強くなんかない。わたしは今目的があるから、他のことにはかまっていられないんだ」

「目的って？」

答えようとしたなつきを遮って、わたしが言う。なつきは巻き込んでしまっただけ。これはわたしの復讐なんだ。

「わたし、ひーくんを殺した犯人を探してるの」

「……探して、どうするつもり？」

「復讐する。同じ目に遭わせる」

「心菜ちゃん……」

笹原くんはしばらく絶句していた。ちょっと俯いて迷ったようにシェイクのストローをかしゃかしゃかき混ぜた後、改めて顔を上げる。

「わかった。協力する」

「えっ……いいの？」

もちろんその言葉を望んでたわけだけど、ほとんど二つ返事でＯＫが出ちゃうとは思ってなかった。笹原くんが大きく頷いた。

「だって俺も、許せねぇもん。ひと一人殺したくらいじゃ、日本の法律って死刑にならないんだろ？　よくて無期懲役、実際は十数年で出てこれるって、そんなの絶対おかしいじゃん。俺だってそいつのこと捕まえてぶっ殺してぇし」

「ありがとう、笹原くん」

笹原くんが赤くなりながら微笑んで、今度は照れ隠しのようにストローをかしゃかしゃじゃなく、がしゃがしゃやり始めた。うーん、ほんとにわかりやすい人……なつきが足を組み替えながら言う。

「それで、どう？　及川くんにわたしや心菜の知らない人間関係とか、あった？」

「うーん、特にないよ、心菜ちゃんや橋場の知ってる通りだと思う……ただ、西高生の間じゃ影山が怪しいかもとは言われてるな」

「影山」

頭の中で小さい光がまたたいた。ひーくんたちの傷の手当をした、あの公園。死の直前にひーくんが口にしてたのも、その名前だった……!!　全然知らない人なのに、その名前には何か得体の知れない悪いものがまとわりついているような気がする。笹原くんが身を乗り出す。

「影山ってたしか、俺らより歳はひとつか二つ上だったな。この街に来たのは割と最近だけど、その前は少年院にいたとかでさ。今は親戚の人の紹介で工場で働いてるらしいけど、いい噂聞かねぇし。この町の不良の中じゃ、一目置かれてるっつーの？　すげぇ喧嘩が強くて、前歯やアバラを折られたって奴が何人もいて、しかも俺は人を殺したことがある、ってのが口癖で」

「それ、ほんとなの？」

なつきがうさんくさそうに眉をひそめ、笹原くんが首をひねった。二人は本気にしてないみたいだけど、わたしにとってはそれはとても本当らしく聞こえた。

影山。人を殺したことがあるかもしれない、とても喧嘩の強い人。その名前を口の中で何度もつぶやく。心臓の動きが少しずつ、速くなっていく……。

「それにそいつ、あの日、俺らの近くにいたらしいんだよな、パトカー来たのもそのせいらしくて」

「その影山って人が働いてる工場って、どこ？」

今度はわたしが身を乗り出していた。

霊感少年の嫌いなモノ

再び少々時間が巻き戻され、俺と榊が出会ったあの夜――

霊感少年・榊洋人にくっついて、やって来たのはこいつの家。どこにでもありそうなごく普通の二階建てで、玄関を彩るプランターの花はきちんと手入れがされ、赤い花が「明るい家庭」アピールをしていた。キッチンから榊の母親らしきおばさんが顔を出し、黙って二階へ行こうとする榊にお帰りと声をかけた。榊もただいまと小さく返す。うーん、母親にはあんま似てねぇんだな、こいつ。きれいすぎる顔も、どうも愛想に欠けるところも。

榊の部屋はポスターもプラモデルもカレンダーもない、シンプルで片付いた小奇麗な部屋だった。俺の足の踏み場もない四畳半とは大違い。ベッドカバーには皺《しわ》ひとつないし、脱ぎっぱなしの服がそのへんに転がってたりもしない。しかし本棚、でかいな。ラインナップも夏目漱石《なつめそうせき》に太宰治《だざいおさむ》、俺には一生ついに縁がなかった昔の小説ばっかだし、マンガも「三国志《さんごくし》」と「へーい！竜馬《りょうま》」って。こいつ、ホントに二十一世紀の高校生か??

「お前、高校生にしちゃマンガの趣味、古いのな」

「高校生じゃない。中三だ」

「はっ、中三⁉　マジ⁉　俺より年下かよ⁉」

興奮して榊の顔をじろじろ眺める俺から、榊は迷惑そうについと顔を背けた。

「へー、大人っぽいんだな、お前」

「お前がガキっぽいんだろ」

「なんだと！　言っとくけど俺は高二だったんだよ、死んだ時！　お前より二つも年上なの！　年上に向かってその口の聞き方はなんだよ‼」

「年上も年下もないだろ。今俺は人間、お前は幽霊。まったく別々のモンじゃないか。トシなんて関係あるか」

冷静に返されて、ちょっと考え込んでしまった。まったく別々のモン……まぁ、そう考えたら、そう、なのか⁇　俺はバカだから、つい納得しそうになる。榊が、バックから取り出した教科書やノートを机の上に並べながら言った。

「それで？　ここまでついてきたってことは、俺に聞きたいことがあるんじゃないのか？」

「そうそう！　榊さ、お前霊が見えんの？　霊能者とかいうやつ？」

細い顎が小さく上下に動いた。

「さっきお前のところに駆けつけたみたいに、霊の波動を探知したり、術を使って悪霊を封じたりも出来る。お前みたいに死後の49日間を地上で過ごしてる霊には、よく出会う」

「すげぇー。マジにいるんだな、霊能者って」

「たくさんいるわけじゃないぞ。俺の力は死んだじいちゃんから受け継いだものなんだけど、自分以外の霊能者に会ったことはないし」

「じゃあ、俺が今話せる生きた人間って、お前だけなんだ？」

「そういうことになるな」

ちょっと考えた。この世の物に一切触れられず、誰かと話をすることも出来ない。真犯人がわかっても心菜の暴走を止めたくても、その方法がない俺の前に現れた、唯一幽霊と会話出来る榊。これ、千載一遇のチャンスってやつじゃねぇの⁇

「榊、お前に協力してほしいことがある」

学習机の前に椅子に座り、疲れたように背もたれに体を預けている榊に、ぐっと近づく。無愛想な表情は変わらない。

「実は俺、殺されたんだ」

「知ってる。及川聖だろ、お前」

「え？」

「同じ街で起こったでかい事件だしな。ニュースでお前の顔写真、さんざん流れてたし。今お前、有名人だぞ。彼女を救ったヒーローで、不良のバカ野郎だって」

「バカ野郎は余計だろ」

ムッとして、つい口調が強くなる。なんかいちいち癇《かん》にさわるな、こいつ。

「ほんとにそう、週刊誌に書かれてたぞ」

「あぁ……読んだのかよ、あんなの」

「関係ない俺が読んでも、胸くそ悪くなる記事だった。おかげで今、うちの学校でもすごい話題になってるぞ。死んだ東高のボスって、怖い奴だったんだなぁって」

「……」

「生きてた時の行いが悪かったな。自業自得だ」

「なんだよその言い方!」

霊体の俺の口から、この世のものに触れない唾が飛んだ。まっすぐこっちを見ようとしない榊の目の前にぐいと顔を出すと、さすがの榊も眉をひくつかせた。

「お前、残念な大人と一緒だな。不良ってだけでロクデナシ扱いしやがって」

「実際ロクデナシなんだから仕方ないだろ」

「なんだと!!」

拳を振り上げて、はたと気づいた。いくら俺が怒っても、この拳が榊に当たることはない。当たり前だ。大体俺は、これからこの榊に頼みごとをするわけなんだ、ここはいくら腹の立つ奴でも落ち着いて、と。ひとつ咳払いをする。ずいぶんわざとらしい音になって、榊がもっと眉をひそめる。

「とにかく、わかってるなら話が早い。俺は俺を殺した犯人を捕まえてブッ殺したい、そういう気持ちで地上に戻ってきたんだ。そして俺を殺したバカはまだ逮捕されていない」

「で、なんだ？　まさか俺に犯人を探せと、そして幽霊のお前に代わって復讐しろと、殺人者になれと。そんなあつかましいことを頼む気か？」

「ちげーよ！　実は俺の彼女が、同じこと考えてんだ。犯人に復讐してやる、って」

榊が少し目を見開き、おもむろに腕組みをした。

「いいことじゃないか。殺したかったんだろ、お前を殺した奴を」

「その気持ちは今でも本当だけど……でも、彼女には——心菜には、そんなことしてほしくないんだ。なのに俺は、心菜を止めることが出来ない」

「だから、俺に止めろと？」

榊の目を見て、大きく頷いた。壁にかかっている時計の秒針が動く音が、やたら大きく聞こえる。チクタク、チクタク。音がたっぷり数十秒続いた後、榊がギィと回転椅子を動かして俺に背を向けた。

「気は進まないな」

「なんでだよ！」

「まず第一の理由。俺は受験生だ、この夏は暇な霊なんかにかまわないで、勉強に集中するって決めてんだよ」

それを言われると言葉に詰まる。受験の大変さは、俺も経験してるからよく知ってる。心菜が好きで、心菜と同じ高校に行きたくて、中三の後半は喧嘩も夜遊びもタバコもやめてマジ必死こいて頑張ったし。こいつは今、その時の俺と同じ状況にあるわけか……しかも榊はいかにも頭良さそうだから、いい高校狙ってるんだろうし。

第二に、と榊が少し声を大きくした。

「第二に、俺は不良が嫌いだ。つまり不良のお前の世話なんか焼きたくない」

「な……！」

「不良ってだけでロクデナシ扱いしやがって、だと？　それが嫌なら普通に学校行って、普通に勉強して、真面目な人間になればいいのに、なんでそれをしない？　結局不良って、嫌なことや辛いことから逃げて、学校サボって好き勝手してるだけだろ。規律を守れず、そのくせそれを指摘されれば不良だからなんだ、と逆ギレする。自分の非は認めないなんて、バカ以外の何者でもないだろ」

「あのなぁお前!!」

つい、役立たずの霊体の手を榊に伸ばし、襟首を掴もうとしていた。俺がこんなにたかぶったのは、榊の言うことがすごく正しく聞こえてしまったからなのかもしれない。自分の声が震えている。

「たしかに俺はバカだよ……バカ以外の何者でもねぇよ!!　でも、でも世の中にはなぁ、その普通にとか真面目にとかが出来ない、不器用な人間だっているんだよ……!!　自分が違うからって、そういう奴見下すんじゃねぇ!!」

「ひとの話は最後まで聞け」

榊はカンカンになっていたこっちが拍子抜けするほど落ち着いていた。またギィと回転椅子を回し、俺に向かい合う。

「俺の嫌いなものは、不良の他にも二つある。まずはいじめ」

「あぁ、あれは最悪だよな。あのさ、よく不良はいじめをするみたいに言うやついるけど、俺ら硬派の不良は弱い者いじめなんかしない。弱い奴をいじめて楽しむなんて、陰湿じゃねぇか。そういうのは、弱い奴のすることなの。だからカツアゲとかオヤジ狩りとかそういうのも不良として邪道で、俺も仲間に禁止してて……」

「お前の不良美学はいい、俺に話をさせろ……俺の嫌いなもののみっつめは、復讐だ」

目を見開いた俺に向かって、榊は薄く笑った。それはどこか皮肉めいているような、上手く笑えてないような笑い方だったけど、ともかく俺はこの時初めて榊の笑ったところを見た。

「協力してやるよ、お前に」

「榊……！」

「一緒にお前の彼女……心菜って言ったっけ？　その子を、止めよう。そうすればお前も心置きなく成仏出来て、天国にでも地獄にでも行けるんじゃないのか？」

「さんきゅ！　まじさんきゅ榊！　お前、愛想悪くて年下のくせに生意気で、でもけっこういい奴なのな!!」

ついつい何物にも当たらない腕をぶんぶん振り回し、榊の背中を叩きまくっていた。当然空振りしまくり。どうもこいつといると俺は、幽霊の基本ルールを忘れてしまうらしい。俺のあまりの喜びように、榊はちょっとあきれた顔をした。

「だが今日はとりあえず、俺はこれから勉強する。さすがにお前の彼女もまさか今すぐ復讐なんて、無理だろ」

「榊」

「なんだよ」

「俺、お前のこと好きだわー」

ついポロッと言ってしまった台詞にはっとしながら口を抑えると、榊は思いっきり眉を寄せてドン引きしながら「気持ち悪い」とひと言言った。

俺だって同じだ。

犯人逮捕？

笹原くんと別れて十数分後、なつきと並んで家路を急いでいた。

時刻は既に六時を過ぎていて、あんなに高かった太陽も少しずつ高度を下げ、ようやく夕方の気配が漂い始める。制服のスカートをふくらませる風が、昼間の暑さを忘れさせるほど気持ちいい。町はわたしたちと同じぐらいの高校生や中学生、買い物帰りの主婦なんかで、賑やかだった。遥か頭上をぶうぅん、と飛行機が泳いでいって、ちょっと色が薄くなりだした空に白いラインが現れる。

「ねぇ、なつきはどう思う？　その、影山って人のこと」

周りに人通りが少なくなった頃、抑えた声で言った。なつきがんー、と心持ち唇を突き出した。

「うぅん、不良だから疑うってのもひどいけど、事件があった時近くにいたってのは、怪しいよね。でも及川くんはなんで、そいつに殺されなきゃいけなかったんだろう？　及川くんと影山に接点はなかったらしいし。動機って、何？」

「えっと。わたしたちの知らないところで、ひーくんが影山と関わってた、とか」

「ま、そう考えるしか、ないよねぇ」

そんなことを話してるうちに交差点に来て、横断歩道の前で止まる。赤信号はあとちょっとで変わりそう。なつきとはここでお別れだ。

「じゃあね、あんまり考えすぎちゃダメだよ。犯人探しもいいけど、普通に生活しなね？普通にテレビ見て普通にご飯食べて、普通にマンガ読んで普通に寝なさいよ」

「今の発言、なつきの普段のぐうたら具合がわかるんだけど」

「うるさい！」

なつきが笑いながら拳を振り上げ、殴る振りをする。合わせて笑いながら、そういえばひーくんが死んでから、こうやってふざけあうのって初めてだなって気づいた。犯人探し。復讐。目的があるから、今なんとかこうして、歩き出せている……。

「とにかく、健康的な生活をしなさいよね。元気じゃないと、犯人探しだって出来ないよ」

「そうだね。ありがとう」

事件が起きる前みたいに、小さく手を振って別れた。

一人になって、住宅街を歩き出す。大きな通りから一本外れただけで、辺りは急に静か。後ろに誰かいるらしくて、わたしの足音にもうひとつの足音が重なってた。規則正しい足音を聞きながら、なつきにああは言われてもやっぱり影山のことを考えてしまう。

人を殺したことがあるってみんなに言って回るっていうのは、なつきや笹原くんが言ってたように自分を強く見せるためのハッタリなのかもしれない。でも、そうじゃないとしたら……もしかして、映画や小説に時々出てくるような、人を殺すことで快楽を得る人物——猟奇的な殺人鬼？　人を殺すのが趣味の人……？　だとしたら相手は誰でもよかったわけで、特にひーくんと接点がなくても動機として成り立つ。

うん、ありえない話じゃない。だってこういう世の中だし、「殺すために殺した」みたいな普通では考えられない変な事件が、連日ニュースで取り沙汰されているんだもの。そうなると影山は、わたしたちの常識が一切通じない人物。異常な心を持って、異常な考えの下に動いている人……本物の人間を殺すのもゲームでゾンビを撃つのも、彼にとっては何ら変わらない。もし、そうだとしたら。

許せない。ひーくんがそんな人間に、そんな目的のせいで、殺されたなんて。それじゃあまるで、ひーくん、おもちゃじゃない？　小さな子どもがバッタの足をひきちぎって遊ぶのと同じ。そうやってひーくんが殺されたなんて許せないし、信じたくないよ……!!

かあっと身体を熱くする怒りに、かちゃんという音で水を差された。リュックにつけていたキャラクターの人形が、アスファルトに落ちた音だった。あーあ、ボールチェーンが切れちゃってる……ツイてないなぁと思いつつ、人形を拾ってブラウスの胸ポケットに入れて歩き出す。たっ、たっ、たっ、たっ。規則正しく響く二つの足音。あれ？　さっきから後ろで聞こえるもうひとつの足音、わたしと同じリズム？　しかも人形を拾ってた間、止まってたみたいだし。止まってる間に追い越されなかったってことは、もしかして……。

さあっと血の気が引いていった。

震える足を止め、何気ない振りをして携帯を取り出し、適当にボタンを押す。やっぱり足音は止まってる。また歩き出すと、足音も同じリズムでついてくる。決定だ……。

さっき感じた怒りも忘れて、あっという間に恐怖に全身を支配されてしまった。歯がカタカタ揺れる。嫌な汗がじゅっと噴き出して、心臓が胸の真ん中で暴れ出す。どうしよう。家までまだ、だいぶあるよ……!!

速足になると足音もまったく同じリズムの速足になり、走り出すと足音も走り出した。絡まりそうな足で、精一杯走る。怖くて後ろを向けない。息を切らしながら、身の毛がよだつようなネット書き込みと丸井くんの忠告を思い出した。『心菜ちゃん、ほんとに気をつけたほうがいい』――

機械的に足を動かしながら、目の前がかすむ。足音はどれが自分のものかどれが相手のものかわからなくなって、だんだん聞こえなくなる。前に進むこと、逃げることだけを考えていた。ふいにあの夜のフラッシュバックが襲ってくる。金属バットを振り上げる覆面の男、パニックになりながら必死で逃げたこと、遠ざかるひーくん……。

「嫌っ」

小さく悲鳴を上げるのと同時に、足先が何かに当たって身体が浮いた。アスファルトの継ぎ目につまずいたんだ、と気づいた時は地面に落ちていた。膝が熱くて、血が流れる感触がする。反射的についた手もすりむいていた。早く立たなきゃいけないのに、足が震えていた。

後ろでドサッと何か倒れる音がした。ぎゃっと獣が踏みつけられたような悲鳴が続く。

「このストーカー野郎」

抑えた声に振り向くと、髪がボサボサでヨレヨレのTシャツ一枚の男の人が、制服姿の男の子に背後から馬乗りにされ、押さえつけられていた。うぅ、とうめき声を上げる口元が歪んでいて、血走った目がぎょろぎょろしている。その顔がすごく不気味に見えてぞっとしていると、制服姿の男の子が顔を上げて、早口で言った。

「110番だ。早く」

この前と違って警察署の中は妙にがらんとしていて、廊下もしぃんと静まり返っていた。警察にも忙しい時期と忙しくない時期があるのかもしれない。わたしと榊洋人くん――駆けつけたパトカーに乗り、お巡りさんに名前を聞かれて彼はこう名乗った――は、フロアの隅っこの応接セットに案内され、お茶を出されていた。ここはこの前と同じ。

それにしても、どうも落ち着かないな……初対面の人が隣にいるっていう、この感じ。それも榊くん無愛想だし、さっきから一切わたしに声かけてくれないし。でも、落ち着かない反面、彼の隣は妙に懐かしい感じも……。

「君が、芹澤心菜か……」

榊くんは独り言のようにぼそりと言った。きれいな顔が戸惑いがちにこっちを見ている。

「知ってるの？」

「あぁ、有名だしな」

「あの事件の子だって？」

榊くんが気まずそうに目を伏せる。そっか、今わたし、この町で有名なはずだよね……ネットにわたしの顔写真も本名も出ちゃってるんだもん。こんなことで有名になんかなりたくないのに。なんか、やるせない。

「君の彼氏を殺したのは、十中八九あいつだろうな」

また、独り言のような声。思わず榊くんを凝視すると、睫毛の長い目はこんな非日常的な場所にも関わらず落ち着いていた。

「あいつって……今のストーカー!?」

「そうだ」

「なんで……」

「君のストーカーで、見ているだけでは飽き足らなくなり、自分のものにしたくなった。そのためには、及川聖が邪魔だった」

「そんなことのために、ひーくんを……!?」

榊くんは首を縦にも横にも振らない。まだ、確証はない。これはわたしと榊くんの間に生まれた、仮定の話でしかない。榊くんが出された湯のみを取り、ひと口飲んでから言う。

「本当にバカらしいことだ。あっちゃいけないことだ。でも頭のおかしい奴の思考なんて、そんなものだろ」

「……」

確かにそれは血に飢えた殺人鬼・影山犯行説よりもずいぶん、もっともらしく聞こえた。だってわたしはたった今あいつに尾行されてたんだもの。そして、許せない。血に飢えた殺人鬼だろうが、恋に狂ったストーカーだろうが。

何が起きたって、ひーくんはもう帰ってこないんだよ……？

「わたし、あいつに会ってくる」

ソファーから立ち上がり、歩き出した。すぐに榊くんに追いつかれ、腕を強い力で掴まれる。何も言われなくても、その冷たい手のひらがダメだと言っていた。

「殺してやる！　ひーくんと同じ目に遭わせてやるの」

「何言ってんだよ」

「わたしがそうしないと、ひーくんが浮かばれないっ！　ひーくんが可哀想！」

「落ち着け、ここは警察署だ。そんなことしてもすぐ捕まるぞ」

「捕まってもいい」

「とにかく落ち着け」

榊くんを振り払おうとするわたしと、力づくでわたしを押さえつけようとする榊くん。しばらく揉み合っているうちに、ドアが開いて刑事さんが入ってきた。

恩地さんと魚住さんだった。

「榊くん、ご協力ありがとう。そして心菜さんもまた、大変な目に遭ってしまったね」

「いえ……捕まったのなら、よかったです」

刑事さんたちの登場がわたしを冷静にしていた。魚住さんが不審そうにこっちを見ている。もしかしてさっきの会話、聞こえてたのかな？　うぅ、それはちょっとまずいかも。榊くんは刑事さんが珍しいのか、恩地さんをじろじろ観察していた。恩地さんはわたしに焦点を合わせ、落ち着いた低い声で言う。

「心菜さん、行天は罪を認めたよ」

「行天？」

「君をストーカーしていた男の名前だ。行天はここ一ヶ月ほどの間、ずっと君のことをつけまわし、隠し撮りもしていたらしい」

「隠し撮り!?」

恩地さんが大きく頷いた。そっか、やっぱり榊くんが言うように、ネットに心菜ちゃん萌えーだとか書き込みをしてた人じゃなくて、前からわたしをつけてた人だったんだ……恩地さんが更に続ける。

「行天が持っていたデジカメから、君の写真がたくさん出てきてね。あっさり白状したよ」

「そんな、一ヶ月も隠し撮りって……全然気づかなかったです」

「君はとても魅力的だ、少しは気をつけたほうがいい」

魚住さんにそう言われるとなんだか無防備だった自分のほうも悪い気がしてきて、素直に謝ってしまう。

「ごめんなさい……」

「いやいいんだよ、心菜さんが悪いわけじゃない」

こういう時でも恩地さんは優しい。うん、やっぱりこの人、いい人だ。

……て、あれ？　ちょっと待って。それだけ⁇

「刑事さん、行天がひーくんを殺したんじゃないんですか⁉」

言った途端、恩地さんも魚住さんもぎょっとした。あれ、わたしもしかしてまずいこと、言っちゃったのかな……恩地さんが少し早口になる。

「どうしてそう思うんだい？」

「いやその、それは……」

どうしてって言われても。助けを求めるように隣の榊くんを見ても、榊くんはまだ刑事観察に一生懸命で、わたしの視線に気づきもしない。ど、どうしよう。

ふーむ、と恩地さんが腕組みをしながら言った。

「たしかに彼は事件直前に現場近くで目撃され、警察でも不審者として行方を追っていたんだ」

「えっ」

「恩地さん、それは捜査情報で……」

咎める魚住さんを恩地さんが目で制する。榊くんがようやくはっとした顔をして、話に聞き入っていた。

「しかも事件発生と同時に行方がわからなくなって、怪しかったからね。ところが事件が起きた時間、行天には完璧なアリバイがあった」

「アリバイ」

榊くんが呆けたように繰り返した。恩地さんが改めて榊くんを見て、大きく頷く。

「事件の時間帯、行天はインターネットのライブチャットサイト『サイバーメイドカフェ　もえもえ』で、『野球好きっ娘ローラ』と会話していたんだ」

「もえもえ……野球好きっ娘ローラ……」

「なんだそのふざけたサイト名とふざけた女の名前は」

わたしと榊くんの声が重なった。なんか、拍子抜けした気分。なっ何？　もえもえ、って。センスのかけらもなーい!!

「まったく、今どきの若者の考えることはわからんよ。野球が好きで野球の話がしたかったのだと言ってるが、だったらそういう友だちを作ればいいのに、インターネットとは」

魚住さんが吐き捨てるように言った。このタレ目のおじさんには、どうしても今どきの若者の心理がわからないらしい。いや、今どきの若者である身としては、行天みたいな人を一般的な「今どきの若者」とはしてほしくないんだけど。だって、ストーカーだよ??　わたしの写真を見てニヤニヤして、ずっとつけ回されてたって、想像するだけで鳥肌が立つ。

「でも、インターネットのチャットなら、アリバイにはならないんじゃないですか」

榊くんが言った。そう言われれば、たしかに……！　恩地さんが残念そうに首を振る。

「最近のチャットは互いに顔が見えるんだ。今サイト側にも捜査協力を依頼しているが、確認が取れれば行天はシロになる。数日留守にしていたのも単に実家に帰っただけだと言っているし、携帯の電源を切っていたのは壊れてしまったからなんだそうだ。実際、壊れた携帯も見せてもらった」

「……」

「確認が取れるまで確かなことは言えないが、尋問していても不審なところはなかったし、おそらくシロだろう」

「そんな……」

急激に頭の芯が冷えていって、不思議な寂しさみたいなものが胸の中で広がっていった。

せっかく、近くにひーくんを殺した犯人がいると思ったのに。憎しみを向ける対象が、はっきりしたはずだったのに。

復讐するって簡単じゃないんだなって、わたしはこの時初めて気づいたんだ。

ストーキング？

――行天が逮捕され、榊と心菜が出会う数時間前――

俺たちは榊の学校の校門前で待ち合わせていた。

次から次へと出てくる同じ制服の中学生の群れの中に、榊を探す。あいつおっせーなーと思っていると、いたいた。ちょうど校舎から榊が友だちらしき人と連れ立って出てくるところで、友だちはグラウンドのほうへ、榊は校門のほうへ。別れ際、二人笑い合いながら手を振る。霊感があるだけに大人っぽくてかつ浮世離れした奴だなーと思ってたが、そういう姿は普通の中学生となんら変わらなくて、ちょっと拍子抜けしてしまった。

榊は俺なんて見えていないように速足で校門をくぐり、ツカツカと速足で歩く。

「なぁ、今の友だち？」

話しかけると榊がしっと指を立てた。そっか、今俺としゃべってたら周りの人間には榊が一人でブツブツ言ってるようにしか見えないから、周りに人がいなくなるまでしゃべるな、って意味か。学校を出て五分もすると辺りはしんとして、中学生どころか小学生、猫の子一匹見当たらなくなる。もういいだろう。

「榊って友だちいるんだな」

「失礼な。俺だって友だちぐらいいる」

榊がちょっと頬を赤くした。この男も感情を表に出すことがあるんだなと思った。

「いや、お前ってなんか、変わってるじゃん？　霊が見えるってだけじゃなくて、他にもいろいろ、さ。中学生なんかガキだって思ってるタイプじゃねぇのかと」

「俺も前まではそう思ってた。でも」

「でも？」

「いや……なんでもない」

よく整った横顔がこわばっていた。話したくないんだろうか？　だったら俺が無理に聞くことじゃないよなぁ。しばらく二人の間に濃い沈黙が流れた。

ふと振り返ると、中学の建物は既にだいぶ遠ざかっている。榊の通ってる中学、旭《あさひ》中……あれ、そういえばたしか、旭中って。

「なっ、旭中ってこの前、いじめがあったって問題になったとこだろ？　女の子がいじめで自殺して、学校がそれをずっと隠してたってやつ。うちの高校まで噂が届いてさ……」

そこまで言って、榊の顔がよりいっそうこわばり、唇から色が抜けていくのに気づいた。睫毛の長い目が思いつめた色をしている。

「悪ィ……」

「いや、いいんだ」

俺らの間に気まずい沈黙が再来した。

自殺した子って、もしかしたらこいつの知り合いかもしれねぇんだもんな。悪いこと言っちゃったな、俺……後悔して何も言えなくなっていると、榊が俺に気を遣うように言った。

「それで、お前の彼女を止めるって、具体的にどうするんだ？」

「だから、心菜が変なことしないように見張っとくんだよ」

「見張りって。俺にストーカーになれってことか」

「頼むって。俺だけじゃどうにもできねぇだろ、何かあっても止められないし」

榊がふぅ、と小さく息をついた。俺より二つも年下なのに俺よりずっと重いものを背負って、押しつぶされそうになりながらもなんとか生きているような、横顔だった。

「わかってる。で、俺はどこに行けばいい？」

高校にも、あいつがいつも橋場と出入りしてたアイスクリーム屋にも、二人でよくデートしてたゲーセンにも、心菜はいなかった。もう帰ってるのかと思って心菜のマンションまで行き、壁抜けして家の中を調べても、心菜も心菜の母ちゃんもいない。

おっかしーな。あいつ、いったいどこに行っちまったんだ⁇

「ダメだ。帰ってない」

壁をすり抜けて急降下しながら、マンションの外壁にもたれて待っていた榊に言うと、榊は相変わらず表情の感じられない顔でぶすっと言った。

「いないなら俺、帰って勉強するぞ」

「冷たいなお前。もう少し付き合えよ……ったく、幽霊ってマジ不便だよなぁ。生きてるならこんな時、電話すりゃあ一発なのに」

「わかりきったことを今さら嘆いてもしょうがないだろ。それで？　どうするつもりだ？」

「とにかくもう一度駅まで戻って、探してみよう」

榊は地上一メートルのところに浮き上がって移動する俺の斜め後ろを、黙ってついてくる。なんだかんだでちゃんと協力しようとしてくれてるみたいだし……やっぱ、意外といい奴なんだろうな、こいつ。

駅に向かって歩いていると、車道を挟んだ反対側の歩道に心菜と橋場の姿を見つけた。俺らとは逆方向に向かって、何かをしゃべりながら歩いてる。

「榊！　あれだ‼」

榊がさっと心菜のほうに首を曲げ、俺は慌てて電柱の陰に隠れて心菜たちの様子を窺った。心菜と橋場、笑ってる……復讐するなんて言ってた昨日とは打って変わった、何もなかった頃の普通そのものの心菜に、なんだかホッとしてしまった。榊があきれた声を出す。

「お前、何隠れてんだよ。相手に見えないんだから意味ないだろうが」

「あ、そっか。つい条件反射で」

「ほんと不良ってのはバカだな」

「なんだと!?」

「お、もう一人の子と別れたみたいだぞ」

心菜が橋場に手を振りながら、大通りから一本それた細い道へ入っていく。榊と俺は急いでそれを追う。

榊の尾行は、完璧だった。心菜とは十メートル以上距離があって気づかれる心配はなさそうだったし、足音すらほとんど立てないで歩く。しかし、これじゃあ本当にストーカーだ。

「普通に家に帰るみてーだな、心菜の奴。さっきも橋場と楽しそうにしゃべってたし、案外元気なような」

「お前の取り越し苦労なんじゃないのか。何もないならこうやってつけてるのもなんかアホらしい」

榊が小声で言った。たしかに、今日の心菜はこうやって見てると本当に普通そのものので、とても復讐なんて考えているようには見えない。いや、みんなの前では元気そうに振舞っといて実は……とか、あいつならありえる、か……。

ふいに、俺たちの五メートルほど前、車二台が苦労しながらやっとすれ違えるぐらいの狭い道から、人が一人飛び出してきた。心菜の歩くリズムに合わせてペタペタと歩く。よれよれのTシャツ、ひょろひょろした後ろ姿……。

「なんだ、あいつ」

榊が不審そうに眉をひそめた。心菜の後ろ姿にぴったり重なって歩くせいで、俺らの位置から心菜の姿が見えなくなる。

「急に出てきて、あそこで待ち伏せでもしてたような……しかも何か、両手に持ってるし」

「まさか」

猛スピードで男の前に回りこんだ。そいつはデジカメを構え、ファインダーを覗き込んで心菜に向かってシャッターを切る。カメラを目から離した時の満足そうな笑みは、獲物の前で舌なめずりする爬虫類《はちゅうるい》を連想させて気味が悪い。

間違いない、警察の捜査資料にあったのと、同じ顔だ。ボサボサ顔にぎょろついた目、皺の寄った分厚い唇……。

「榊！　あいつだ！　あいつが俺を殺した男で、心菜のストーカー!!」

戻ってきて叫ぶと、榊が足を止めながら目を見開いた。何を止まってるのかと思ったら、その男……行天も止まっている。

「お前何言ってんだよ」

「確かなことだ、ちゃんと根拠もある、実は俺……」

行天の部屋に壁抜けで侵入したこと、そこで見たものを話すと、榊の顔がみるみるうちに青ざめていった。行天がまた歩き出し、すぐに止まる。榊もまったく同じように足を動かす。

「その可能性は確かに高いな」

「だろ!?　ちくしょう、やっぱ心菜をつけて正解だった!!　あいつ、俺を殺した上に心菜に何を……」

「ちょっと待て。なんであいつ、こんな速足になってるんだ??」

行天の速足はやがて駆け足になる。行天と心菜、二人の足音が重なってアスファルトを打つ。つまり心菜が走り出して、行天がそれを追いかけてるんだ。心菜は行天に気づき、あいつから逃げようとしている……!!

「心菜っ」

榊の止めるような声を聞いた気がしたけれど、止まれなかった。俺は見事な飛行であっという間に行天を追い抜き、血相を変えて走っている心菜の前に回りこむ。

心菜は、息を切らして必死で走っていた。目がどこも見ていない。どこも見えていない。可哀想なほど青くなった頬の横から行天の様子を窺うと、行天は血走った目を不気味にぎょろつかせ、にやついた赤い唇の間から熱そうな息を絶えず吐き出していた。怒りがこみ上げてくる。俺は俺の言葉が届かないはずの心菜の耳に口を寄せ、ささやく。

「大丈夫だ、心菜……榊は強い、絶対なんとかしてくれるから……!!」

もし幽霊じゃなかったら、あんな弱そうな奴一発でやっつけてやるのに。死んだ俺はもう、心菜を守ることも出来ない。励ましの言葉さえ、心菜には届かないんだ……。

心菜がアスファルトの継ぎ目につまずき、派手にすっ転んだ。制服のミニスカートから飛び出した膝小僧が裂け、赤いものがアスファルトに落ちる。心菜はすぐに立ち上がれない。華奢な身体全体が小刻みに震えていた。

早くなんとかしてくれ、榊……!!

痛いほど願ったその時、行天の身体が地面に落ちていた。

榊が後ろから飛びかかったのだ。

ぎゃっ、と醜い悲鳴がした。振り向けば榊が男の腕を後ろからぎりぎり締め上げている。心菜は榊と行天を見てぽかんとしていた。

榊は人間相手でも強いのか、それとも行天がやたら弱いのか、その両方なのか、わからなかった。

警察署のフロアの片隅の応接セット。革張りのソファーに、左から榊、俺、心菜の順で座っていた。もちろん幽霊の俺は「座ってるつもり」になってるだけで、他人には榊と心菜がいるようにしか見えない。取調室に連れて行かれた行天も気になるが、今は心菜から離れられなかった。あんな怖い目に遭ったばかりなんだから。初対面の二人の間には気まずい空気が流れている。

「君が、芹澤心菜か……」

独り言のように声をかけた榊に、心菜がおずおずと顔を上げた。

「知ってるの？」

「あぁ、有名だしな」

「あの事件の子だって？」

「おい榊、有名とかなんか、嫌味っぽいじゃん。もっと言い方あるだろ？」

心菜には聞こえない声を出す俺の隣で榊は目を伏せ、心菜も俯いてしまった。部屋の端っこで回ってるエアコンのモーターの音が大きく聞こえる。なんだよ。こいつら、もっと気まずくなりやがって。

「君の彼氏を殺したのは、十中八九あいつだろうな」

そう言う榊を俺も心菜もいっせいに見る。ストーカーを捕まえて警察署へ、そんな非日常的なシチュエーションにも関わらず、榊の目は至って落ち着いていた。

「あいつって……今のストーカー!?」

「そうだ」

「なんで……」

「君のストーカーで、見ているだけでは飽き足らなくなり、自分のものにしたくなった。そのためには、及川聖が邪魔だった」

「そんなことのために、ひーくんを……!?」

「おい榊、それは俺が考えた推理だろうが！　さも自分で何から何まで考えたみたく言うな!!」

榊の耳元で思いっきり叫んだがこの霊感男はまったく動じず、涼しい顔で出された茶をすする。クッソー、幽霊は無視かよ!!　仕方ないってわかっちゃいるが腹が立つ。

「本当にバカらしいことだ。あっちゃいけないことだ。でも頭のおかしい奴の思考なんて、そんなものだろ」

つけ加えた榊の前で心菜の腕がにわかに震えだした。白い顔から血の気が抜けていく。二年近く付き合ってた俺には心菜の考えてることがなんとなくわかった。まさか心菜、お前……

「わたし、あいつに会ってくる」

心菜がソファーから立ち上がり、速足で歩き出す。すぐに榊が追いつき、細い腕を掴んだ。俺の予想通りの展開だ……。

「殺してやる！　ひーくんと同じ目に遭わせてやるの」

「何言ってんだよ」

「わたしがそうしないと、ひーくんが浮かばれないっ！　ひーくんが可哀想！」

「落ち着け、ここは警察署だ。そんなことしてもすぐ捕まるぞ」

「捕まってもいい」

「とにかく落ち着け」

心菜は榊を振り払おうとし、榊は力づくで心菜を押さえつけようとする。揉み合う二人の前で、幽霊の俺はぼんやり浮いているしかなかった。

殺してやる、だなんて。俺が知ってる心菜は、そんなことを言う子じゃないのに。俺のせいで、俺が死んだせいで、心菜は変わってしまってる。復讐しか見えなくなってる。

俺が悪いんだ。俺があんなストーカー野郎に殺されたから……。

悔やんでも自分を責めてもしょうがないけど、自分にも行天にもムカついて仕方なかった。

ドアが開いて刑事が入ってくる。恩地と魚住の顔を見た途端、心菜がはっとしたように暴れるのをやめ、榊が細い腕から手を離す。

「榊くん、ご協力ありがとう。そして心菜さんもまた、大変な目に遭ってしまったね」

「いえ……捕まったのなら、よかったです」

優しく声をかける恩地と優等生的な受け答えをする榊。心菜はちょっと顔を赤くして下を向いている。よし、とりあえず落ち着いたみたいでよかった。恩地が心菜に焦点を合わせる。

「心菜さん、行天は罪を認めたよ」

「行天？」

「君をストーカーしていた男の名前だ。行天はここ一ヶ月ほどの間、ずっと君のことをつけまわし、隠し撮りもしていたらしい」

「隠し撮り⁉」

やっぱりあれだけ撮られといて、まったく気づいてなかったんだな。心菜が声を引っくり返す。

「行天が持っていたデジカメから、君の写真がたくさん出てきてね。あっさり白状したよ」

「そんな、一ヶ月も隠し撮りって……全然気づかなかったです」

「君はとても魅力的だ、少しは気をつけたほうがいい」

魚住が言った。なんかその言い方は！　陰湿なストーカーより無防備な心菜のほうが悪いみたいな感じで、聞いてるこっちが腹が立つ。いちいち癇にさわるな、このオッサン。

……ん？　ちょっと待てよ。ストーカーで、捕まって、それだけなのか!?

「刑事さん、行天がひーくんを殺したんじゃないんですか!?」

心菜が俺が考えてた通りのことを言った。刑事二人がぎょっとした顔になり、恩地が少し早口で言う。

「どうしてそう思うんだい？」

「いやその、それは……」

そんな質問、心菜に答えられるわけない。おい榊、助けてやれよ!!　ところが榊は刑事に興味があるのか、恩地のほうを夢中でじろじろ見ている。ったくこういう時に限って中学生らしいガキっぽさ発揮しやがって。ふーむ、と恩地が腕組みをした。

「たしかに彼は事件直前に現場近くで目撃され、警察でも不審者として行方を追っていたんだ」

「えっ」

「恩地さん、それは捜査情報で……」

咎める魚住を恩地が目で制する。刑事観察に熱心だった榊がようやくはっとした顔をして、刑事たちの話に耳を傾けた。

「しかも事件発生と同時に行方がわからなくなって、怪しかったからね。ところが事件が起きた時間、行天には完璧なアリバイがあった——事件の時間帯、行天はインターネットのライブチャットサイト『サイバーメイドカフェ　もえもえ』で、『野球好きっ娘ローラ』と会話していたんだ」

……は？　今なんつった？　もえもえ、だと??

頭の上に一斗缶が落ちてきた気分だった。

呆然としている心菜と榊の前で、魚住が吐き捨てるように言う。

「まったく、今どきの若者の考えることはわからんよ。野球が好きで野球の話がしたかったのだと言ってるが、だったらそういう友だちを作ればいいのに、インターネットとは」

こいつは何かにつけてムカつくオッサンだが、今の意見には完全に同意だ。じゃあなんだよ、部屋にあった金属バットもそういう目的!?　ほんとに、本来の用途で使ってたと!?　ふざけんじゃねぇぞおい!!

警察署で行天の住所を調べようと十数時間ねばったのも、壁抜けであの気持ち悪い部屋に潜入したのも、全部無駄だったってことか!?

「でも、インターネットのチャットなら、アリバイにはならないんじゃないですか」

「最近のチャットは互いに顔が見えるんだ。今サイト側にも捜査協力を依頼しているが、確認が取れれば行天はシロになる。数日留守にしていたのも単に実家に帰っただけだと言っているし、携帯の電源を切っていたのは壊れてしまったからなんだそうだ。実際、壊れた携帯も見せてもらった――確認が取れるまで確かなことは言えないが、尋問していても不審なところはなかったし、おそらくシロだろう」

榊が聞いて、恩地が残念そうに首を振った。俺はがっかりしすぎたせいで気力が一気に萎えたのか、何の苦もなく空中に浮いていた身体がすーっと急降下していく。足が半分床に埋まってしまい、慌てて体勢を立て直した。

でもよく考えてみれば、あの夜、俺は覆面男がすっ転んだ時、象が倒れるような音を聞いたんだ。ひょろひょろの行天が倒れたって、あんなにすごい音はしない。榊に後ろから飛びかかられた時も、そうだった。だいたい、俺をあそこまで追い詰めた覆面男だ、榊にあっさりやられた弱っチイ行天と同一人物のわけがない。

とにかくこれで捜査は振り出しに戻った、か……ったく、俺を殺した犯人はどこにいるんだ!? どんな手を使って、未だに警察から逃げ回ってんだ!?

俺が死んでさえいなきゃ、なんとしてでも居所を見つけてとっつかまえてボコボコにしてブッ殺してやんのに……!! 昂った感情のまま拳を振り上げても、かつてあれほど喧嘩でならした右腕はあっさり床を突き抜けてしまう。むなしさが止まった心臓を締め付ける。

ちきしょう。今の俺は悔しがること以外、何も出来ない。

ドアが開いてもう一人警察官がやってきて、恩地たちと会釈を交わす。こっちはごま塩頭の人のよさそうな顔で、私服の恩地たちとは違って紺色の制服姿だ。

「じゃあ心菜さん、これから悪いけれど、警察の現場検証に付き合ってもらう。担当はこの人だから、彼の指示に従ってくれ」

「あれ？　今日は恩地さんたちじゃないんですか？」

「私たちには及川聖くんの無念を晴らすという仕事があるからね」

「あ、そっか」

心菜は殺してやると言っていた数分前に比べればすっかり落ち着いたのか、部屋を出て行く恩地たちににこやかにお辞儀をする。その笑顔にはどうしても無理があるけれど。

榊がやたら怖い顔でドアをくぐる恩地と魚住を見ているのに気づいた。

「お前、どうかしたのか？」

「いや、なんでもない」

榊の鋭い目のおかげで、それ以上聞く気にはなれなかった。

協力者

　現場検証が終わった頃には夏の長い日もすっかり暮れて、薄い闇のベールをかけたみたいな空には細くとがった銀色の月が光っていた。西の端にはまだわずかに夕焼けの赤い光が残っている。

「今日は、本当にどうもありがとう。そして迷惑かけて、ごめんね」

　わたしと榊くんは行天を取り押さえた路地の上でお巡りさんに解放された。ごま塩頭のお巡りさんがパトカーに乗って走り去るのを見送った後、わたしは榊くんに改めて深く頭を下げる。

「家まで送っていく」

「え、でも、すぐそこだから」

「怖くないのか？　お前」

　榊くんはさっき行天に追いかけられた道を一人で歩くわたしを気遣ってくれる。本当はそこまで、怖くなかった。たしかに必死で走ってたあの時は心臓が凍りつくほど怖かったけれど、既に恐怖は過ぎ去ってる。それよりもせっかく目の前に現れたと思った憎き復讐の相手が、実は違ったってことのほうがショックだった。

復讐を誓ってから、胸に秘めた気持ちはどんどん大きくなる。あまりに強く激しい感情は、他のことをだんだん見えなくしてしまう……。

「じゃあ、お言葉に甘えて」

無理に断るのもどうかと思ったから、素直に首を縦に振った。二人並んで、少し距離をあけて歩き出す。わたしたちの頭の上を夕方の涼しい風がゆっくり通り過ぎていく。どこかで風鈴の音がしていた。

榊くんって無口で無愛想で、しゃべり方もどこかぶっきらぼうでちょっと怖い感じがするけれど、女の子を家まで送ってくれたり、案外優しい人なのかもしれない。それに、こうして横からちらちら見てみると、結構格好いいことに気づく。

「残念だったな。あいつ、犯人じゃなくて」

歩き出して少ししてから、榊くんが言った。本当に残念そうな、わたしに寄り添ってくれる、声のトーンだった。

「ごめん。俺、いい加減なこと言って」

「うぅん、いいの……真犯人、どこにいるんだろうね……」

わたしが小さくため息をつくと、二人の間に沈黙が戻ってくる。

夕空の下、むなしさに押しつぶされそうになっていた。榊くんがいなかったら気持ちの抑えが効かなくて、泣き出してたかもしれない。復讐、したいのに。大好きなひーくんの無念、わたしが晴らしてあげたいのに。誰か、何か、じゃなくて、顔と名前をちゃんと持った一人の人間に憎しみをぶつけたい。

「なんで死んじゃったのかな、ひーくん」

素直な気持ちがぽつんと飛び出た。榊くんは無言のまま。二人の間には規則正しい足音だけが響く。

「変だよね。なんでひーくんみたいなまだまだ人生何もかもこれからって人が、死ななきゃいけないんだろう。ひーくんだってまさか自分が今死ぬなんて思ってなかったはずだし、わたしもそんなこと、考えもしなかった」

「……」

「不公平だよね、歳を取ってすべてをやりきってから死ぬ人、生まれたばっかりで死んでいく人……命が平等じゃないなんて」

「すごいひどい言い方するけど、しょうがないよな」

斜め上にある榊くんの横顔を見上げた。榊くんは遠くで輝く銀色の月を眺めながら、あまり感情を込めずに言葉を吐く。外灯の光が整った白い顔を夜の中にくっきり浮かび上がらせていた。

「それを言ったら世界には戦争や飢えとかで、俺らよりずっと小さい子どもが毎日何百人も死んでいく国がある。なんの罪もない子どもたちが、だ。好きでそんなところに生まれたわけじゃないのに」

「……」

「運命って、そういうものだと思うんだ。俺たちの力じゃどうしようもないことって、たくさんあるんだよ」

「うん、わかってる、わたしも。しょうがないことだって。だけど……だけどね、ひーくんは不良をやめようとしてたの。これから真面目になるって、わたしに言ったの。あの覆面男に殴られて死ぬ、ほんのちょっと前に……!!」

にわかに感情が上りつめ、連ねた言葉が止まらなくなる。掠れた声が胸を覆うむなしさを加速させ、熱い怒りを燃え上がらせようとしていた。ぎりぎりのところでわたしははっと口を押さえる。

斜め上から、榊くんの哀れむような視線を感じる。

「ごめん。わたし、会ったばっかりの人にこんなこと」

「いや、いいよ」

榊くんがちょっと唇を歪ませた。あまり笑うことに慣れていないみたいな、不器用な笑い方。でもすごく優しい。変なの。今日出会ったばっかりの人なのに、こうしてちょっと話しただけで、すごく近くに思える。なんか榊くんって、不思議な感じを持ってるような……でもその「不思議な感じ」の正体は、どうしてもわかりそうになかった。

とにかく、榊くんには思っていることをなんでも素直に言えそうな気がした。

「あのね、ひどいと思うんだ。ひとを殺しても、たかが十数年の刑期で済んじゃうなんて。そんなの絶対納得いかない」

「俺もそう思う」

「命はこの世にひとつだけしかないんだよ。同じものはどこにもないのに、大事な人を奪われた悲しみを忘れられるわけないのに。被害者の側ばっかりが苦しんで加害者がちゃんと罰を受けないなんて、そんなの、変」

「その通りだ」

「死んじゃえばいいのよ、ひーくんを殺した奴なんて。ううん、違う、わたしが直接……やだごめん、まただ。わたし今、どうしても気持ち不安定みたい」

榊くんはゆっくり首を振った。すべてを受け入れてくれそうな、怒りも悔しさもむなしさも悲しみも、何もかもすっぽり包み込んでしまいそうな目の光。

この人はどうして、こんな目で世界を見るんだろう？

「無理もないだろ。さっき、あんなことがあったばかりだしな。変な奴につけられた上、俺が無責任に変なことまで言ったから……ほんと、ごめんな」

「ううん、いいの。あのね。わたし、自分の力で犯人を見つけ出したいんだ。警察の捜査は全然進まないし……それで今日も、影山って人のこと、調べてた」

「誰だそいつ？」

「この町いちばんの不良なの。事件があった時、近くにいたんだって」

「そうなのか……」

榊くんはちょっと驚いてたみたいだった。事件に素直に興味を持ってくれるのがなんだか嬉しい。この世で起こるだいたいのことは自分には関係ないって言いそうな顔をしてるのに、意外といろいろ親身になってくれる人なんだろうな……。

「影山が犯人かどうか、調べてみようと思ってる」

「どうやって？」

「それはわからないけれど……でもやらないと、わたしの気が済まないし。バカみたいって思うよね、探偵気取りでさ……けどね、わたしこの手で、ひーくんを殺した犯人に復讐したいの。これからわたしがひーくんに出来ることって、それしかないから」

素直な気持ちだった。いくら考えても、ひーくんにしてあげられることってそれ以外ない。

ひーくんは今頃きっと、天国で怒ってる。喧嘩番長で、身体は小さいけど腕っぷしで負けることなんて滅多になかったのに、そんなひーくんが金属バットで呆気なく、って……。

ひーくんはどんなに強い人が相手でも、卑怯《ひきょう》だからって武器を持たなかった。鉄パイプもメリケンサックも金属バットも、道具を使うのは絶対ダメだって言ってた。そういう、フェアプレイが信念の人だもの。あんな卑怯な殺され方、許せるわけない。

そしてひーくんが許せないことは、わたしも許せない……!!

「俺、協力してもいいか?」

斜め上からテノールの声が降ってきて、はっとした。顔を上げると心配そうにわたしを見つめる榊くんの瞳と目が合った。

「えっ」

「だって、女の子だけじゃ危ないだろう。相手は不良なんだし」

「そうだけど……関係ない人を巻き込むのは……」

「そんな話を聞いたら、もう関係ない人、じゃない」

力強い榊くんの言葉に心が動く。

ひーくんのことを思い出していた。わたしを大事にしてくれる、わたしを守ろうとしてくれる、強くて優しいひーくんの眼差し。いつもわたしをいちばんに思ってくれたひーくん。今はいないひーくんと目の前の榊くんが、ちょっとダブった。

「ありがとう……」

そう言うと、榊くんがまた不器用に笑った。

こうしてわたしにはなつきや笹原くんに加え、また新しい協力者が出来た。
ほんとに、なんでさっき会ったばかりの人にこんなに心を許してしまうんだろう?
ううん、違う。この人はさっき会ったばかりの人、じゃない。
なぜか、榊くんといるとひーくんといるみたいな気がするんだ。

幽霊のジェラシー

家まで送っていくという榊と素直に送られていく心菜。少し離れて歩き出した二人の頭上を、俺は心菜たちの歩くテンポに合わせてゆっくり飛んでいた。夕風が心菜のスカートの裾を揺らし、どこかで風鈴がチリチリ鳴っていた。

こうしてると、改めてものすごく寂しくなってしまう。こんなに近くにいるのに心菜に声ひとつかけられない、って。俺がここにいるなんて知らず、心菜は俺がいなくなったことを悲しみ続けている。

抱きしめてやれない。ちっとも力になってやれない。今だって大好きなのに。

「残念だったな。あいつ、犯人じゃなくて」

榊がぽつりと言った。下を向いていた心菜が少しだけ頭を動かす。

「ごめん。俺、いい加減なこと言って」

「うぅん、いいの……真犯人、どこにいるんだろうね……」

悲しそうにため息をつけ加える心菜の横顔は、よく見ればすっかりやつれている。目の下にはうちのオヤジみたいにクマが出来てるし、肌だって荒れてガサガサだ。

こんな心菜を見ていたら、いっそ心菜が俺を嫌いになればいいとさえ思ってしまう。

心菜が俺への思いをなくせば、俺のことを忘れれば、悲しむこともないし復讐なんて恐ろしいことを考えなくても済むじゃねぇか……。

「なんで死んじゃったのかな、ひーくん……変だよね。なんでひーくんみたいまだまだ人生何もかもこれからって人が、死ななきゃいけないんだろう。ひーくんだってまさか自分が今死ぬなんて思ってなかったはずだし、わたしもそんなこと、考えもしなかった」

「……」

「不公平だよね、歳を取ってすべてをやりきってから死ぬ人、生まれたばっかりで死んでいく人……命が平等じゃないなんて」

「すごいひどい言い方するけど、しょうがないよな」

榊が言って、心菜は下を向いたままだった。紺色の空に銀色の月が浮かぶ世界は静かで、二人の足音がアスファルトに大きく反響する。

ほんとにどうして、俺がこんな目に遭うんだ？　まだ若いぞ？　ピッチピチの十七歳だぞ？　花のセブンティーンだぞ??

まだ夢とかも見つけられてなくて、心配かけたオヤジとオフクロに親孝行も出来なくて。

心菜のことだって、ちっとも幸せにしてやれなかった。

せめて生きている間に、もっとたくさん心菜を抱きしめておけばよかった。

「それを言ったら世界には戦争や飢えとかで、俺らよりずっと小さい子どもが毎日何百人も死んでいく国がある。なんの罪もない子どもたちが、だ。好きでそんなところに生まれたわけじゃないのに」

榊が言う。俺は榊にだけ見える身体で、小さく頷く。

わかってる。俺はまだ、幸せだったって。

彼女にも友だちにも家族にも愛されて、特に人生の苦労ってやつもなくて、幸せな人生だったって。最後こそムカつく終わり方だったけど、運命を恨んでばっかいるべきじゃない。頭ではわかってるんだ、だけど。

「運命って、そういうものだと思うんだ。俺たちの力じゃどうしようもないことって、たくさんあるんだよ」

「うん、わかってる、わたしも。しょうがないことだって。だけど……だけどね、ひーくんは不良をやめようとしてたの。これから真面目になるって、わたしに言ったの。あの覆面男に殴られて死ぬ、ほんのちょっと前に……!!」

心菜がはっと口を押さえた。小さく震え始めたその肩を榊は斜め上から哀れむように見ている。

心菜の気持ちが嬉しくて、でも辛くて、どうしようもなかった。

「ごめん。わたし、会ったばっかりの人にこんなこと」

「いや、いいよ」

榊が不器用に唇を歪ませた。笑うの下手だな、こいつ。それでもそんな不器用な笑顔に落ち着いたのか、心菜もちらっと笑顔を返す。二人の距離がにわかに近づいたようなムード……。

て、おいおい。なんか胸騒ぎがしてきたぞ!? いや、そりゃ俺は死んだ身だし、心菜だっていずれは俺のこと忘れて新しい恋をしてその人と結婚してって、わかっちゃいるけどよ!? だからって今まさか俺の目の前でだなんて、いくらなんでもそれはないだろうが!!

睨み付けてみたが、榊は無視だ。こいつには見えてるはずなのに。ムカつく。

「あのね、ひどいと思うんだ。ひとを殺しても、たかが十数年の刑期で済んじゃうなんて。そんなの絶対納得いかない」

「俺もそう思う」

「命はこの世にひとつだけしかないんだよ。同じものはどこにもないのに、大事な人を奪われた悲しみを忘れられるわけないのに。被害者の側ばっかりが苦しんで加害者がちゃんと罰を受けないなんて、そんなの、変」

「その通りだ」

「死んじゃえばいいのよ、ひーくんを殺した奴なんて。ううん、違う、わたしが直接……やだごめん、まただ。わたし今、どうしても気持ち不安定みたい」

榊がゆっくり首を振った。榊のほうが二つも年下なのにも関わらず、二人の関係は兄と妹みたいだ。すべてを受け入れてくれそうな優しい眼差しが心菜に注がれる。ヤバい、またジェラシー!!

「無理もないだろ。さっき、あんなことがあったばかりだしな。変な奴につけられた上、俺が無責任に変なことまで言ったから……ほんと、ごめんな」

「ううん、いいの。あのね。わたし、自分の力で犯人を見つけ出したいんだ。警察の捜査は全然進まないし……それで今日も、影山って人のこと、調べてた」

「誰だそいつ?」

「この町いちばんの不良なの。事件があった時、近くにいたんだって」

「そうなのか……」

榊はちょっと驚いていた。もちろん俺も驚いた。

俺も影山のことは何度か町でちらっと見たことがあるきりで、直接拳を交えたことはおろか口を聞いたこともない。オーラが強くて、近寄りがたい感じだった。「人を殺したことがある」ってのもまんざらハッタリとは思えないような、凄味のある男で。

その影山が事件があった時、近くにいただと? まさかあいつが!? てか心菜、あんな奴が相手でも復讐するつもりなのか!?

「影山が犯人かどうか、調べてみようと思ってる」

「どうやって?」

「それはわからないけれど……でもやらないと、わたしの気が済まないし。バカみたいって思うよね、探偵気取りでさ……けどね、わたしこの手で、ひーくんを殺した犯人に復讐したいの。これからわたしがひーくんに出来ることって、それしかないから」

まっすぐな心菜の目に、心からの言葉に、打ちひしがれた。

心菜の気持ちが嬉しすぎる。俺が死んでも、二度と会えなくても、未だにそんなに俺を思ってくれてる心菜が。

だけど心菜、わかってるのか? 復讐。それが心菜自身に何をもたらすかって。お前まで犯罪者になることなんて、俺は望んでねぇんだよ……!!

榊はしばらく黙っていたが、やがて何度かまばたきをした後言った。

「俺、協力してもいいか?」

「えっ」

「えっ」

心菜の声と、心菜には聞こえない幽霊の俺の声とが、重なった。

榊、お前今、何言った??

協力……って、心菜にか??

「おい、何言ってんだよ榊、復讐に協力してどうすんだよ。俺がお前に頼んだのは心菜に手を貸すことじゃなくて、心菜を止めることだろうが!!」

俺の叫びを無視して、榊は続ける。

「だって、女の子だけじゃ危ないだろう。相手は不良なんだし」

「そうだけど……関係ない人を巻き込むのは……」

「そんな話を聞いたら、もう関係ない人、じゃない」

「ありがとう……」

感激したのか目を少し潤ませて言う心菜に、榊はまた不器用に笑った。

「榊、お前マジで何考えてんだ!? まさか協力するとか都合のいいこと言って、心菜に近づいてオトす気じゃねぇだろうな!?」

榊の耳元で大声で言ってやったが、榊は涼しい顔をしている。

心菜のマンションの前で二人は手を振り合って別れた。その前に榊から言い出して、きっちり赤外線通信。にこやかに別れる二人が出会ったばかりの、これから恋を始めようとしている男女に見えてしまう。しかも悔しいことにこいつら、お似合いだ。大人びた美形の榊とお嬢さんっぽい品のいい顔立ちの心菜……並んでるとなかなか絵になる組み合わせじゃねーか!!

心菜がマンションの建物に消え、榊がくるりと半回転して逆方向に歩き出した途端、俺はきれいな横顔に思いっきり近づいて凄んだ。

「おいてめぇ、何言ってんだよ協力するとか。俺がお前に頼んだのはまったく反対のことだろうが!! 俺が納得いくように今すぐ説明しろ!!」

「ムキになるな、とりあえず落ち着け」

「これが落ち着いてられるか! わかってんだぞお前の魂胆は。お前心菜に惚れたんだろ? それで赤外線したくてあんな……」

榊がぎょっと目を見開いた。心底驚いてるようだった。

「とんでもない誤解だ。ずいぶん嫉妬深い幽霊だったんだな、お前」

「あぁ!?」

「もちろん、復讐に手は貸さない。しかし協力することにすれば、自然に心菜と行動出来る。そうすれば怪しまれずあいつを監視出来るだろ」

「あ……」

そう言われりゃ、たしかに。黙ってしまった俺を見て榊が呆れたのとホッとしたのが半々って感じのため息をついた。

こいつ……マジで頭いいんだな。

「少なくとも今日みたいにストーキングするよりは、よっぽどいい案だと思わないか？」

「そりゃな」

「それに、お前だって知りたいだろ？　真犯人。あの子と二人で探せば、わかるかもしれない。俺は復讐は嫌いだが、人が人を殺すなんて許せないし許すべきでもない。お前も心菜も、事件の真相は知るべきだと思う」

大きく頷いた。そう、未だ何にもわかっちゃいない。俺を殺した奴、その動機、なんでそんなことをしなきゃいけなかったのか、どうして俺が殺したいほど憎かったのか。

このままじゃ、事件は終わらない。

「俺さ、今だってすげぇ犯人に対して腹は立ってるし、心菜と同じで奴のことブッ殺してぇよ。でもそれが出来なくても、ていうか幽霊の俺じゃ実際問題無理そうだけど、もし納得する形で真実がわかれば……なんで俺が殺されたのか、理解できれば……少しはこのやるせない気持ちが、おさまるような気がする」

榊が小さく顎を動かした。一緒にいればいるほど、こいつが頼りになるように思えてくる。霊感持ってるのが、榊でよかったかもな……。

「とにかく、俺に任せろ。お前の彼女は俺が守る。復讐も危ないことも、絶対させない」

「あぁ。守るのはいいけど、守るだけだぞ？　心菜に惚れたら承知しねぇからな」

「惚れない。好きな奴は他にいる」

「マジで⁉」

つい霊体の身体が自然に宙返りしそうなほど、びっくりした。この男に好きな女⁇　いや似合わなすぎだろ。顔つきからして、恋愛なんて面倒くせぇって思ってるタイプにしか見えないのに‼

「何？　彼女いんの？　中学の子？　あっお前のことだから、きっと年上だな？　高校生？　大学生？　社会人？　あっひょっとして人妻？　不倫の禁断愛かっ⁉」

「勝手に話を広げるな、どこまでバカなんだお前は。まぁ禁断愛ってのは合ってるがな」

「マジで⁉　すげー‼」

「もう二度と、会えない相手なんだよ」

榊は寂しそうに言って、睫毛の長い目はどこか遠くの、俺も榊も絶対たどり着けない場所を見ていた。そんな榊を見ていたらこれ以上追求出来なくなって、俺は好奇心を押し込めて口を閉じた。

自業自得

笹原くんに会って影山のことを聞いて、その後行天に追いかけられて、榊くんに出会って。

あの日から三日経った夕方、わたしは少し緊張しながら足を動かしていた。一度家に帰って着替えてきたから、私服姿。胸にブランドのロゴがプリントされたグレーのTシャツと、膝丈のデニムスカート。鏡の前に立った後、少し考えて帽子を被り、マスクで顔を隠した。なるべく目立たない格好のほうがいい。

今からわたしは、あの影山に会いに行く――

笹原くんのお陰で、影山が勤めている工場も、そのシフトも、既に調べがついていた。金曜日の今日、影山は六時に仕事が終わることになっているらしい。工場の前で待ち伏せしてれば、きっと会えるはず。

今日はなつきは部活でいないから、わたし一人。ううん違った、一人じゃない。今わたしには、心強い協力者がいた。

榊くんとは影山の工場の近くにある公園で待ち合わせていた。ペンキのはげかけたすべり台に鎖のさび付いたブランコ、落ち葉がたっぷり積もった砂場があるだけの、あまり人気のなさそうなこぢんまりした児童公園。遊ぶ子どもの姿はなくて、榊くんはすべり台の鉄柱に背中を預け、文庫本を開いていた。近づいてきたわたしに気づいて、顔を上げてさっと本を閉じ、スクバに押し込む。

「ごめん、待った？」

「いや、今来たところだ……行くか」

わたしが頷く。榊くんが歩き出す。歩幅が大きくて歩くスピードも速いから、あっという間に置いていかれそうになった。すぐに気づいてわたしをちらっと見て「悪ィ」と言い、歩調を緩めてくれる。相変わらず、無愛想な気の遣い方。

ほとんど会話もないまま、工場に向かってずんずん歩いた。二人の頭の上でひぐらしがカナカナ鳴いている。お互い無言なのになぜか気詰まりな雰囲気はなくて、逆に妙に安心感があるのが不思議だ。

　着替えてきたわたしと違って、榊くんは制服のままだった。ワイシャツに真っ黒いズボン、ブレザーじゃなくて学ランみたい。この近くにこんな制服の高校、あったっけ？

「ねぇ、榊くんってどこの高校？　その制服、見覚えないんだけど」

「旭中の三年」

「うそ、えっ、中学生!?　榊くんってわたしより二つも年下なの!?　見えない!!」

「よく言われるよ。俺、フケてんのかな」

ちょっと悲しそうに榊くんは笑った。ううん、フケてるんじゃなくて大人びてる。顔立ちだけじゃなくて物腰とか、雰囲気とかが。

やっぱり、なんだか不思議な人だ。それにしても榊くんをこんなに大人っぽい中学生にしてしまったものって、いったい何なんだろう？

「心菜はどこ中？」

「夕日中《ゆうひ》」

「あぁ、あのヤンキーが多くて有名な中学か」

「何その言い方！　ひーくんみたいな問題児はほんの一部だけで、残りは普通の生徒だもん」

「ふぅん。お前の彼氏は中学の頃からアホヤンキーだったのか？」

「そうそう。中学の時のひーくん、すごかったんだよ。今よりももっと。クラスの子の財布がなくなったのを先生に疑われて教室でその先生と殴り合ったり、屋上で喧嘩してて落ちたんだけど落ちたのがたまたま自転車置き場の屋根で軽いスリ傷だけで助かっちゃったり……あとねぇ」

次から次へと溢れ出るひーくんの記憶を吐き出しているうちに、切なさが津波のように押し寄せてくる。大好きなひーくん。不良だったけど、ちょっとバカだったけど、素敵だったひーくん。そんなひーくんには、二度と会えない。

ひーくんはもうわたしやみんなの思い出の中にしか、存在しないんだ——

「旭中にはひーくんみたいなヤンキーは、全然いないの？」

これ以上ひーくんのことを話したくなくて、話題を変えた。いないいない、と榊くんが軽く手を振る。

「うちは夕日中みたく荒れてないから。まぁ時々問題起こす奴もいるけどな」

「ふぅん。でもそういえばこの間、旭中もずいぶん問題になったよね？　いじめがあって、被害者の女の子が自殺して、なのに学校はずっといじめを認めなくてってやっ……あ」

榊くんの顔が急に青ざめてこわばっていることに気づいて、わたしは慌てて口を閉じた。

町内ではその事件は有名だった。いじめの加害者が次々事故にあったとか、そんな怪談めいた噂もまつわって、四ヶ月ちょっと前、うちの高校でもしばらく話題になってたんだ。対岸の火事っていうか、先生にも友だちにも恵まれて平和に過ごしてきたわたしにとっては、遠い話だった。でも、榊くんは……。

「ごめん。わたし、無神経なこと言って」

「いや、いいんだ」

「本当に！　本当の本当に、ごめんなさいっ!!」

榊くんの前に回りこんで慌てて頭を下げる。榊くんのこわばった顔が悲しくて、胸が震えた。

もう、わたしのバカッ!!　ひょっとしたら死んだ女の子は榊くんの友だちとか彼女とか、そういう人だったのかもしれないのに、それなのにわたしってば……!!

「いいよ、そんなことしなくて。顔上げろ。行くぞ」

おそるおそる顔を上げると、榊くんはちょっと困ったように笑って、それからゆっくり歩き出した。黙って俯いてしまったわたしに、斜め上から榊くんの声が降ってくる。

「なぁ、もし辛くても、悲しくてどうしようもなくても、死ぬのだけはやめてくれ。ありきたりなこと言うけれど、自殺は絶対ダメだ。悲しむ人が、たくさんいる」

「うん……わかった」

そんなふうに言うってことは、やっぱり自殺した女の子は、榊くんの大切な人だったんだろうなって思った。それが友だちか恋人かは、わからないけれど。もしかして榊くんの大人っぽさの正体、この痩せた背中に背負われてるものは、これなのかな？

この人はまだ中学三年生なのに、すごく悲しい経験をしたんだ……。

「大丈夫。そういうことは、絶対しない」

「絶対？」

「絶対。たしかにひーくんのことはまだ悲しいし、悲しくなくなることなんてないと思うけど。やっちゃいけないことは、わかるから」

「なら、よかった」

互いの顔に、ぎこちないながら笑みが戻った。

それにしても、やっぱり榊くんといると落ち着く。これから影山に会いに行くっていうのに、わたし、榊くんが隣にいるおかげですごく心強いし。榊くんが大人っぽくて、頼れそうだからかな？　ううん、それだけじゃない。そう、この感じはまるで……。

「不思議だな。榊くんといると、ひーくんといるみたいな感じがする」

「えっ」

榊くんの声が軽く裏返った。ぎょっとした目がわたしを見て、すぐに逸れる。

「オーラが似てるんじゃないのか……オーラっていうか、波動っていうか」

「何？　榊くんそういうの、信じてるの？　いがーい！」

「いや別に、信じてるってわけじゃないが……」

榊くんはなぜか慌ててた。

やがて影山の勤める工場についた。一・五メートルくらい開いた鉄の門の向こう、コンクリート造りの建物がいくつか連なっている。ごおおおお、と低く唸《うな》るような音がどこかから聞こえてくる。一見何を作っているのかわからない工場だけど、笹原くん調べによると車の部品を作っているらしい。勤務はシフト制で三交代制だとか。影山はここに月曜日と木曜日を除く週五日勤めてるんだけど、この時間に仕事が終わるのは金曜日だけなんだって。つまり今日を逃したら、あと一週間チャンスは巡ってこない。

榊くんと一緒に工場の前にある月極《つきぎめ》駐車場の看板の裏に立ち、何気ないふうを装って携帯をいじったりしながら、影山が出てくるのを待つ。ちょうど勤務時間が終わったところで、門から次々人が出てくる。誰かと目が合う度、慌てて下を向いてしまう。気がつけば手のひらに汗が滲んでいた。

「緊張、してるのか?」

「うん……さすがに、ちょっと……」

「落ち着け。お前が笹原って奴に聞いてきた影山の特徴は、金髪で顔に傷のある男でよかったか?」

「そう。そんな人あんまりたくさんはいないだろうから、すぐわかりそうだけどね……」

「ああ。ん? あれじゃないか」

「えっ、どこどこ？」

榊くんは答える前に足を踏み出し、ツカツカ、その人に近づいていった。わたしは急いでついていって、榊くんの目指す先にいるその人を確認した途端、はっと息が止まってしまう。

たしかに、笹原くんからもらった情報通り。ツンツンに立てたプラチナブロンドに、左の頬を縦に走る傷跡、唇を飾るピアス。背はあまり高くないけれどひーくんや榊くんとは違って肩幅ががっしりしていて、何より目つきが怖かった。何もかも信じてなくて、この世のあらゆるものをその気になれば数秒で破壊してしまいそうな、凶暴な瞳。ひーくんのおかげで不良とは結構関わってきたわたしだけど、この人はなんか、ひーくんたちとは全然違う……!!

わたしはすっかりその目つきに気おされてしまって、すごすごと榊くんの後ろに隠れてた。会ったらどうするか、なんて声をかけるか、さんざん頭の中でシミュレーションしてきたはずなのに、いざとなれば一歩も動けない!!　対する榊くんはちょっとためらう顔をした後、門を出て速足で歩いていく影山を駆け足で追いかけた。

「影山」

影山がさっと振り向き、榊くんを見た。というか、睨んだ。うわっ、やっぱり怖ーい!!　目つきも人相も、とにかく凶暴すぎるよぉ!!　睨まれても榊くんは動じない。

「ちょっとあんたに聞きたいことがあるんだ」

「なんだお前」

影山に不愉快そうに眉を吊り上げられても、榊くんはそれがどうしたと言わんばかりに堂々としている。やっぱりこの人、すごい。肝の据わり方がわたしなんかとは違う!!

「なんなんだよ、いきなり」

「あんたも忙しいだろうし、単刀直入に聞こう。東高のボスだった及川聖が殺された事件は知ってるな? 事件のあった日、お前は現場近くで何をしていた?」

影山の凶暴な目にかっと怒りの火が燃え上がった。ちょっと榊くん、いくらなんでも率直過ぎ!! こういうのって普通はまず無難な世間話とかから始めるんじゃあ……いや、それも無理かも、こんな怖い人とする世間話なんて思いつかないもん!!

一人でパニックになっているわたしの前で、大股で歩み寄ってきた影山が榊くんの襟首を掴んだ。榊くんのほうがだいぶ背が高いから、ちょっと変な体勢になる。

「てめぇ、なんだ!? その制服は旭中だな!? ずいぶん生意気なツラした中坊だな……新聞記者に金でもつかまされたのか!?」

「ぼっ暴力はやめて下さい!!」

勇気を振り絞って叫んだのに、影山はわたしをちらっと見ただけだった。そのちらっ、が両腕にさっと鳥肌を立てる。

「俺はウンザリしてんだよ。ダチにも警察にもマスコミにも、あの日からずっと同じことばっか聞かれてな!! 言え!! 誰に頼まれたんだ!?」

「誰にも頼まれてない。俺が知りたいんだ。及川聖という男が、殺されないといけなかったわけを」

怖い人に思いっきり怒鳴られているにも関わらず、榊くんは冷静だった。いろいろな感情が詰まっているような目が、真正面から怒りに燃える目を見返す。

その時、思った。もしかしてこの人がわたしに協力してくれるのは、わたしだけのためじゃないのかもしれない……。

「て、てめぇ……ふざけやがって!!」

いよいよ影山の怒りが頂点に達し、拳が振り上げられる。どっどうしよう!! 怖いけど、さすがにこのまま黙って見てるわけには……!!

「おっお願いです、ほんとに暴力はやめて下さい！　榊くんを離して下さい！　人を呼びますよっ」

「ンだとこのアマぁ」

榊くんをしっかり掴んだまま、影山がこっちを見る。どくんと心臓が一回転して思わず後ずさりした時、影山がわたしの肩越しで視線を固まらせ、あっと目を見開いた。

振り返ると、路地の向こうから恩地さんと魚住さんが近づいてくるところだった。

本職の刑事さんは、影山にも負けない怖い目をしている……。

チッと舌打ちする音がして、榊くんは影山から解放された。

「暴力とは、感心しないね」

恩地さんが落ち着いた声で言った。優しい言い方なのに、妙に威圧感がこもっている。さすがの影山でも警察は怖いのか、恩地さんたちのほうを見ようとしない。

「ちっ、またてめーらかよ！　言っただろ、話すことは一切ない、俺は何もやってねぇって!!」

その言い方からすると、刑事さんたちはどうもあれから何度か影山の元を訪れて話を聞いていたらしい。つまり、影山があの夜心霊トンネルの近くで目撃されたって情報は、警察も掴んでたんだ。いやそりゃ、掴んでるよね。パトカーだって出てたんだもん、あの時。恩地さんの口調はやっぱり落ち着いている。

「別に君に話を聞きにきたわけじゃない。今日はたまたま通りがかっただけだ」

「ちぇっ、しらじらしい。わかってんだよ、お前らが俺を尾行してることぐらいな！　いくら調べたって、何も出てこねぇぞ！　俺はあの夜、心霊トンネルなんかに行ってねぇし、当然及川聖なんか殺してない!!　わかったらさっさと帰れ!!」

工場から出てきた人たちが、興奮してまくし立てる影山を戸惑うように見ながら通り過ぎていく。同僚の視線が気になったのか、影山は後悔した顔でぐっと俯いて、それからわたしたちを思いきり睨みつけ、背を向けた。黒いTシャツに覆われたがっしりした背中が遠くなっていく。

「まったく、君たちのせいで事情聴取が台無しだ」

影山の姿がすっかり見えなくなった後、魚住さんが言った。何も言い返せない。

「ごめんなさい……」

「ごめんなさいじゃないよ、さっきの話は本当なのか？　聞いてたよ、及川聖が殺されたわけを知りたいとかなんとか」

魚住さんがわたしと榊くんを交互にじろじろと見る。榊くんはやっぱり超然としてるけど、わたしは魚住さんを前にしても足がすくんでいた。この人、どうしてもニガテだ……。

「やめておきなさい。榊くんがどうして心菜さんとこんなことを始めたのかはわからないが、犯人を捕まえるのは警察の仕事だ。子どもには危険過ぎる」

その通りだから、黙っていた。わかってる、魚住さんの言ってることは正論だって。危険なことをしてるんだっていうのも、承知してるつもり。今日、影山に会いにここに来たのだって、本当に怖かったんだし……。

でも。でも、ひーくんを奪われたわたしが、今どんな思いか――そんな危険な、バカなことでもしでかさないと、やってられないってこと。悔しくて悲しくて辛い思いを、そうやってぶつけるしかないんだってこと。そんなこと話したって、きっとこの人には伝わらないんだ……。

俯いたわたしを見下ろし、魚住さんが小さく息を吐いた。

「心菜さん、君は反省しているのかい?」

「反省って、なんの……」

「君が及川聖と付き合ってたことだよ。そもそも不良なんて連中に関わらなければ、君のような普通の子どもがこんな形で事件に巻き込まれることなんてなかった。なのにまた危ないことを……」

「不良なんて、って。ひーくんのことを悪く言わないで下さい」

魚住さんが目を見開く。ダメだ。これ以上は我慢できない……!!

わたしのことを責められるのは、いい。でもひーくんを悪く言うのは、相手が誰であろうと許せない!!

「あなたはひーくんの何を知ってるんですか? 髪の色とか不良だとか、そんなことで決め付けて。魚住さんみたいな人にはわからないだろうけれど、ひーくんは本当に素敵な男の子だったんです」

「まったく、つくづく気の毒な子だね。君みたいな可愛い子がなんであんなくだらないのに夢中になるのか。だいたい自業自得なんだよ。不良なんかやってて、影山みたいな連中に恨みを買って。真面目に勉強して学校に行く、そういう普通のことを普通にしてないから、こんなことになるんだ」

忘れかけていた強い怒りが心の真ん中で燃え上がる。自業自得？　何それ？　つまりひーくんが殺されたのは、ひーくんが悪いって言いたいの……!?

犯人をいちばんに憎まなきゃいけない、悪を許さない、そういう立場の人がそんなことを言っていいの……!?

「ひーくんは真面目になろうとしてました。不良はもうすぐ終わりにするって言ってたんです。それなのに、あんなことになって……」

「どうかな？　一度堕落《だらく》した人間が這い上がることなんて簡単じゃない、刑事なんてやってれば、一度堕《お》ちてそのまま歳を取っていく人間なんて、いくらでも見るからね！　どうせ不良のボスなんて、成長しても社会のお荷物でしかない。死んでくれてよかったんだよ」

「魚住、いくらなんでも言いすぎだ」

恩地さんが鋭い声で咎めたけど、遅かった。これ以上魚住さんと向き合っていることに、ひーくんの悪口を聞くことに、耐えられなかった。

「心菜!!」

踵《きびす》を返して走り出したわたしの耳に、榊くんが呼びかける。わたしの名前を呼ぶその声が、なぜかひーくんのもののように聞こえた。

ネットの中傷や何かのお祭り騒ぎみたいにあることないこと書きまくる週刊誌や、それらに影響されて途端に手のひらを返したクラスのみんなや。魚住さんのせいでそんなものまでいっぺんに思い出されて、すべてを嫌いになりそうだった。

ひーくんに生きる資格はないと、ひーくんを拒んだ世界が、許せなかった。

「今のはちょっとひど過ぎる。あなたはあの子の気持ちが考えられないんですか」

榊が怒った顔で魚住を睨みつけ、恩地からも咎められた魚住はフンと面白くなさそうに顔を逸らした。俺だって魚住に文句のひとつやふたつ言ってやりたかったが、聞こえないんじゃ意味がない。とりあえず榊よりひと足先に心菜を追いかける。見えない以上これも意味ねぇんだけど。

慣れれば幽霊は人間が走るよりもずっと速いスピードで飛ぶことが出来る。猛ダッシュする心菜の前に回りこむと、心菜は俯いて涙をぽろぽろこぼしていた。生きてる時には見たことがなかった、やるせない気持ちに今にも引き裂かれそうになっている顔だった。

「心菜、あんな奴の言うこと気にすんな！　俺は全然平気だし……いや、平気って言ったら嘘になるけど……でもとにかく、俺はもうお前に悲しんでほしくねぇんだよ……!!」

更に続けようとして、やめた。こんなの、むなしいだけだ。どんなに大声で叫ぼうが心を込めようが、俺の言葉はもう二度と心菜に届かない。心菜の涙は、死んだ俺には絶対止められない……。

心菜は俺が驚くほどのスピードで走って、走って、走りまくって、やがてたどり着いたところは俺が死んだあの心霊トンネル。見失ってしまったのか、榊は追いかけてこない。日は既に暮れ、トンネル内部の濃い闇は、等間隔に並ぶくすんだオレンジ色の照明に不気味に照らされている。心菜は息を喘《あえ》がせながら、ちょうど俺が死体になって発見されたところ、しおれてカサカサになった花が積み重なっている前で止まり、肩で息をしながら膝をついた。心菜にとってここは、自分の感情を開放し、俺に会える場所なんだろうか。

嗚咽に混じった切れ切れの声が湿っぽいトンネルの内部に響く。

「ひーくん、わたし、悔しいよ……！　あんなふうに、決め付けられて……死んでくれて、よかった、とかまで、言われて……!!　ひどい、本当にひどい……でも、でもでも、いちばんひどいのは、ひーくん……!!」

叫ぶように口から飛び出した俺の呼び名が、切なく掠れた。涙と鼻水でぐしゃぐしゃになった顔を、俺は拭いてやれない。

「なんで、死んじゃうの……!?　生きてれば、生きて、真面目に、なったとこ、あの人に見せたら……あの人の、考えを、変えることも、出来たのに……!!　どうして？　なんで？　なんでひーくん、死んじゃうの!?　いったい、あの日、ここで何が、あったのよぉ……!!」

あとは嗚咽が重なって、何を言ってるんだかわからない声になった。

心菜……そりゃ、俺だって悔しいよ……!!　あんなふうに言われて、言われっぱなしで、悔しくないわけがない。いや、それ以前に自分がこんなところであっけなく、この若さで死んじまったことが悔しくてしょうがなかった。

死にたくなかった。まだ生きてたかった。心菜にこんな思い、させたくなかった。でもだからって、俺にはもうどうしようもねぇんだよ……!!

幽霊の役立たずの身体が細かく震える。抱きしめられないとわかりながら咽《むせ》び泣く心菜に近づこうとすると、ふっ、と辺りの空気の質が変わった気がした。背後に嫌な気配を感じる。オレンジの照明がチカチカ点滅し、嗚咽を漏らす心菜の背中が明るくなったり暗くなったりする。ケケケ、と低い笑い声みたいなものが聞こえる。

おいおい、まさかこれ、ひょっとして……!!

振り返ると、嫌な予感が的中した。つるんとした坊主頭にひょろっとした手足、全身が真っ黒。顔はのっぺらぼうで、目と口のところだけぽっかりと穴が開いている。この前俺を襲った影たちが、心菜の周りに集まっていた。既に二十匹はいる。しかも次から次へと天井やトンネルの壁から生まれてきて、今もその数は増え続けていた。

不気味に裂けた口がケケケ、と笑う。

俺は聞こえないことも触れられないことも忘れて心菜の耳元で怒鳴り、肩を揺すぶった。当然俺の手は心菜の身体をむなしくすり抜けてしまう。

「おい心菜、逃げろ!!　後ろに何がいるのか、気づいてないのか!?　ここはヤバイ!!　ヤバ過ぎる!!」

いくら叫んでも心菜はぼろぼろ泣くばかりで、まったくこの異常事態に気づかない。

クソ、どうすりゃいいんだよ……!!

心菜に触れられない俺の腕を、にゅるっと何かが掴んだ。ぬるぬるした影の手は足にも背中にもまとわりつき、俺はあっという間に心菜から引き離され、動きを封じられてしまう。

「ひっ」

「邪魔をするな」

脳髄をひっかくような不気味な声がした。

邪魔って……つまり、今回は俺じゃなくて心菜がターゲットってことか!?　こいつら、心菜をこんな不気味な世界に引きずり込む気か!?　ダメだ、それだけは絶対!!

「心菜、気づけ!!　早く逃げろ!!　マジでヤバイんだよ、こいつら!!　さっさとしろ!!」

影に押さえつけられて身動き出来ない俺の前で、何十匹もの影たちは少しずつ心菜に忍び寄り、心菜の周りを取り囲む。既に心菜に逃げ場はない。ケケケ、という笑い声がだんだん大きくなっていく。

やがて心菜もようやく異変に気づいたのかはっとしたように泣き止み、ゆっくり振り向いた。

「誰？　誰かいるの？　……——キャーッ!!!」

「心菜!!」

俺の叫びもむなしく、心菜はいっせいに飛びかかった影たちに手足を捕らえられる。パニックになって力の限りもがこうとするが、腕力には自信のある俺が歯が立たなかったくらいだ、か弱い心菜の力で奴らを振り払えるはずもない。暴れる心菜の身体は壁へ壁へと引っ張られ、影によってその左足がずぶずぶとコンクリートの向こうにめり込んでいく。半分埋まってしまった自分の足を見て、心菜は更に激しいパニックに陥る。

「いっ嫌！　何これ！　どうなってるの!?　ひーくん！　榊くん！　助けてぇぇ!!」

「心菜!!　くっそこいつら、なんでこんなに力強ぇーんだよ！　おいお前ら、離せっ!!」

——いいじゃないの、これで。

どこからか、不気味な女の声がする。心を鉤爪でひっかくような、不穏な響き。

――ここでこの女の子が死ねば、この子も幽霊。あなたもこの子の仲間になって、この先ここでずっと一緒にいられるのよ？

耳を通さず脳に直接語りかけてくるような声に、俺ははたと動きを止める。

ここで心菜が死ねば、心菜とまた一緒にいられる。生きている時と同じように、二人で幸せな日々を送れる……？

「嫌ぁ！　やめてよぉ!!　お願い!!」

心菜の甲高い悲鳴に思考が中断した。心菜の左足は既に太ももまで壁に埋まり、人間でないものの世界へ呑み込まれかけている。絶体絶命の状況で、顔は泣きすぎてぐしゃぐしゃで、それでも声を上げて助けを呼ぶことをやめない心菜。

「嫌だよぉ！　わたし……わたし、こんなふうに死ぬのなんて、嫌だよぉ!!　助けてぇ!!」

助けて。それは、生きたいという気持ちから出たもの。まだ歩いていきたいという、願い。

見えない手に激しく頬を殴られたような気分だった。心菜の叫びのおかげで、目が覚めた。心に語りかけてくる何者かの声に、俺は大声で反論する。

「ふざけんなよ。また一緒にいられるだって？　バカ言うな。俺と心菜は、今だって一緒なんだ。この世とあの世に別れようが、どんなに離れようが、二人は一緒だ。気持ちは今までもこれからも、絶対離れることはねぇんだ……俺らは何があろうが、心でしっかり繋がってんだよ!!」

そうだ、心菜はまだ生きなきゃいけない。どんなに生きることが辛く悲しくても、まだ歩いていかなきゃいけない。こんなところで、死んじゃいけない。心菜が生きてる限り、俺は心菜の中で生き続けることだって出来るんだ——

俺は渾身の力を振り絞って、まとわりつく影たちを振り払った。そのまま心菜の元へ走り寄る。

「心菜！　大丈夫か!?　今助けてやるからな!!　ちくしょう、お前らいい加減にしろ!!」

ものすごい力で心菜にへばりついてる影たちをなんとか振り払おうとする。振り回した拳が一匹の目に当たり、そいつはぎゃっと飛びのきながら目を押さえて逃げていった。おっ、こいつら目が弱点なのか!?　そうと決まれば目潰し作戦、俺は人さし指を立ててぽっかり開いた不気味な目を片っ端から潰れていく。効果はてきめんで、影たちはぎゃっ、ぎゃっと悲鳴を上げながら、一匹また一匹と心菜から離れていった。

「心菜！　しっかりしろ!!」

「えっ？　ひーくん……??」

泣きすぎて真っ赤になった心菜の目が、その時たしかに俺を見た。

この世のものじゃない影たちが見えている状態の心菜なら、やっぱりこの世のものでない俺のことも見える、のか……??

とにかく心菜に呼ばれたのが嬉しすぎて何か答えようとすると、ゴッ、と頬を何か硬いもので殴られた。心菜がひーくん!!と叫ぶ。脳みそがグラリと揺れ、視界が歪む。身体がゆっくり半回転しながら落ちていく。続いてザクッと音がして胸に激痛が走った。

「いやっ、ひーくん……!!」

心菜の悲鳴を聞きながら、俺はノコギリを振り上げた血に染まった女と、自分の胸から噴き上げる血を見た。幽霊の血は人間のようにどろっとしてなくて、真っ赤な炎みたいなものが闇の中に浮かび上がっていた。きゃあああ、と心菜が狂ったように叫ぶ。炎の向こうでノコギリ女が不気味に笑う。

「バカな子ね。おとなしくしてれば、痛い思いをしなくても済んだのに」

「て、てめぇ……ついに正体を現したか……」

「やめて！　お願い！　ひーくんに、そんなことしないでぇぇ!!」

完全にパニック状態の心菜が金切り声を上げ、ノコギリ女が不敵な笑みを浮かべながら再びノコギリを振り上げる。まだ炎は俺の胸から噴き上げている。あれだけ体中に張《みなぎ》っていた力が急速に抜け、意識が薄れていくのを感じた。ダメだ、よけられないし逃げられない。

心菜を守りたかったのに、そして俺がなんで死んだのか、知りたかったのに。こんなところで終わっちまうのか……!?

「乾・坤・兌・離・震・巽・坎・艮——悪霊、退散——!!」

終わりを覚悟した俺の耳に、聞き覚えのある呪文と足音が聞こえた。

何かがトンネルの入り口のほうから飛んできて、ふっとそっちに顔を向けたノコギリ女の額に突き刺さる。ぎゃあっと悲鳴が上がり、女の額が銀色に燃え上がった。銀色にきらめく炎の真ん中に札がある。札が銀色に燃えながら、ノコギリ女を苦しめている……

やってきた榊が息を整えながら言う。

「大丈夫か?」

「俺は、なんとか……おい心菜、平気か!?」

おそろしいものを見たショックのせいか、心菜は気を失ってアスファルトにばったり倒れていた。こんな怖い状況にあるのなら、かえって気絶したほうがいいのかもしれない。榊がアスファルトに膝をつき、心菜の脈と呼吸を確かめる。

「気を失ってるだけみたいだな。大丈夫そうだ」

「サンキュな、榊……でもよくここがわかったな？　心菜のこと見失ったのかと思った」

「言っただろ、霊の居場所を感知出来るって。これぐらいの距離ならお前の居場所は、すぐにわかる。さぁ、さっさとこのブサイク女を片付けちまうぞ」

立ち上がり、新しい札を制服のポケットから出して構える榊。

ノコギリ女はようやく銀色の光が消えた後、肩をぜぇぜぇと上下しながら体勢を立て直した。さっきまでの不気味な笑みが消え、顔全体が引きつっている。血管が破裂しそうに膨れ上がった目、食いしばった歯は歯茎が丸見えで、頭の傷口から垂れてくる血が量を増やしていた。バケモノが本気で怒るとものすごく怖い。

「よくも……人間のくせに、生意気な……!!」

「生意気なのはどっちだ。バケモノのくせに生きた人間を取り込もうなんて、分不相応なことを考えるからこうなる」

「なんだと……!!」

ノコギリ女が鈍く光る刃を振り上げ、榊に襲い掛かる。

榊が突き出した札からにゅるっと白く光るシールドのようなものが飛び出した。ゆるくカーブしたそれは縦幅がたっぷり一メートルはあって、榊の身体の前部分をすっかり覆ってしまう。ガン、とノコギリがシールドに当たる音がしたが、びくともしない。ノコギリ女はムキになって攻撃を続け、榊はシールドでそれを防ぎながら少しずつ後ずさる。

防御は完璧だが、これじゃあ防戦一方じゃねぇか……このままじゃいつまで経ったって終わんねぇぞ!?

「うおおぉぉぉ!!　この人間ごときがぁ!!」

やっきになってノコギリを振り上げる女の背中に、俺は飛びついた。不意を突かれた女がぎょっと目を見開き、鬼の形相で俺を振り返る。ノコギリを持っているほうの腕を押さえつけ、みぞおちに一発入れた。効いた。うっと唸り声が上がり、身体から力が抜けていくのがわかる。今がチャンスだ、ノコギリを奪って放り投げた。少し遠くの地面に刃物がカランと転がる音がする。榊はまさかここで俺が助太刀すると思わなかったのか、呆気に取られた顔で俺を見ていた。

「榊!　今のうちだ!!」

「おぉ、ありがとな。乾・坤・兌・離・震・巽・坎・艮——悪霊、退散——!!」

榊の手から札が放たれ、ノコギリを持たないノコギリ女に飛んでいく。武器を奪われた女は、自分に向かってくる札の動きを追うように、かあっと目を見開いた。

ぎゃあああ、と断末魔《だんまつま》の声がトンネルの中いっぱいに響き渡り、胸に札が突き刺さった女が喉をかきむしりながら苦しみだす。負のオーラがはじけているのか、空気がバチバチ鳴る音がした。

「榊、やったじゃん！」

「ダメだ、これじゃあまり効いていない。一時しのぎがいいところだ」

「マジかよ」

「マジだ。しかしとにかく、今は逃げよう……お前、本当に大丈夫なのか？」

「あぁ……」

ケガをしているのに無理に動いたせいで、胸の傷口からはさっきよりも激しく炎が噴き出している。女に飛びかかった時は夢中だったけど、終わった途端どっと疲れが出てきた。また気が遠くなりそうだ……

榊が気を失ったままの心菜を背負い、走り出した。俺は榊についてトンネルを後にした。俺たちの背中で女の苦しむ声がまだ続いていた。


休ませていた公園のベンチで目を覚ました心菜は、「あれ、泣き疲れて眠っちゃったのかな、わたし」だなんて、俺も榊も拍子抜けすることを言い出した。

「なんだろう。なんかすごい、疲れた。とっても怖いことがあった気がしたんだけど、忘れちゃったみたい。ひーくんの夢を見た気もするんだけど……」

そんなことを言いながら心菜は腫れた目をこすり、首を傾げていた。

あんまり自分に起こった出来事がショッキングで、記憶が飛んじまったのか？　まぁ、それはそれで、都合がいいけれど。あんなおぞましいもの、思い出したくもないだろうから。でも俺を見たのも忘れちゃったって、そこは少し残念な気がするな……。

榊は心菜を送ってから家に帰ると、さっそく机に向かった。勉強するんじゃなくて、何やら札を書き始めた。墨汁じゃなくてきちんとすった墨と、短冊形に切った和紙。俺にはとても読めない難しい漢字や、記号らしきものが次々と紙の上に現れる。

「へー、札ってそうやって作るんだ」

「静かにしろ。気が散る」

榊の口調が切実で妙に迫力があって、俺は本当に黙ってしまった。

札が出来上がると榊は俺を向き直らせ、動くなと言ってから札を俺の胸の前に掲げた。そして神妙そうに目を閉じ、小声で呪文みたいなお経みたいなものを唱え始める。しばらくすると不思議なことに札が白く輝き出し、その光は胸の傷口にすうと吸い込まれていった。光が消え、札がただの紙切れになった時は、胸の痛みはだいぶおさまり、気分がすっきりしていた。

「幽霊の傷を癒す術を使った。あとはしばらく安静にしていれば治る」

「すげぇ。お前、そんなことも出来るんだな」

「最近覚えた術だから、効果のほどは保証出来ないぞ。俺も修行中の、まだまだ未熟な霊能力者だし」

「へぇ、修行なんかしてんの？　お前」

まだまだ未熟とか、こいつが自分のことを謙遜するのも珍しい気がして、突っ込んで聞いた。榊が小さく頷く。

「俺が持ってるこの人と違う能力を、もっと磨きたいと思ってな。何かの役に立つかもしれないだろう。実際今、こうして役立ってるし」

「へぇ、なんかお前、いろいろ考えてんだなー」

ほんっと見た目も考えてることも大人っぽいし、こいつを見てると俺のほうが二つも年上だってのがなんだか悲しくなってくる。でも、いじめを許せないとか、好きな人にはもう会えないとか。結構、引っかかる発言もあるんだよな、詳しいことは聞きづらいけれど。きっと過去に、こいつをこんな大人びた少年にしてしまう何かがあったんだろう。

「それにしてもさ、なんで心菜はあんな目に遭ったんだ？　俺と違って成仏前の弱い霊じゃなくて、普通に人間なのに。あそこが心霊スポットだからか？」

「それもあるが、どうやらお前の彼女は霊感が強い。俺ほどじゃないが、いろいろ感じやすいタイプだ」

「え」

「お前の存在も感じてる。俺といるとお前といるみたいだ、なんて言い出しただろ?」

心菜がそう言ったのは榊のすぐ傍にいた俺も聞いてて、なんだよそれどういう意味だよ、心菜の奴早くも榊に心が動いてるのかってちょっとムカついたが……何あれ、そういう意味だったのかよ!? 榊は何やら難しい顔をしながら、机の上にちらばった筆やら墨やらを片付けだした。俺はその耳元にぎりぎりまで近づいて大声で言う。

「どうすんだよ、ヤバいだろ。それってつまり、あいつがまたあそこ行ったら、あのバケモノたちに襲われちまうってことだよな!?」

「霊が暴れるのにはいろいろ条件があるんだ、だから行けば必ず見てしまう、襲われてしまう、ってものでもない。ただ心菜みたいに感じやすい人の場合、危険度は普通の人よりは増す。俺が今後心菜があそこに近づかないよう、注意しておく」

「頼むぞ、マジで」

「あぁ。だがその前に、俺にはやることがある」

「何だよ?」

「勉強だ」

榊が片付いた机の上でテキストとノートを広げた。ありんこみたいな細かい字が、罫線の間にいっぱい並んでいる。

「八月の頭に模試がある、その日までに必死こいて勉強しないといけない」

「お前、どこの高校行くつもりなんだよ？」

「S高」

「マジで！　県立トップじゃん！　やっぱお前、頭いいのなー。すっげぇ。あっでも大丈夫なのか、そんな大変な時なのに心菜と俺のことに付き合わせちまって」

「引き受けたからには、しっかりやる。でもさすがに模試の日までは勉強を優先させてもらうぞ。それまで心菜にはきちんと俺から連絡を取っておく」

「ん、わかった」

わかったならさっさと出てってくれ、と榊はハエでも追い払うような仕草で窓を指差す。相変わらず無愛想な奴だが、いい加減慣れてきたのであまり腹は立たない。窓をすり抜けようとして、俺はあっと榊を振り返った。

「あのさ、最後にひとつだけ。影山のこと、どう思ったか？」

「まぁ、あれだけじゃどうとも言えないな。あまりいい感じのしない男ではあったが」

「うん、たしかに嫌な奴っぽかった。てかあいつ、あの日、心霊トンネルの近くには行ってないって言ってたじゃん？　本当だと思うか？」

「それは気になるところだ。嘘をついているようには見えなかったが」

俺も、と頷く。あの日、俺が殺される直前に現場近くで影山が目撃されたっていう話と、それを否定する影山。事実が食い違っている。もし影山が嘘をついてるとしたら、それはなんでなのか。逆に嘘をついてなかったとしたら、どうしてそんな目撃談が上がってきて、パトカーまで出動したのか。影山の言うことが嘘だろうが本当だろうが、謎が残る。

榊が無言でテキストのページをめくり、ノートにシャーペンを走らせる音がカツカツと響いた。邪魔するのも悪い気がして、俺は無言で榊の部屋を後にした。

真っ白い空間だった。

上、下、右、左。どこを見ても、白い光しか見えない。

この異常なシチュエーションは、もしや……。

「やっ、及川聖クン。元気だった？」

振り返ると、見事な金髪に端整な美形、ハナにつく美男子スマイルにマンガでしか見たことのない上下白学ラン。俺のムカつく奴ランキングだんとつワースト一位のそいつが、いた。

「なんだよお前」

「なんだよって、冷たいなぁ。ちょっと様子見に来てやったのに」

「来なくていい。だいたいここは何だ？　また最初のとこに戻ったのか？」

「いや、ここは君の夢の中」

「天使って人の夢の中にも入れるのか。プライバシーの侵害だな」

「君は人じゃなくて幽霊だよー。幽霊のくせにプライバシーとか、偉そうだねぇ」

「バカにしてんのか、てめぇ!!」

声を大にして怒鳴った途端、胸にぎりっと激しい痛みが走り、言葉が喉奥で詰まった。傷口に違和感を覚えて視線を落とすと——なんだ、これは。榊が治療してくれたはずの傷口がどす黒く変色し、炎が少しずつこぼれている。痛みがジクジク俺の中を駆け巡り、身体がばらばらにちぎれそうだった。あまりのことに呆然とする俺に、天使はにやつきながら言う。

「おっと、あんまり動かないほうがいいよ。そのケガ、致命傷だから。あんな治療ぐらいじゃ、一時しのぎにしかならない」

「致命傷……？　何だよそれ、俺はもう死んでんだろ？　致命的って、意味が通らねぇ」

「幽霊にもさ、人間でいう寿命みたいなものがあるんだよ。49日ってのは、幽霊が幽霊として、地上にいられる時間ってこと。でも悪霊にそんなに深く傷つけられたら、もう49日ももたないねー。早いとこ切り上げて、天界に戻ってきたら？」

「なんだと……!?」

そう言った途端ごぼっと口から血の炎が溢れた。苦しみに喘ぐ俺を見て、天使はやっぱり笑ってやがる。

つまり俺はもう、地上にいれないってことか!?　傍で心菜を見守ったり、榊としゃべったり、俺を殺した犯人を探したり、そういうのがもう無理だって意味かよ!?　そんな、そんなのって……。

「もしこのまま地上にい続けたらどうなるんだ、俺は」

「そのうち傷が全身を侵食していって、君は消滅するよ。天国に行くことも地獄に行くことも生き返ることも出来ず、魂そのものの消滅」

「消滅……」

「嫌なら、ボクと一緒に来たほうがいいよ」

天使の笑顔から目を逸らし、ぎゅっと唇を噛んだ。この世のものに触れられないこと、榊以外の人間としゃべれないこと、飛べること。そういうことを除いたらほとんど生きている時と変わらない今の俺だ。身体の動かし方は生きてた時から忘れてないし、眠くもなれば感情もある。でも実際、確実に人間とは別モンらしい。まさか幽霊にも寿命があるなんて、そしてこの状態でもう一度死ぬことがそういう意味を持つなんて、知らなかった。

まだ何にもケリをつけれてないのに、この世に未練残しまくりなのに、ここで終わるのか？　心菜には中途半端で榊にさよならも言えず、こんな形でお別れって。そんなの……。

「嫌だ」

下から思いっきり天使を睨みつけると、天使は笑顔のまま小さく眉をひくつかせた。しゃべればしゃべるほど辛いのだが、俺は痛みに耐えて言葉を吐く。

「俺は、今は帰れない。もう少し心菜の傍にいたいし、危なっかしい心菜をほうっておいて自分だけ消えるなんて、そんなこと出来るわけない。それに、事件の真相を知りたいんだ。犯人をブッ殺すのは幽霊の俺にはたぶん無理だと思うけど、そいつがどんな気持ちで俺を殺したのか、何か理由があったのか。それ知らなきゃ、浮かばれねーよ」

「へぇ、最初よりは成長したんじゃん？　なんも考えないでとりあえずブッ殺すとか言ってたのにね、大したもんだよ。ま、死んでから成長しても、意味ないけどねー」

アハハと軽く笑う天使の顔が、遠くなっていく。視界に霧がかかったように、天使がだんだん見えなくなっていった。押さえた胸から炎が噴き上げている。熱い。エネルギーが、俺を地上に留めていたものが、少しずつこぼれていくのを感じる。

腹が立つことに、「幽霊の寿命」とかいうやつは、今この時も猛スピードで削られていっているらしい……。

「まっ、君の好きにしなさいな。ボクはぶっちゃけ、どっちでもいいからさ。君みたいなアホな魂がひとつ消えたって、だーれもなーんにも困らないし、ね」

「こっ、この野郎……!!」

しゃべったらまた咳き込んだ。歪んだ視界の中、天使がひらりと浮かび上がり、そのままどこかへ消えてしまう。

ちきしょう、何なんだよ。致命傷だの寿命だのって。運命ってやつはいったい、どこまで俺をいじめたら気が済むんだ……!?

やりきれない思いと痛みを抱えながら、俺の意識は少しずつ薄れていった。

弔いの花火

夏休みが始まって一週間、七月も終わりかけたその夜、わたしはボンジュールに向かった。

荒地に忘れられたように建つ廃墟を、月明かりが白く照らしている。近くを流れる川のせせらぎと、風に殴られ、雑草が葉をこすれ合わせる音が夜の底で響いていた。まだ日が暮れたばかりで地上を覆う闇は薄く、空を見上げると流れていく雲の輪郭がはっきりと見える。

ボンジュールに来るのは、あの日以来。建物の前には自転車が十何台も停められていて、その間を男の子たちのシルエットが行きかっている。夜に冷やされた空気をかき回す、彼らが立てるざわめき。丸井くんと飯田くんがさっそくわたしを見つけ、手招きしてくれる。「姐さん」のわたしの登場に、男の子たちはふっと静かになり、道を開けてくれたり、背筋を伸ばしてお辞儀してくれる子もいた。丸井くんが嬉しそうに言う。

「心菜ちゃん、ありがとう。来てくれたんだ」

「うん、当然。あれ？　なんで笹原くんがいるの？」

この場にはうちの高校の不良グループしかいないはずなのに、なぜか人垣の中につるんとしたスキンヘッドを見つけた。笹原くんはちょっともじもじしながら進み出る。やっぱりわかりやすい。

「西高生代表として、来た。今夜はしっかり、聖の成仏願ってやるよ」

「本当？　ありがとう！」

「嘘つけ。お前はどうせ、今日来れば心菜ちゃんに会えると思ってたんだろ」

飯田くんが言って笹原くんが頭のてっぺんまで真っ赤にして違ぇよ！　と怒鳴り、みんながどっと吹き出した。

今夜はひーくんの仲間たちによる、ひーくんのお別れ会と銘打った、花火大会――言い出しっぺは丸井くん。なんでも、花火には死者の霊魂を鎮《しず》める意味があるらしいから、天国のひーくんも喜んでくれるはずだって。まもなく、みんなでお金を出し合って買い集めた花火に火が点る。赤、緑、黄色、白……ボンジュールの外壁が花火の光で七色に染められ、男の子たちはすっかりテンションが上がっちゃって、大はしゃぎだ。花火を振り回す人、変顔をしてみせる人、ねずみ花火に逃げ回る人。飯田くんなんて赤、黄色、緑って花火を並べて持って燃える信号機――、だなんて、子どもみたい。飯田くんの燃える信号機の隣で、丸井くんが迷惑そうな顔をしている。

「コラ雄斗！　人に花火向けるな！　……おーい、終わったの捨てるとこ、このバケツな！　ちゃんと水汲んどいてあるから」

「へー、丸井くん、偉いね。火の始末とかちゃんとしちゃって、不良じゃないみたい」

「あはは、聖がいねぇんだったら、ナンバーツーの俺がしっかりしねぇと……ってお いなんでここにねずみ花火があるんだよ！　熱ッ！　誰の仕業だ!?　笹原か!?」

あっかんべぇをする笹原くんを丸井くんが追いかけ、辺りにわあっと笑い声が広がった。みんなに合わせて、わたしも笑う。本当に久しぶりだ。こんなに、お腹の皮が痛くなるほど笑ったのって。

ふと振り返ると、花火にはしゃぐわたしたちを見守るようにボンジュールが建っている。会場はどこにする？　て話になった時、ここの他に候補はなかったらしい。ひーくんがよくみんなとつるんでた場所。東高の不良たちの憩いの場。死の直前、笹原くんと拳を交えたのだって、ここだった。そう考えると辺りにひーくんの汗や匂いや、この世に残してきたいろんな感情がまだ残ってる気がして、胸がちょっと痛くなる。

「おっ、もうでかい花火なくなったかぁ？　じゃあ線香花火、始めるぞー!!」

って、丸井くんが線香花火の束を取り出した。みんなで一本ずつ持って、いっせいのせ、で火をつける。しゃがんだみんなの足元でオレンジ色の玉がパチパチ弾け、小さな音たちが少しずつ違うリズムで重なる。その響きはもうこの世にいない人のささやきにも聞こえて、それはわたしだけじゃなくてみんなが思ってたことだったんだろう。あれだけ騒がしかったのに、気がついたらみんな、黙り込んでいた。

「聖、いい奴だったよな」

飯田くんがぽつんと言った。丸井くんが目で頷いた。

「バカだったけど喧嘩はすげぇ強かったし、普段はあんなにアホなのに、後輩の前ではいいアニキって感じで。あいつがいなかったら、うちはこんなに強くなかったよなぁ」

「うちの高校、それなりに勉強しないと入れないけど、一応進学校だから無理して入った奴は授業ついていけねぇじゃん？　それでグレた奴を聖は束ねて、居場所を作ってやってたんだ。不良になってもいいから、高校は卒業しろよって」

「マジでバカだよ、聖の奴。こんなに早く死にやがって。まだ俺は聖と決着、つけてねぇのによぉ……」

笹原くんの手が震えて、持ってる線香花火の玉も細かく揺れだした。必死でこらえるようなすすり泣きが聞こえる。わたしの隣で、丸井くんが俯きながら唇を噛む。

「俺は、悔しいよ。親友なのに、仲間だったのに。そいつのために、こんなことしかしてやれないでさ……あいつを守ってやれなかった――」

「……大丈夫だよ！　丸井くんの気持ち、みんなの気持ち、きっとひーくんには届いてる。わたしはそう思う」

「ありがとな、心菜ちゃん」

丸井くんが辛そうに微笑んだ。

ほんとは、わたしも辛かった。線香花火のはかない光は、今隣にいない人のことを次から次へと思い出させる。見ていたら涙が出てきちゃうからって、心の奥にしまいこんで鍵をかけていた思い出のアルバムが、そっと開いた。

ひーくんとの出会い。中学の入学式——いきなりキラキラの金髪に染めてきて、ズボンはギリギリまで下ろした腰パン、ピアスの数が今よりも多くて耳、鼻、唇、合計で8つも穴が空いていた。当然入学式の最中も目立ちまくりで、初日からすっかり有名人。周りの女の子たちは「怖い」って言ってたけど、式の後、生徒指導に捕まってお説教を食らい、不良らしく反抗しているひーくんは、わたしの目には可愛く映った。精一杯自分を怖く見せようとしたって、小動物みたいなつぶらな目の純粋さは誤魔化せない。

教室の中で先生と殴り合ったとか、屋上でタイマンを張った末突き落とされて落ちた場所がたまたま自転車置き場の屋根で助かっちゃったとか、伝説らしきものを次々重ね、喧嘩番長の呼び声高いひーくんとわたしが接点を持ったのは、三年生になったばかりの春の日だった。中学時代ボランティア部だったわたしは登校時、募金箱片手に校門前に立って登校してくるみんなに募金を呼びかける仕事をしてたんだけど、そこへたまたま通りがかったのが、学校イチの不良のひーくん。募金を呼びかけるわたしに注がれる不思議なものを見るような視線に気づいて、声をかけた。「ご協力お願いします!!」って。

ひーくんは立ち止まってスクバから財布を出して、十円玉をひとつ、募金箱の中に放り込んでくれた。後で友だちからさんざん、よく怖くないね、あの及川聖に声なんかかけるねぇって言われたけど、十円玉を握った顔が耳まで真っ赤になってたのを、わたしはちゃんと見てた。後でひーくんは、「三年でいちばん可愛いって有名な芹澤心菜にお願いしますとか言われたら、そりゃお願いされちゃうだろ」って、やっぱり真っ赤になりながら言ってたっけ。

ひーくんに告白された日。一学期の終了式の日。ひーくんの後輩の一年生と二年生がぞろぞろクラスまで押しかけてきて、「及川さんが話があるそうです、来てくださいい!!」なんて言うから、両目が飛び出しそうなほどびっくりした。さすがにちょっと怖かったらなつきについてきてもらったけど、体育館裏で待ってたひーくんはあの時と同じくらい真っ赤で、膝がガタガタ震えてて、傍から見ても可哀想なほど緊張してた。告白の言葉は「つ、つ、つっつつつつつ……つむじ！　じゃなくて、積み木！じゃなくて……つつつ、付き合って下さいっっ!!」だった。そんなひーくんが面白すぎて可愛すぎて、涙がうっすら浮かぶまで笑った後、即OKしちゃったんだ。

ひーくんとのファーストキス。手を繋いで一緒に帰ったり、公園のベンチに並んで座って日が暮れるまでおしゃべりしたり、そんな付き合いが五ヶ月ぐらい続いた後、クリスマス・イブ。その時二人は受験生で、勉強なんかしたことのなかったひーくんなのに、絶対わたしと同じ高校に行くって頑張ってた。デートだって三年の二学期になってからは、図書館でのお勉強デートばっかり。クリスマスもどこかに行ったりとかはしなくて、閉館時間まで図書館で粘って、その後ケーキ屋さんでショートケーキをふたつ買って、寒い寒いって言いながら公園のベンチで食べた。食べ終わった後、「心菜、ほっぺに生クリームついてる」ってひーくんの手が伸びてくる。その感触にちょっとドキッとして何も言えなくなっていると、丸っこい目が近づいてきた。ケーキを食べた後のファーストキスは比ゆでもなんでもなく、文字通り甘かった。

ひーくんとの初体験はその数ヶ月後、もうすぐ高校生になるっていう春休みだった。場所はわたしの部屋のベッド。ない胸を見られるのが恥ずかしくて、何をするのも何をされるのもドキドキして、でも本当はひーくんのほうが、わたしの数万倍緊張してた。いよいよ二人がひとつになろうとしたその時、ひーくんの顔を見上げるとうっすら日焼けした腕がブルブル震えてるのに気づいて、あれ？　ってそれにさわったわたしに、ひーくんは泣き出しそうな顔で言ったんだ。「ごめん、言ってなかったけど、初めてなんだ」って。そんなひーくんのお陰でこっちの緊張はいっぺんに溶けてしまって、ケラケラ笑えちゃった。ひーくんはなんで笑うんだよって、本気で怒ってたっけ……。

ひとつ、またひとつ。線香花火の玉が地面に消えていく。火薬の匂いだけを残して、唐突に消える小さな光。ひーくんと、同じだ。ひーくんもこんなふうに、あっけなく、かすかな余韻だけを残して、永遠にこの世から消えちゃった……。

「大丈夫？　心菜ちゃん」

丸井くんが心配そうに顔を覗き込んで、わたしは小さく頷きながら目の端に浮かんでいた涙を乱暴にこすった。同時に右手でぶら下げていた火の玉が、シュッと音を立てて消えた。

帰り道は丸井くんと飯田くんと別れた後、いちばん家が近い笹原くんと二人きりになった。夜だし女の子一人じゃ危ないから、家まで送ってくれるっていう笹原くん。榊くんといい笹原くんといい、わたしの周りにいる男の子たちは、みんなイメージとは反対に（て、失礼かな）女の子に優しい。

「ねぇ、そういえば笹原くんって中学、どこだったの？」

「あ、俺高校進学と同時にこの町に越してきたからさ。中学は長野の田舎」

「へー、知らなかった！」

世間話はあまり弾まなくて、すぐに沈黙がやってくる。本当はお互い話したいことはちゃんとあって、いつその話題を出すか、タイミングを窺ってた。笹原くんのほうから口を切った。

「心菜ちゃん、犯人探し、進んでる?」

「うん、大したことはしてないけれど……」

受験生の榊くんは模試直前で勉強が忙しいみたいだから、わたし一人で調べていた。事件のことを書いた新聞記事を集めたり、ひーくんの近所の人に話を聞いて回ったり。でも今のところ、わたしが知っていること以上の情報は得られていない。榊くんからは毎日連絡が来る。危ないことはしてないかって聞かれるのはわかるけれど、ひーくんが殺された心霊トンネルに行ってないかって質問は、理由がよくわからない。この間、あそこで泣き疲れた末、いつのまにか倒れて寝ちゃってたからかなぁ??

「実は俺も、調べてたんだ。西高の信用出来る奴、集めてさ。人海戦術で聖ん家の周辺や事件現場の近く回って、聞き込みしまくって」

「すごい、そんなことしてたの!?」

「うん。聖のために、心菜ちゃんのために……俺がしてやれることって、それぐらいしかないし」

ちょっと悲しそうに笑う笹原くんの顔をまっすぐ見れなくて、下を向いてしまった。

笹原くん、やっぱりわたしのこと、好きなんだな……わたしのために何かしたいって思えるほど。その気持ちは本当に嬉しいけれど、答えてあげられない以上、申し訳なくなっちゃう。笹原くんは気を取り直すようにひとつ咳払いみたいなものをして、

「まぁ、俺らこんなルックスだからさ、話聞こうとしても逃げてく人が大半だったけど……でもひとつ、いい情報を掴んだんだ。これはたぶん、心菜ちゃんも知らないいんじゃないかって……事件当日、現場の近くで片手に覆面を持って歩いてる男を見た人がいる」

「覆面!?　えっでもそれ、わたしをストーカーしてたっていう行天のことでしょ？」

その行天は、あの後あっさりシロが確定しちゃったんだけど。でも行天、覆面まで持ってたの？　そんな話は聞いたことない。笹原くんが首を振る。

「それは俺も知ってた。そいつが目撃されたのって、事件の前だろ？　でも俺の後輩が証言を取った人は、事件の後のことだったって言ってるんだ……」

ぐいと心臓を握られたような緊張がわたしを捕らえた。笹原くんはゆっくり足を動かしながら、しゃべりだした……

尾行

七月も終わりかけたある日の午後、天気予報が告げる最高気温は三十五度。殺人的な日差しの下では蝉《せみ》ばかりがジージーとやたら元気がいい。

幽霊の身の俺は当然暑さなんか感じることはないのだが、目が痛くなるような強烈な太陽光の下にわざわざいる理由もないので、榊の部屋に来ていた。受験生の榊は机に向かってカリカリと勉強中、俺はそんな榊の後ろであぐらをかいてぽわんと浮き上がり、テレビを見ていた。数年前にやってたドラマの再放送が流れていて、その後の展開を知っているのであまり面白くない。

「榊、チャンネル替えてくれ」

「ダメだ。今二次方程式を解いている、忙しい」

「何だよー、俺は幽霊なんだぞ？　ものに触れられないからマンガも読めないし、テレビぐれーしか娯楽がねぇの！　その唯一の娯楽を俺から奪おうってのか？」

振り向いた榊は異様に怖い顔をしていた。きれいな目がぐいと吊り上がると、なかなかの迫力。

「これ以上勉強の邪魔するなら、しゃべれないようにしてやろうか？」

「おいっ、札出すなよ！　悪ィ、俺が悪かった……ほんと、やめて」

榊が椅子を回転させて机に向き直った。どうも模試があさってに迫ってるため、気が立ってるらしい。はぁ、とため息が聞こえる。

「ったくお前は、暇な霊だな。昼間っから目の前でグダグダされるとこっちが腹立ってくる。このグータラ幽霊」

「いいじゃんか別に幽霊なんだから、グータラで。霊に勉強だの仕事だの、必要ねぇだろ？」

言い返してみたが、もう言葉は返ってこなかった。俺は肩をすくめて再びテレビ画面に目をやる。うん、やっぱりつまらない。

ここのところずっと、榊の部屋でテレビを見るか、そうでなきゃちょろっと心菜の様子を見に行くか、という生活をしていた。「グータラ幽霊」なんて言われても仕方のない毎日だ。でも俺にはグータラ幽霊にならざるを得ない、榊にも言えないある秘密があった——あの致命傷のこと。

傷は日ごとにひどくなっていくようで、俺は夜毎うなされていた。いつも同じ夢を見た。何十匹もの影に手足を掴まれ、今まさに地面の奥深くへ引っ張られようとしている俺。胸からは真っ赤な炎が噴き出し、身体じゅうが切れ裂かれそうに痛い。痛いのに意識を失うことはなく、地獄のような苦しみが目が覚めるまで続く。

そんな睡眠で幽霊のパワーがチャージ出来るわけもなく、俺は日ごとに弱っていった。飛ぶのだって長く速くは出来なくなったし、意識はいつもどこかモヤモヤしていて、すぐ疲れる。こうしてグダグダしている間にも、寿命はものすごいスピードですり減っているのを感じる。毎晩俺を襲う痛みは、日を追うごとにひどくなる。

正直、怖くて仕方なかった。俺がこのまま、消える？　天国へも地獄へも行けず、魂が消滅して永遠に「消える」……？　一度死んだ身なわけだし、この上消えるだなんてあまりイメージ出来ない。榊に相談したら「は？　消えるだって？　そりゃヤバイだろ、さっさと天界に行けよ」なんて言われそうだから言えないし、あの天使の言うこと聞いてリタイヤして天界に行くのは、しゃくだった。つまり当面はこうして、グータラ幽霊をやってる他にない。もちろん俺だっていつまでもこのままでいいとは思ってないし、だいたい俺には時間がない。「幽霊の寿命」が尽きかけてるなら、なおさらだ。かといって何かいい方法も思い浮かばず、思考はいつも「どうしようもない」という結論に達する。

「そうやって昼間からグータラしてる暇あったら、犯人探しに精を出せよ。お前には時間がないんだろ？」

榊がシャープペンを持つ手を動かしながら言った。俺ははっと顔を上げる。

「つっても、捜査は行き詰まってんじゃん。警察のほうも、俺らのほうも。何をしたらいいのかもよくわかんねぇし」

「何か手がかりはないのか？　直接襲われたお前だけは、あの時何があったのか覚えてるわけだし。犯人の特徴とか、考えてみろよ？」

「うーむ。特徴、ねぇ……」

榊の言う通りだ。あの日何が起こったのか、正確に知ってるのは俺だけ。幽霊になってからの波乱万丈の日々に埋もれた記憶を、ゆっくり引き出してみる。

特徴っていっても、こっちは必死だったから正直あまり覚えてない。背は……俺よりは高かったかな。ガタイも結構よかったと思う。服装は……ダメだ、一目で男ってわかったってこと以外、まるで思い出せねー!!　いや諦めるな俺、冷静になれ。起こったことを順番に並べてみるんだ。えっとまず、公園で覆面男が現れ、ゴミ箱を転がして逃げて、咄嗟に心菜を逃がして、俺は坂の上へ向かって走って、転んだところで追いつかれて……

よくよく考えるとそいつ、なかなか体力のある奴だよなぁ。あの坂を走って上って俺に追いついて、その後格闘して。向こうに金属バットという武器があったにしろ、この俺が腕力で負けたんだ。もしかしたら、喧嘩の心得があった奴なのかもしれない。行天みたいなひょろひょろのもやしっ子じゃないことは、確かだ。そう考えると、影山はまんざら犯人像から遠くないってことになる……で、あとは何があったっけ？

バットを手首で受ける、俺が足を払う、振り回されたバットが俺の肩に当たる、地面に崩れた俺に男がバッドを振り上げる、そして……あ、そういえば……!!

「榊! 俺すげぇこと思い出した!」

「何だ?」

「犯人、俺を殺す前に言い残したことがあったんだ。ダイイング・メッセージってやつだよ」

「ダイイング・メッセージってのは殺されたほうが残すもんで、犯人が残すものじゃないんだけどな」

榊は話の腰をポッキリ折ってから勉強の手を休め、顔をこっちに向けた。

「で、何て言われたんだ?」

「最初が〝ゆ〟、最後が〝だ〟。途中はよく聞き取れなかった。そいつも息が上がってて、声がモゴモゴして掠れてたし」

「はぁ!? 何だそりゃ。最初が〝ゆ〟で最後が〝だ〟って……そんなの絶対わかるわけないだろ」

話にならないとばかりにひらひら手が振られ、机に向かって勉強を再開する。俺はそんな榊の顔をぐいと覗き込んで続ける。

「なー、なんだと思う? あんまり長い言葉じゃないんだ。音はそう……七つくらいだったかな。ゆ〇〇〇〇〇だ」

「ゆきはきらいだ。〝雪は嫌いだ〟……じゃないのか？」

「雪が嫌いな犯人？　ずいぶん季節外れなこと言うんだな、今夏だし」

「じゃあ、ゆめみてるんだ。〝夢見てるんだ〟」

「はっ、本当にそうだったらいいよな。俺が死んだこと自体、全部夢」

「じゃあ……」

「榊、お前ふざけてる？」

「少し」

さらっと言って、ノートに計算式を書きつけていく。ムカーッ！

「あのな、俺は真面目に言ってんだぞ？　すげぇ手がかりなのに、これ」

「そういうお前は何かあるのかよ」

「えっと……えっと、ゆるきゃらすきだ。〝ゆるキャラ好きだ〟か？」

「ふざけてるのはどっちだ」

「だって、ぜんっぜんわかんねーんだもん」

口をちょっととがらせてみる。ゆ〇〇〇〇〇だ……ダメだ、これじゃあまるで悪趣味なクイズじゃねぇか。答えが絶対わからないクイズなんて、クイズにもならない。

榊がまたため息をつく。

「そんな、手がかりにもならない手がかりに惑わされるなよ。俺がお前なら、もっと効率的なことをやる」

「なんだよ、効率的なことって？」

「影山のことをもっと調べてみる、とかな」

「影山……」

あいつのすべてを拒絶しているような目つきとツンツン立てたプラチナブロンド、頬を縦に走る傷を思い出した。榊の襟首を掴み、怒鳴ってた影山。あの夜心霊トンネルなんかに行ってないって、断言した影山。

たしかにあいつに関してはまだわからないところだらけ、気になるところだらけだ。もっと調べたら、新しい何かがわかるかもしれない。前向きに考えたら、珍しく気力が湧いてきた。ポジティブシンキングで、幽霊パワー充電だ。

「今日ってたしか、影山が六時で仕事終わる日だよな？　あと一時間ちょっとか……俺、工場まで行ってみる。そしてあいつを尾行してやる。なんかわかるかもしれねぇし」

「気をつけろよ。夜は悪霊の力が上がる、あまり出歩くな」

「ガキに言うみたいなこと言うのな、お前」

そうは言ったものの、実際俺も怖かった。ここのところ積極的に行動出来なかったのは、実のところそれもある。ただでさえ致命傷を受けてるのに、これ以上悪霊に遭遇してケガなんかしたら、もうその時点で魂消滅だろ。でもそんな不安はおくびにも出さないようにして、榊の部屋を出た。飛び上がった夏の午後の空は、まだ日が高い。力を必要以上に消耗しないように、ゆっくり飛んだ。

工場にたどりついた時はまだ六時まで間があって、影山は仕事中。仕事中の様子も見てみたかったが、みんなそろって帽子とマスクで顔を隠していて、誰が影山だかわからない。仕方なく六時まで待つと、交代の人が出勤してきたため工場内は人が増えて、ますます影山がどこにいるのかわからなくなった。仕方ねぇ。この前心菜と榊と来た時みたいに、出口で待ち伏せたほうがいいっぽいな……。

門のところでしばらく待ってると、出てきた出てきた。この前と似たような服だった。ちょっとくたびれた黒いTシャツと、おしゃれなのか破けたのかはわからないが、膝のところが裂けているジーンズ。周りはみんな二人とか三人でしゃべりながら歩いてるのに、影山はこの前と同じく一人。むっつりした顔で、ひどくつまらなそうにさっさと足を動かし、同僚たちに挨拶もしない。こいつ、仕事場では浮いてんのかな……。

影山はバイクで通勤していた。あまり速く飛べない俺は追跡に苦労した。でかいエンジンをうならせながら国道を悠々駆けぬける影山をやっとのことで追いながら、なんでお前チャリじゃねぇんだよ!!　と何度となく呟《つぶや》いた。十分ぐらい走ってバイクは停まった。だいぶ疲れてしまったが、なんとか見失わずに済んだ。家に直行するかと思いきや、影山がバイクを停めたのはゲーセンとカラオケとボウリング場が一緒になった遊技場の駐輪場だった。

一人カラオケも一人ボウリングも似合わない影山が足を運んだのは、当然のようにゲーセンだった。格闘ゲームの前にどかっと座り、缶コーヒーを買ってきてちびちび飲みながら、敵をバッタバッタと倒していく。よく見るとなかなか強く、あっという間に最終ステージだ。影山の顔を覗き込むと、目つきの悪い目がちょっと血走って、画面を睨んでいた。見えるものすべてをことごとく否定しそうな瞳。でもなんだか、妙に寂しそうにも見えた。

影山は実際、孤独なんじゃないだろうか。仕事場では浮いてるみたいだし、仕事の後も友だちにも会わず、こうして一人でいて……。

と思ったら、影山に声をかける奴がいた。

「お、久道《ひさみち》じゃん久しぶり。ネンショーから出てきたってマジだったんだ?」

久道、というのが影山の下の名前らしい。不意を突かれたように影山がさっと画面から目を離し、そのせいであっという間に敵にKOされた。影山の隣に立ったのは茶髪でラッパーみたいな格好をした男と、そいつのツレらしいやっぱりラッパー風の、こちらは黒い髪を短く刈り込んだ男。

「なぁなぁ、ネンショーってどうなんだよ？　聞かせてくれよ話」

「どうって別にどうもしねぇし。てか、あんなとこ思い出したくもないっつの」

茶髪の男がケラケラと大袈裟に笑ってから、戸惑い顔をしてるツレに影山を紹介した。どうやらこっちは影山のことを知らないらしい。

「こいつ、影山久道。人を殺したことがあるんだってさ」

「へぇっ!?　マジ!?　すげー」

黒髪の男が目を丸くしながら、好奇心むんむんの声を上げた。おい、何がすげぇだよてめぇ。殺されたほうの身にもなれっての!!　俺が見えない顔で睨みつけてやっていると、茶髪のほうがまた体を揺らして笑った。

「少年院にも入っててさ。マジ、札つきのワルだぜ」

「マジかよ……」

「マジだ。俺は人を殺した人間だぞ」

暗い笑いが影山の唇からこぼれ、その低い声に俺はちょっとぞっとした。目だけが相変わらず、妙に寂しそうだった。黒髪が身を乗り出す。

「ね、人殺すってさ、どんな感じなの？　どういう気持ち？」

「そうだな、その瞬間、今まで生きて動いてた人間がただの物体になるわけだろ。鳥肌立つよな。自分がちょっと偉くなったみてぇなさ」

影山はニヤニヤ笑いながら言った。なんだよこいつら。人を殺した話で盛り上がるなんて、頭どうかしてんじゃねぇのか?? ムカつくのを超えて気味が悪い。

その後もずっと三人の話を聞いていたが、途中から話は脱線し、どんどん別の方向に向かっていったのもあって、結局、影山の言うことが本当なのかどうか、誰を殺したのか、わからないままだった。でも少年院にいたってのは本当っぽいから、やっぱり昔、何かしでかしたんだろうなぁとは思うが。わかったのはそれくらい。

影山は一時間ぐらいしてゲーセンを出て、二人と別れて一人でバイクにまたがった。またガソリンエンジンの追跡かよ、ちくしょう!! こっちの身にもなれっての!! その「身」はとっくにねぇんだけどさ!! なんて。

今度こそ家へ帰ると思っていたのに、影山のバイクはまたもや意外なところで停まった。ここは町外れの霊園……? ほとんど照明もない真っ暗闇の中、灰色や黒の墓碑が地面から突き出した骨のように並んでいた。おいおい、なんでまたこんな不気味な場所に来るんだよ!! 俺がまた悪霊に襲われたら、ヤバいんだって!! 相変わらずの速足で、躊躇《ちゅうちょ》せず墓に入っていく影山の後を追う。こっちは長い活動時間のせいで既に霊体は悲鳴を上げ、胸の傷がジクジクと痛み出した。

墓に入ってるのはきちんと供養がされている霊たちばかりだからなのか、幸い悪霊は出てこない。影山は迷わず霊園の隅っこまで向かった後、小さな墓碑の前で止まって、屈み込んだ。ずいぶん長い間、熱心に手を合わせている。えっと、これは、墓参り？　札付きのワルの影山がか？　にっ、似合わねー!!

たっぷり三分はたっただろうが、影山がようやく立ち上がり、墓碑に向かって一礼してから歩き出した。影山に似合わないこの礼儀正しさ。それにしてもいったい誰の墓なんだ？　墓碑に近づいてそこに刻まれている名前を読もうとするが、暗すぎて全然見えない。かろうじて下のほうにある「合」だけが読み取れた。誰だ？　影山の母ちゃんか誰かか？

ぶうん、とエンジンの音がして影山のバイクが遠ざかっていく。あとはたぶん、こいつも帰るだけだろう……俺はすっかりくたびれた霊体の最後の力を振り絞り、飛び上がった。今夜も寺の屋根の上で夜を明かすつもりだった。

過去の出来事

ドアが開いてウェルカムベルが涼しい音を立てて、店員さんがいらっしゃいませー、と元気に声をかける。なつきは少しきょろきょろした後、店奥のカフェスペースにいるわたしを見つけた。目が合って二人とも、ぱっと笑顔になる。

「お待たせっ！　ごめんね、部活長引いちゃって」

「うんうん、全然大丈夫、今来たとこ。にしてもなつき、日焼けしたねぇ。腕も脚もかりんとうみたい！　沖縄とか、南の島の女の子って感じだよ」

「そうなんだよねー。日焼け止め塗ってるんだけど、効果ないみたいでさぁ。マジ、十年後のシミの大群が恐怖だわー」

笑い合うわたしたちに店員さんが注文を聞いてきて、なつきはアイスカフェオレと、わたしが食べていたのと同じ白桃のショートケーキを注文した。このケーキ屋さんは地元の若い女の子たちに大人気のお店で、目にもおいしいお手ごろ価格のケーキはとにかく評判がいい。ピンクの壁紙が可愛い、おもちゃ箱の中みたいな店内の奥にはお茶が出来るスペースもあって、ここでお茶をするのはこの町の女子高生たちの「プチ贅沢」だった。

Tシャツにハーフパンツ姿の部活帰り、グラウンドから直行してきたなつきが、運ばれてきたケーキにフォークを入れながら言う。

「なんか、ごめんね。部活が忙しくて、あんまり協力出来てなくて」

「ううん、いいの。本当はわたし一人でやるべきことで、なつきは巻き込んじゃってるだけなんだし」

「何よそれ。あたしは好きで巻き込まれてるんだからね？　心菜は正々堂々、あたしに甘えてきていいの」

「ありがとう。そうそう、こないだ笹原くんから新しい情報、聞いちゃった」

「どんな？」

わたしがテーブルの上に身を乗り出し、なつきは口の周りにホイップクリームをべったりつけた顔を近づけてくる。可愛いケーキ屋さんには似合わない殺人事件の話が、小声で交わされた。

笹原くんの後輩が見つけた目撃者は、心霊トンネルに続く坂道の下のほうに店を構える、酒屋の店主。事件が起こり、パニックに陥ったわたしが泣きながら荒地を彷徨っていた頃、店の外に出ていた店主は覆面を持った男が通りがかるのを目撃したらしい。一瞬のことだし、暗くて顔なんかもはっきり見えなかったけど、持っているものが異様だったから記憶に残っているという。なつきがしかめっ面になってふぅん、と息をついた。

「覆面を持った男……か。たしかに怪しいね。それにしても笹原くんも、必死なんだねぇ。仲間を総動員して目撃者探しだなんて」

「うん。ほんとに頑張ってくれてて、いくら感謝してもしきれないよ」

「そっか、心菜のためにそんなに頑張るのか……心菜のため、か……」

なつきは独り言のように言いながら、憂鬱そうにアイスカフェオレのグラスに刺さったストローをかき混ぜる。いつも元気ななつきには珍しい、憂いげな面持ち。うん? これはひょっとして、ひょっとすると……。

「もしかしてなつき、笹原くんのこと好きなの?」

「……ぶっ」

ストローに口をつけたなつきは、目を白黒させてゴボゴボと派手にむせた。あんまり咳の音が大きすぎて、店じゅうの人が注目してる。親切なウエイトレスさんがやってきて、顔もTシャツもカフェオレまみれのなつきに、おしぼりを差し出してくれた。なつきは申し訳なさそうにそれを受け取り、急いであちこちに飛び散ったカフェオレを拭う。

「だ、大丈夫!?」

「大丈夫じゃないし。もう、心菜が変なこと言うから……」

「変なことじゃない、図星でしょー？　なんだ、なつきってば。笹原くんのことが好きで、それでわたしにヤキモチやいてるってこと？」

「もう、違うってば!!」

言葉は否定しても、真っ赤になった頬がイエスと言っている。なんだなんだ、部活一筋、彼氏なんて出来たことない、好きな人がいるなんて話も聞かない、せいぜい芸能人の誰々がカッコイイー、って言うぐらいだったなつきも、わたしと同じ十七歳の乙女だったんだ。恋、しちゃってるんだ。親友として、ちょっと嬉しいかも。

「なつき、わたしは笹原くんのこと、なんとも思ってないから大丈夫だよ。応援するね！」

「だっからもう、違うって言ってんじゃん!!」

なつきは頑として認めない。そのまましばらく、んもー照れちゃってー、だから違うってば、というやり取りが続いた後、なつきは急に真面目な顔になった。

「とにかく心菜は、一人で行動しちゃダメだよ。あたしたち、結構危ないことしてるんだからね？　わかってる？」

「うんそれは……大丈夫」

「ほんとにー？　心菜、いくら意気込みは十分でも、身体的にはか弱い女なんだよ？ゆめゆめ忘れないように!!」

「はいはい、わかってる。なんかなつきも、榊くんと同じようなこと言うなぁ」

「榊くんって、この前電話で言ってた？」

こくんと頷く。榊くんという協力者が出来たってことは、なつきにはもう話してあった。妙に親切で、妙に頼りがいがあって、妙に大人っぽい榊くんに、なつきは興味津々らしい。

影山に会いに行った時、襟首を掴まれてもちっとも動じなかった話をすると、へぇーと顔じゅうで感心していた。

「よっぽど肝が据わってるんだねその子。ほんとに中学生？」

「らしいけど、信じられないよね。見た目も中身もほんと大人びていて、頼りがいがあって。それでいて、時々なんだか寂しそうな顔するの」

旭中のいじめ事件のことを話題にした時の、榊くんの辛そうな横顔を思い出した。もしかして榊くんは、あの事件の当事者とも言える立場だったのかなって気がする。大事なものをいろいろ失ったことが、あの子をあんなに大人っぽい子どもにしてしまったのかもしれない。

「榊くん、きっと過去に何かあったんだと思う。だからって何をしてあげられるわけでもないから、聞けないけどね。辛いなぁ、力になってやれないのって」

「ふぅん。ねぇ心菜さ、実は榊くんのこと好きだったりする？」

「えぇ？　なんでそんな話になるの？　まだひーくんが亡くなったばっかりなのに、他の人に……なんて、無理だよ」

「そっか……でもさぁ、じゃあなんで、そんなふうに思えるの？　力になってやれなくて辛いとか」

そう言われると、考え込んじゃう。わたしの榊くんに対する気持ちって、何なんだろう？　ひーくんを思ったり、なつきが笹原くんを思ったりするのとは、似ているようで全然違うっていうのはわかるんだけど。

「なんか、ねぇ。榊くんといると、ひーくんといるみたいなの。榊くんのことを好きとかそういうのとはまた違うって……妙に落ち着く、っていうか」

「何、それ。榊くん、及川くんに似てるの？　顔とか」

「ううん、顔は全然違う。ひーくんは可愛い感じだし、でも榊くんはキリッとしたカッコイイ系で背も高くて……それでいてなぁんか、不思議な感じがするんだよねぇ」

「不思議って、どう不思議なのよ」

「わかんない。うまく説明できないや」

何それ、となつきがあきれた声を出した時、ウェルカムベルが鳴った。反射的に二人ともそっちに顔を向けると、驚きに見開かれた四つの目が合った。心臓がどくん、と嫌な音を立てて縮まる。

実沙と、智穂だった。二人は奥にいるわたしを見つけた途端、何やらひとつふたつ言葉を交わして、そそくさと店を出て行く。ケーキを買わず、お茶もせずに出て行く実沙たちを、店員さんが不思議そうに眺めていた。

「ったく、マジで最低。友だちだって思ってたのに」

なつきが苦い顔をして吐き捨てた。

事件からあっという間に三週間が経ち、すっかり飽きてしまったんだろう、週刊誌やネットのバッシングはきれいにおさまったけれど、世間が忘れてもわたしたちに直接関わる人たちは、なかなか事件のことを忘れてくれない。夏休みだっていうのになつき以外の友だちからは、メールひとつ来ないし。時々、どこかでわたしのメールアドレスが流出したのか、心無い悪口をいっぱいに並べたメールが届くことはあるけれど。きっと二学期になっても、一度態度を変えたクラスのみんなが、事件の起こる前のようにわたしとなつきに接してくれることは、ないんだろうな。

「実沙とも智穂とも、もう友だちに戻れないのかな……みんなでワイワイプリクラ撮ったり、マックで何時間もダベったり。もう、二度と出来ないのかな」

「いいよ、友だちになんか戻らなくたって。こんなひどい裏切り方されて、今さら友だちなんて思えるわけない」

なつきはそう言ったけど、悲しそうな目はなんか嘘っぽかった。

なつきと二時間ほどケーキ屋さんにいた後、家に帰ってくると、スポーツ選手みたいながっしりした背中がマンションの前に立っていた。

「恩地さん」

「心菜さん、久しぶり。ちょっと話したいことがあって来たんだ、ほんの数分だけ、いいかい？」

「だったらここで立ち話もなんですし、上がっていって下さい。今日は母も夜勤明けでいますので」

じゃあ遠慮なく、と恩地さんはわたしに続いてマンションの階段を上がった。

刑事らしいキリッとした厳しさと物腰の丁寧さをあわせ持った恩地さんは、うちのお母さんに受けがいい。暑い日が続きますねぇなんて、なごやかに世間話をしている。

座布団を取り出して勧めると、恩地さんがほろっと顔を崩して、優しい笑みを浮かべた。

「ありがとう、心菜さんは本当に気が利いて、よく出来た子だね」

「いえ、そんな……」

「私にも娘がいたんだ。ちょうど心菜さんと同じ年頃でね」

「へー、恩地さん、娘さんがいたんですか？　意外！」

「心菜──、恩地さんにおせんべい、出してくれる?」

「はぁい」

お母さんが三つのコップに麦茶を注いでいる隣でわたしが棚からおせんべいの袋を取り出した時、電話が鳴る。

「心菜、出てくれる?」

「うん」

もしもし、と受話器を取る。相手は名乗らず、かすかな電波の動きだけが、電波の向こうから聞こえてくる。これはいつもの……と悪い予感が胸を突いて、受話器を離して電話を切ろうとすると、初めて声がした。

『シネ』

ぷつんと切られた電話。ツーツー、と不気味に響く電子音。わたしはゆっくり受話器を置いた。気持ちはすっかり顔に出ていたんだろう、心配そうにわたしを見つめるお母さんと恩地さんに、無理やり笑いかけた。

「よっぽど暇なんでしょうね。あの後、時々かかってくるんです。イタズラ電話」

お母さんは辛そうに目を伏せて、恩地さんはそうですか、とそれ以上何も言えないというように頷いた。

事件が起こってから、同じマンションの人たちはあからさまにお母さんとわたしを避けるようになっていた。あることないこと書きたて、わたしやお母さんをあれだけ悪く言った週刊誌のせいだろう、今まで普通に付き合っていた近所の人たちは、そろって背を向けた。郵便受けに「シネ」って書いた紙が入っていたこともあった。ドアに落書きされたこともあった。お母さんは何も言わないけど、職場でやっぱり無視されていることをわたしは知っていた。

でもわたしとお母さんなんてまだいいほうで、本当にひどい目に遭ったのは本来なら支えられ、温かい気遣いを受けるべきはずの、ひーくんのお父さんとお母さんだった。二人は小さな食堂をやっていたんだけど、店のシャッターは消しても消してもスプレーやマジックで書かれたひどい言葉で埋め尽くされ、未だ営業は再開されていない。

お茶とおせんべいを出して向き合った途端、恩地さんは額がテーブルに届きそうなほど深く頭を下げた。

「犯人を未だ逮捕出来なくて、本当に申し訳ありません。警察として、心から不甲斐なく思います」

「いえ、頭を上げて下さい……犯人が見つからないのは、刑事さんのせいじゃありませんもの」

お母さんはそう言ったけれど、声にちょっと棘《とげ》があった。いつまでもひーくんを殺した犯人が見つからないことに、自分たちがいわれのない非難を受けたまま、事件が未だ解決しないことに、苛立っているんだと思う。恩地さんは頭を上げずに続ける。

「本当に、申し訳ありません。そして、魚住のことも」

「魚住さん……？」

「この間、魚住が心菜さんにずいぶんひどいことを言っただろう。私から謝らせてほしい」

魚住さんの言葉を思い出す。『……どうせ不良のボスなんて、成長しても社会のお荷物でしかない。死んでくれてよかったんだよ』——忘れようとしてたのに、やっぱり忘れられない。その言葉はわたしの心深く沈んで、今もギリギリと傷だらけのハートを締め付ける。

恩地さんがおもむろに頭を上げ、真正面からわたしを見た。

「魚住をかばうわけではないし、許してほしいわけでもないが……言わせてほしい。あいつがあそこまで言うのには、理由があるんだ」

「理由……？」

そして恩地さんはちょっと切ない目になって、昔のことを語りだした。

「今から十二、三年も前の話だ。今は私は県警に勤めているが、その時は所轄で、魚住とは同僚でね。当時魚住には、とても可愛がっている部下がいた。池尻百合子《いけじりゆりこ》という、若い女性の刑事だ」

　その頃、魚住さんが妹のように可愛がっていたという百合子さん。女の身で刑事になるくらいだから、ぴんと芯の通った、元気が良くて強い人だった。時には厳しく、時には優しく、先輩として自分に誰よりも目をかけてくれる魚住さんを、百合子さんも心から信頼し尊敬していた。そんな百合子さんをある日、事件が襲った。

「職務を終えて帰ろうとしていたある日、池尻はちょうど心菜さんたちと同じくらいの子どもたちが、公園でタバコを吸いながらたむろしているのを見つけた。刑事としての使命感に燃えている池尻は、もちろん注意した。ところが、彼らは……」

　百合子さんの正義は不良たちには届かなかった。それどころか彼らは池尻さんを羽交い絞めにし、物陰に連れて行って「暴行」した……いくら武道の心得があるとはいえ、複数の若い男相手に、力でかなうはずもなかった……。

「男ばかりの私たち同僚には言い出せず、家族や友人といった人にも相談出来なかったんだろう。池尻は秘密も屈辱も痛みも、すべて自分一人で抱え込んだ。池尻に近かった魚住はすぐに彼女が思いつめていることに気づいたが、何かあったのかと問いただしても首を振るばかりなので、それ以上聞くことが出来なかった。そうこうしているうちに、池尻はノイローゼ状態になって……自殺した」

　遺書には家族や友人や魚住さんたち同僚、みんなへの謝罪の言葉と、悪に立ち向かい、悪に負けてはならない立場の自分がこんな目に遭い、結果悪に屈してしまうことへの悔しさが綴《つづ》られていた。池尻さんの死を悲しみ、悔しがり、怒り、救ってやれなかった自分を責めた魚住さんは、池尻さんが遺した日記など数少ない証拠から犯人を特定し、逮捕した。でも、それで魚住さんの気持ちがおさまるわけもなかった。

「魚住が不良少年に対してああいう態度を取るようになったのは、それからだ」

「……」

「不良少年を、悪の芽を許さない、それは魚住の信念みたいなものなんだ……もちろん過去にこんなことがあったからといって、魚住が君にしたひどい発言が許されるわけでもないが」

「いえ……そんなこと、ありません。少し考え、変わりました」

たった、二十七歳だったという。そんなに若くして死を選ばなくてはいけなかった百合子さんも、百合子さんを救ってやれなかった魚住さんも、恩地さんも……どれほど、辛かったことだろう。わたしは恩地さんの話を聞きながら、途中から涙ぐんでいた。

「わたしも、同じです。大事な人を亡くした悲しみを今、痛いほど味わっているところだから」

「心菜さん……」

「犯人をどうしても許せない気持ちも、わかるんです」

恩地さんが小さく首を振った。しばらく暗い沈黙が流れる。

静けさの中でわたしの思考はさっきなつきと交わした会話に飛んでいって、ちょっと迷った末あの話を恩地さんにしてみることにした。

「あの、恩地さん。風の噂で新しく目撃者が出たって、聞いたんですけれど」

「何？　目撃者？」

恩地さんがぎょろっとした大きい目をますます大きくする。うーん、やっぱりまずかったのかな、この話……未確認情報だもの。でも言い始めたものは、最後まで言うしかない。

「事件のあった直後に、覆面を持った男を見た人がいるっていうの……あの坂道の下のほうで、お店をやっている酒屋さん」

「心菜、それ確かなの？　間違えましたじゃ済まないことなのよ？」

お母さんに言われて、黙ってしまう。確かも何も、まだ自分で確かめたわけじゃないし……恩地さんはちょっと困った顔をしてから、言った。

「警察ではそんな情報は確認されていないね。というか、こういう事件の時、そういった情報はかなり出てくる。でも目撃証言ほどあてにならないものもなくて、ほとんどはガセなんだ」

「ガセ……」

ちょっとがっかりしちゃう。笹原くんのこと、信じないわけじゃないんだけど……

でも本当にガセだったら、申し訳ないな。わたしのために頑張ってくれてる笹原くんにも、その仲間たちにも、そしてなつきにも。

「まぁ、一応確認しておくよ。貴重な情報を、ありがとうね」

恩地さんはわたしを気遣うように言って、帰っていった。お茶を片付け、テーブルを布巾で拭きながら、お母さんが独り言みたいに言った。

「恩地さん、いい方ね」

「うん……」

事件の後のバッシング、友だちに裏切られたこと、手のひらを返すクラスのみんなや近所の人。そういうもののせいで人を信じられなくなりそうだったけど、危うく何もかもを嫌いになりそうなところだったけれど、恩地さんみたいな人も世の中にはいるんだってこと、忘れないようにしなきゃな……。

わたしはそっとお母さんに近づいて、背中におでこを押し当てる。ふわんと大好きな匂いがする。

「お母さん。わたし、ひーくんと付き合ったこと、後悔してないよ。たしかに、わたしのせいでひーくんは死んだのかもしれない。ひーくんと付き合ってなかったらこんな事件は起こらなくて、嫌がらせなんかもなくて、お母さんに心配かけることもなかったのかもしれない……けどわたし、幸せだったんだ。ひーくんがいたおかげで――そう思って、いいんだよね」

「もちろんよ」

二本の腕がきゅっとわたしを抱きしめてくれる。ひーくんの腕の中も心地よかったけれどわたしはやっぱりまだまだ子どもで、ここがいちばん安心出来る場所なんだ。

「お母さんはいつでも、心菜を信じてる。心菜の信じたことは、お母さんも信じるわ。だって心菜は、とても強い子に育ってくれたから」

「ありがとう、お母さん……」

嬉しくて、涙が頬を濡らす。辛い日も、心が悲しさと悔しさでいっぱいになりそうな時も、忘れたくない。大事な人がくれる、優しいぬくもり。

でもお母さん、ひとつだけ間違ってるよ。

わたし、本当は強い子なんかじゃない。

ただ、歯を食いしばって、見えない敵を睨みつけて、必死で強くなろうとしてるだけなんだ……。

目撃者

榊の通う塾から歩いて五分、テニスコートと屋内プール付きの体育館が設置された運動公園。三十分くらい前に通り雨があったばかりで、植え込みのツツジの葉っぱも芝生も公衆トイレの壁も、雲の割れ目から姿を現した西日を浴びて、ラメを振りかけたように光っている。夕方はもっとも公園の人気が高まる時間帯なのか、犬を散歩させる人、蝉だ！　と騒ぐチビっ子、幸せそうに寄り添う高校生ぐらいのカップルと、なかなか人が多い。榊は彼らを眺めながら、ベンチに腰掛けて文庫本をめくっている。夕風が黒い前髪を揺らし、榊が涼しそうに目を細める。

榊の模試はついさっき、終わったばっかりだった。そしてこれから、ここで心菜に会うことになっている。榊と心菜が会うのはなんだかんだで、影山に会いに行った日以来だった。

「な、榊。ちょっと思い出したんだけどよ」

榊がやや面倒臭そうに顔を上げた。勉強の疲れが出たのか会ったばかりの時よりも心持ちやつれて見える。いくら頭が良くても、県立トップをすんなり突破とはいかないらしい。

「何だよ」

「おとといつけた影山のことでさ。あいつ、ゲーセン行った後に墓参りなんかしやがったんだよなぁ。それが意外でさ」

「墓参りって誰のだ？」

「わかんねぇ。でも、ちっこい墓だったな」

榊は眉をひそめて少し考え込んだ。

「名前、見なかったのか？」

「見たよ。でも夜で暗くて、〝合〟って字しか見えなかった。合気道のアイ、合コンのゴウな。大方、あいつの父ちゃんとか母ちゃんじゃねぇの？　小さい頃に親がなくなってさ、恵まれない家庭で育ったからあんな不良になったんだよ」

「ずいぶんな決め付けだな」

あきれたように言ってから、また考え込む。ん？　何だ？　俺からしたら単なる墓参りでも、榊にはなんか別のモノが見えてんのか？　まさか影山のあの行動が、今回の事件に関係してるとでも⁉

ちょっとドキドキしながら榊の言葉を待っていると、榊はじろりと俺を見て言った。

「聖。お前何か、俺に隠してないか？」

「えっ」

て、影山のことじゃねぇし。ん、いや、これはもしかしてもしかすると……バレた、のか!? 俺の致命傷が!?

「んっ、んなもんあるかよっ！ そんな、何も隠してなんか……お前の気のせいだし」

「本当か？ 怪しいぞ」

「怪しくねー!!」

榊はもう一度自分にしか見えない俺を見つめ回してから、本に目を落とした。

ふう、危ねー。ビビったのが霊体になんらかの影響を与えたのか、胸んとこがまたジクジク痛み出す。

おととい無理をしたせいか俺の体調は急激に悪化して、昨日は一日中、ベッド代わりに使ってる寺の屋根の上から動けず、ひたすらぼんやりして空を行きかう鳥やら飛行機やらを眺めているうちに過ぎてしまった。たっぷり休養をとった今も、身体は鉛を詰め込まれたかのように重い。重さなんて感じるわけもないのに、とにかく重い。

ちくしょう、何が幽霊の寿命だ、何が致命傷だ……このまま消えちまうなんて、マジ冗談じゃねぇ。だからって俺はさしあたり、どうしようも出来なかった。

「おっ、来たぞ」

榊が立ち上がり、無愛想な顔の横に小さく手を上げる。心菜がサンダルをカタカタ言わせながらこっちに駆けてくる。水色のストライプのワンピースに白いバッグ、今日は長い髪は二つに結ばれていた。ヤバい、心菜可愛いわー。死んでるくせに胸がキュンッとする。

「ごめん、待たせちゃって」

「いや、いい。どうする？　どこか店に入って話すか？」

「ううん、せっかく夕立来たばかりで涼しいし、このままお散歩しながら、話そう」

榊が頷いた。二人は植え込みに沿った遊歩道をぶらぶらと歩き始める。客観的に見たら、公園デート中の美男美女カップルにしか見えない。

生きてる時は、こうやって何度も心菜と肩を並べて、公園とか町とか、いろんなとこ歩いたっけなぁ……そんなことを考えてしまって、二度と心菜とデートすることのできない俺は苦しくなる。

「どうだ？　そっちは何か、新たな情報、掴んだか？」

「うん、あのね、笹原くんが新しく目撃者、見つけたの！　事件の後に、覆面を持った男が歩いてるのを見たんだって」

「本当か」

榊が声を上ずらせ、俺はキスが出来そうな距離まで心菜に顔を近づけ、その後の心菜の話を一語一句聞き漏らさないようにした。心菜が話し終わってから、榊がふん、と相槌を打つ。

「でもね、まだわからないの。恩地さんにも言われたけど、こういう目撃情報はあてにならないって。警察にはそんな情報は入ってないっていうし。警察が知らないのなら、やっぱりデマなのかな？」

「そうか……でも本当だって可能性が一％でもあるなら、調べてみる価値はあるだろ。というか今の俺たちは、不確かな情報でも探ってみなきゃいけない状況だし」

「うん。榊くんは？　何かわかったこと、あった？」

少しの沈黙の後、榊はやや早口になった。

「影山をつけてみた。だが特に変わったことはなかった」

「そっか……難しいね、犯人探しって」

心菜が長いため息をつく。そしてまた沈黙。二人のすぐ横を二、三歳ぐらいの子どもたちが黄色い声を上げながら通り過ぎていった。太陽がいっそう地上に近づき、西日が濃くなる。長い夏の日が暮れるのも近い。

「……ねぇ、榊くん」

心菜がためらいがちに榊の横顔を見上げた。榊は黙って左頬で心菜の視線を受けている。

「なんで、わたしに協力してくれるの？　榊くんはたまたま行天を捕まえてくれたってだけで、わたしともひーくんとも、何の関係もないのに」

「……」

「それなのに、こんなに一生懸命に、親身になってくれてるのは、なんで??」

「──俺は復讐が嫌いだ」

えっ、と心菜の唇が動いた。榊の厳しい目が心菜を見据える。

「協力するって言ったけど、嘘だ。復讐なんて、させたくなかった。本当は」

「……」

「俺はお前を止めたい。復讐なんかさせたくない。だからこんなに一生懸命やってい
る」

心菜はしばらく目を見開いて榊を見つめていたが、やがて傷ついたような表情になって顔を伏せる。さっき通り過ぎていった子どもたちが、少し遠くで笑い声を立てていた。心菜の声が震える。

「……そんな。そんなの、いいよ。ほっといてよ」

「……」

「そういうことなら、わたしの邪魔しようっていうなら、榊くんとはもう一緒にいたくない……!!」

「なんでそんなに復讐がしたい？」

心菜の細い喉が震える。薄くピンクに塗った唇が言葉を探すように何度かぱくぱく

した。

「それは。それはもちろん、犯人が許せないからだよ。言ったでしょう？　わたしはひーくんのために、復讐するの。今わたしがひーくんにしてあげれることは、それしかないの……!!」

「あいつのため？　違うだろ。自分のためじゃないか」

ついに心菜の足が止まった。二、三歩先に行って榊も止まって、振り返る。地面を見る心菜の顔は青白く、何かに激しく殴られたような背中ががくがくしていた。榊がまくしたてる。

「誰かのための復讐なんて立派なように聞こえるけど、所詮お前のエゴなんだよ。聖が殺されたことを許せない自分、復讐することで、そんな自分を楽にしたいだけだろ？」

「……」

「復讐は愛じゃない、エゴだ。もしそれを果たしたとして、お前の母親はどうなる？　殺人者の母親になるんだぞ？　大事な人に背負わせるものの大きさのことを、なんで考えない？」

母親、という言葉を聞いた時、心菜の肩がびくんと波打った。震えが全身に広がっていく。かつて俺を何度となく見つめた可愛い目が、突然突きつけられた真実に打ちひしがれていた。

可哀想だとは思うが、榊を止めることは出来なかった。しちゃいけなかった。

榊の言葉は厳しいけれど、どこも間違ってないから。

涙に目を盛り上がらせる心菜に榊は更に続ける。

「もっと考えろ。復讐してお前はどうなる？　それで本当にお前は救われるか？　楽になれるのか？　犯人を殺したところで、聖は戻ってこないんだぞ？」

「……」

「俺の知ってる霊に、死んでから何年も復讐を続けた奴がいる。そいつは憎んでた。自分を死に追いやった人間を、次々そういう人間を生み出したまま、進み続ける世の中を」

「……その人は、どうなった？」

心菜がか細い声で言う。榊が何か辛いことを思い出したのか、苦しそうに下を向く。

「ずっと苦しんでた。たった一人でな。苦しんでもがいて、それでも憎くて憎しみが消えなくてどうしようもなくて、魂が汚れに汚れてすごい醜い姿になってた」

「……」

「復讐が、そいつ自身を傷つけた。憎しみは諸刃《もろは》の剣なんだ。憎めば憎むほど、自分だって傷つける」

俺にとっても痛い言葉だった。なんせ、あんな奴絶対許せねぇ、何が何でも捕まえてブッ殺すって、そんな気持ちで戻ってきたこの世だ。

相変わらず痛む胸をさすってみる。あのノコギリ女も、真っ黒いのっぺらぼうたちも、きっとこの世に恨みやら未練やらを残して死んだわけだよな……だからあんなに、醜い姿だったのか？　そして俺も、このままじゃあいつらみたいになっちまうのか……？

榊が顔を上げる。

「そいつは霊だったから未来がないけれど、お前には未来があるじゃないか。俺たち、まだまだ人生これからだろ？」

「……」

「残りの人生を復讐とか、そんなことばっかり考えて過ごすなんて、寂しすぎるぞ。お前がやられたことは確かにすごく理不尽なものだ、でも悲しみにケリをつけて前に進む、結局それしかないんだよ」

「でも」

心菜の頬を涙が滑っていく。大きな目いっぱいに溜まっていた涙が一気に溢れ出した。心菜は声を上ずらせながら、潤んだ目で榊を睨みつける。榊はもう何も言わない。

「でも、でもだったら、この気持ちはどうすればいいの……？　今だってひーくんがいなくて、悲しくて辛くてどうしようもなくて、ひーくんに会いたくて、おかしくなりそうで……でも犯人が憎い、犯人を殺してやる、そう思ってなんとか気持ち、支えられてきたのに……それがなくなったら、わたしはどうすればいいの……!?」

榊は心からの同情を寄せる顔で心菜を見るだけだった。心菜の声が大きくなり、掠れる。

「けりをつけろ、前に進めって言うなら、やり方も一緒に教えてよ……!? 正論ばっかり言わないで!!」

心菜が踵を返し、スタスタと速足で歩き出した。榊がその後ろを黙ってついていく。数分して心菜は泣き止んだが、結局この日はお互い気まずいまま、別れてしまった。

その次の日、榊にメールが届いた。心菜からだった。

『笹原くんと一緒に、例の目撃者に会いに行くことになりました。榊くんも来ますか?』

絵文字が一個もない。しかも敬語。一応自分から歩み寄りはしているものの、そっけなさすぎる。榊は短く『行く』と返信した。

それから更に三日たった日の午後、榊は額に汗を浮かせながら待ち合わせ場所に急いでいた。きれいな顔が既にこわばってる。

「榊さ、もっとにこやかな表情しろよ？　そんなコエー顔してたら、心菜も話しかけらんねぇぞ？　今日は橋場もいるらしいし、もっとリラックスしろって」

「うるさいな。お前は関係ないからいいよ。今心菜に会うの、どれだけ気まずいかわかってんのか」

「ふぅん。お前でもそんなふうになることがあるんだなー？」

ちょっと意地悪く語尾を上げてみた。影山に襟首掴まれても、全然動じなかったくせに。榊が仏頂面のまま言う。

「場合が場合じゃないか。それに女に泣かれたら困る」

「確かに。しかも心菜、可愛いしな。可愛い女に泣かれるってのはな」

「あぁ」

「あっなんだお前、やっぱ心菜のこと可愛いって思ってたのかよ？」

「いちいち妬くな、バカ幽霊」

「なんだと!?　お前今バカっつったか!?」

そうこうしているうちに待ち合わせ場所のコンビニの駐車場についてしまう。他のメンバーは既にそろっていた。心菜と、心菜とニコイチの橋場、そしてこのタレコミの情報源である到。心菜はぎこちなく榊に微笑みかけ、榊がよっ、と素っ気ない挨拶をする。この時ばかりは心菜のほうが大人だ。

「二人とも、紹介するね。この前、ストーカーを捕まえてくれた榊くん。ひーくんの事件のこと知って、協力したいって言ってきて」

「はじめまして、橋場なつきでーす。心菜から話聞いてるよ？　中学生なのにすごい大人っぽいよねー、びっくりした」

「へぇ、マジで中坊かよ。見えねー」

橋場と到にまじまじ見られるのが決まり悪いのか、榊は白い顔をちょっと赤らめてども、と言った。幽霊には慣れてても、生身の人間には人見知りするらしい。心菜がそんな榊を見て口元をゆるめている。

うん、この分なら二人の気まずさは自然のうちに解消されそうだな……。

自己紹介を終え、四人がぞろぞろ歩き出す。俺はみんなの頭上を幽霊らしく、すうっと飛んで移動する。橋場が心菜に耳打ちして、内緒話が気になった俺は二人に近づいてみた。

「結構いい感じの人じゃん、榊くんって」

「何？　なつきってば、榊くんタイプなの？　笹原くんがいるくせに？」

「ちょっ！　笹原がどうしたっていうのよ!!」

「ん？　何？　俺がどうかしたー？」

割り込んでくる到、赤くなってそっぽを向く橋場、一生懸命笑いをこらえている心菜、三人を物珍しそうに見ている榊。へぇ、てか何？　橋場って到のこと好きだったのか……初耳だ。

「別にどうもしないし。ハゲは黙ってて」

「ハゲって何だよハゲって！　これはスキンヘッド！　自分で剃ってんだっつの！　口の悪い女だなぁ」

「口が悪くて結構」

「はいはい、こんな女はほっといてさ心菜ちゃん、今度海でも行かね？　あっもちろん二人きりってわけじゃないし橋場連れてきてもいいし、ほら、心菜ちゃん、ずっと事件のことばっか考えてたら、疲れちまうんじゃないかなーってさ。気晴らしも大事じゃん？」

「あんた何考えてんの!?　今から何するかわかってるわけ!?　こんな大事な時にナンパとか信じらんない」

「ナンパじゃないしこれは。俺はただ、心菜ちゃんに気晴らししてほしくて」

漫才みたいな掛け合いに心菜はこらえきれないというように頬をふくらませ、榊はなんだこりゃ、と首をひねっている。橋場、素直じゃないなー。そして見事なツンデレだなー。しかし到、心菜を海に誘うとは油断ならん奴だ。こいつが心菜のこと好きなのは前から知ってたけど、だからって心菜は渡さん……!!　って、渡すも何も俺、死んでるのか……そうだよなぁ……。

　俺は死んで、十七のまま時間が止まってて、だけどこれから心菜は成長し大人になり、当然恋もすれば結婚もする。そりゃ、そうだ。当たり前のことだ。でもやっぱり、心菜を誰にも、榊にも到にも世界中のどの男にも、渡したくない俺がいる。だからって心菜がこのまま俺を忘れずに、ずっと俺を失ったことを引きずっていくんだとしたら……？　それって、なんていうかすごく、悲しい人生じゃないのか……？

　自分の嫉妬と、心菜の幸せを願う気持ち。エゴと無償の愛とが、俺の中でせめぎ合っていた――

　覆面男を見た店主が経営している酒屋は、あの坂道を五メートルほど上ったところにあった。坂に合わせてちょっと傾いているところを見ると、なかなか古い建物らしい。到を先頭に、四人が酒で埋め尽くされた店内に入る。店の奥から出てきたのは四十がらみの、アロハシャツにジーンズの気の良さそうなおっさんだった。

「なんか君たち、ずいぶんバラバラの組み合わせだねぇ？　イケメンに不良、美少女にスポーツ少女かい？」

「おじさん、ここは美少女二人って言わなきゃダメっしょ」

　おおそうだそうだ、ごめんごめん、と大袈裟に橋場に向かって手を合わせる。橋場は別にいいですと笑ってた。今日も暑いとか今日も夕立が来そうだとか、そんな世間話がしばらく続いた後、心菜が聞いた。

「あの、事件があった日のこと、おじさんが見た覆面持った男のこと、知りたいんですけれど」

「おお、そうだったそうだった。やるねぇ、少年探偵団」

と、俺や心菜は「なつかしのテレビ特集」でしか聞いたことのないあの歌を歌いだすおっさん。ジェネレーションギャップのせいか、まったくウケなかった。おっさんは苦笑いしながら、やっと目撃談を始めた。

「覆面を持ったっていうか、正確には覆面を拾ってたんだけどね」

「拾った⁇」

榊が眉をひくりとさせ、おっさんが短く頷く。

「なんか、これぐらいのボストンバッグ持ってて歩いててさ、その外ポケットから突き出してたハンカチみたいなのが落ちて、かがんで拾って、また歩き出したんだよ。ずいぶんせかせかと、急いだ感じでさ。外灯の光に照らされて、落ちたのがハンカチじゃなくて覆面だってわかってさ、びっくりしたんだよね。よくそんなもの持って歩いてるなぁと」

「その人の特徴は？　歳とか身長とか、やせてたとか太ってたとか、服装とか」

心菜が言っておっさんがうーんと腕組みをする。

「そんなに若い人じゃあなかったと思うよ、顔を見たわけじゃないけど……背格好の感じが、ね。身長は、僕よりは大きいかなぁ。服は、長袖に長ズボン。黒っぽかったね」

「持ってたボストンバッグって、どんなやつでしたか？」

榊が的確な質問をする。おっさんはまた上目遣いになって考え込んだ。

「色は茶色で、大きさはうん、このぐらいで……そうそう、なんか長いものが突き出してたんだよね。あの事件の凶器って、金属バットだったんだろう？　それが入ってたのかもね」

「な？　聞けば聞くほど怪しいだろ？」

到の言葉に三人が少しずつずれたタイミングで頷く。確かに、怪しい。怪しすぎる。ボストンバッグにバットを入れてせかせか歩く男、外ポケットから飛び出した覆面。犯人以外に、そんなものを持ってここを通りがかる奴がいるとも思えない。榊が探偵の目になって聞いた。

「時間は何時ぐらいでしたか？」

「十時前、だね。たぶん十時にはなってなかったと思う。店先で見たんだよ」

「店先で……でも待って下さい、この店って八時には閉まるんですよね？　入り口に書いてありますけど。閉店後のその時間、なんで店先にいたんですか？」

榊の顔に不信が広がり、三人がびっくりしたように榊を見た。まさか榊、このいい人っぽいおっさんを疑ってんのか？

おっさんは別に気分を悪くした様子もなく、あぁ、と軽く目を見開く。

「それなら警察にもさんざん聞かれたよ。ほら、あそこにタバコの自販機、置いてるだろう？　そこにタバコを買いに行っただけさ。まったく、警察に疑われるなんて気分が悪いねぇ。しかし君もずいぶん鋭いなぁ、刑事になれるよ」

榊は別に嬉しそうな顔はしなかった。おっさんの話を聞いた途端にふっと頬が強張る。横から心菜が慌てた様子で言う。

「ちょ、待って下さい……今、警察、って言いましたよね!?　事件の後、警察にこのこと話したんですか!?」

「話したよ、もちろん。こんなに場所が近いんだもの、何か見てないかって聞かれるよ、そりゃ」

心菜と榊が顔を見合わせた。

おかしい。警察には、そんな情報は入ってないって言われたんじゃないのか??

心菜が質問を重ねる。

「あの、警察が来たのっていつのことでした？」

「事件のすぐ次の日だよ。朝、まだ店も開けてないうちから来られてね」

「その刑事さんって、誰ですか？　一人ですか二人ですか？　名前は？」

「一人で来られたよ。そう、割と珍しい名前だったから覚えてるなぁ……」

行きは帰りと違って誰もはしゃいでなかったし、誰も楽しそうにしなかった。

なんだか、食い違うことだらけだ。事件の直前に目撃されたのに、現場には行ってないと言い張る影山。目撃者を見つけていたにも関わらず、そんな情報は入っていないと心菜に言った警察……

「どういうこと？　警察はあのおじさんが言ってたこと、知らなかったんじゃないの？　まさかあの人が嘘ついてるとか……」

「いや、それはないだろ。あのおっさんはいい人だよ」

到が言って、到に素直になれない橋場は唇を曲げる。

「そういう思い込みは禁物だと思うけど？　人は見かけによらないっていうし。案外あの人が犯人なのかも」

「証拠は？　だいたいあの人が犯人だとしたら、そんなデタラメを俺の後輩に話した理由はなんだよ？　自分が不利になるだけじゃん」

今度は橋場も黙ってしまった。そして到も黙った。

酒屋のおっさん犯人説、終了。

心菜が助けを求めるように榊を見て、榊が難しい顔で言う。

「三つ考えられることがある。一つ目、警察はあのおっさんのことを知っていたが、そのことを心菜に話したくなかった。警察として、話せない理由があったんだ」

「捜査情報を秘密にしてた、てこと？」

心菜が言い、榊が頷く。

「二つ目。あのおっさんから話を聞いたのは実は本物の刑事でなく、刑事に変装した誰かだった」

「誰かって誰⁉ 何、その人が及川くん殺したの⁉ そんなことする目的は⁉」

橋場がいっぺんにまくし立て、榊が首をひねる。

「わからない。わからないから、これも酒屋の店主犯人説と同じくらい苦しいな。そして三つ目、これがいちばん問題だ。刑事はなんらかの事情があって、あの目撃談をもみ消す必要があった」

「それ、一つ目と同じじゃん？」

到が言って榊がおもむろに首を振る。榊の目は俺も心菜も、橋場も到も、決してたどりつけないものを見ていた。

「大違いだ。俺が言いたいのは、一つ目はあくまで警察という組織が、捜査のために情報を秘密にしてたってこと。対して三つ目は、捜査に当たった刑事個人が、何かのためにその情報をもみ消さなきゃいけなかった、ってことだ」

しばらく沈黙が流れた。何かのために、その情報をもみ消さなきゃいけなかった──

榊の言う意味がわかって、俺は思わず叫んでいた。

「まさかお前、刑事が犯人じゃないかって言いたいのかよ⁉」

「それは最悪のケースだ」

ついうっかりしてたんだろう、榊ははっきり声に出していた。でも心菜たちもあまりに榊の話が衝撃的過ぎたのか、誰一人として聞こえていないみたいだった。

八つの靴がアスファルトを踏む音が淡々と続いた。

心菜VS影山

なつきとも、これから西高の仲間と集まるっていう笹原くんとも別れて、榊くんと二人きりになった。開発途中で投げ出され、時間が止まってしまったような荒地の真ん中に伸びる、一本の道路。少し遠くにボンジュールの建物が見える。強い日差しを遮ってくれるものがなくて、日傘を差していた。傘の向こうには、わたしの斜め前を黙って歩く榊くん。さっきから、榊くんが持ち出したとんでもない仮説が頭にへばりついて、離れない。

「ねぇ、榊くん。あの人が犯人だなんて、まさか本気で言ってるんじゃないよね？仮にも刑事さんなんだよ？」

榊くんは黙っている。たまらなくなって、傘の柄を両手でぎゅっと握り締めていた。

「恩地さんはいい人だよ、わたしにちゃんと謝りにきてくれたもん。本当にすまないって、魚住さんのこと、かばってた」

「魚住をかばう？」

榊くんがようやくこっちを向いた。わたしは大きく首を縦に振る。

「ほら、魚住さんがあの時、死んでくれてよかったとか、そう言ったこと」

「あぁ」

「魚住さんだってね、本当はいい人なの。わたしにああ言ったのも、理由のあることだったんだ」

と、恩地さんから聞いた魚住さんの話を榊くんにした。榊くんはジーンズのポケットからハンカチを出して額に浮いた汗を拭きながら、ふぅん、と冷たく言った。

「辛い過去があった、ってわけか。だからって、あんな言葉が許されるわけじゃない」

「そうかもしれない。でもわたし、魚住さんの気持ちは痛いほどわかるから。わたしも大事な人を失ったんだもの。犯人をどうしても許せない気持ちも、魚住さんと一緒」

この間のやり取りが思い出される。それは榊くんも同じだったのか、お互い気まずさに耐えられず下を向く。近くでニイニイゼミが声を張り上げていて、ひとかたまりの風がワンピースの裾を持ち上げた。榊くんがぼそりと言った。

「この前、あいつから逃げ出して泣いてたくせに。お人よしなのな、お前って」

「うん……でも、今になって冷静に考えてみると、あの人の言うことも一部は正しいなって。ひーくんに不良をやめてほしかったのは、喧嘩とかしないでほしかったのは、誰よりもわたしだったから」

いつのまにかまた二人、ちゃんと並んで歩いてた。榊くんの隣はやっぱり心地よくて、素直な気持ちがすらすらと飛び出す。

「不良がみんな人間のクズみたいな、そういう大人の決めつけってよくないと思う。不器用で、ただそうするしかなくて、他の方法がわからない人たちだっていっぱいいるから。でも道を踏み外すのは、やっぱり悪いことだもん」

わたしはひーくんやその仲間たちのことしか「不良」を知らないけれど、中には百合子さんを苦しめたみたいな人もいて、そういう人間のことまでかばう気にはなれない。ひーくんのやってたことだって、結局悪いことでしかなかった。

だからってネットの書き込みや週刊誌みたいに、不良なんか死ねばいいとか、生きる価値もないとか、否定ばっかりするのも違う気がして。大人たちがそう思っているうちは、そういう言葉を使って、ひーくんたちから目を背けているうちは、道を踏み外す人はいなくならないいんじゃないかな……??

榊くんが顔を上げて言った。

「俺は不良が嫌いだ。嫌なことや辛いことから逃げて、やるべきことをやらないで好き勝手して、それを大人に指摘されれば不良だからなんだって逆ギレして。それを格好いいと勘違いしてる人間なんて、ただのバカにしか見えない」

「榊くん……」

「誰だって道を踏み外したら、悲しむ人は必ずいるんだ」

そう言う横顔はなんだか悲しそうで痛々しくて、思わず目を背けてしまう。

この人はいったい、何を背負っているんだろう？　過去に何があったんだろう……？

榊くんがいちばん、悲しそうだよ……。

「悲しむ人、か。榊くん、前もそんなこと言ってたよね。死んじゃダメだって。悲しむ人は、必ずいるって」

「あぁ。誰も一人で生きてるわけじゃないんだ、自分を大事に思ってくれてる人、その人だけは裏切らない、それぐらいの強さは持つべきなんだと思う。もちろん、一人じゃ無理だけどさ。ちゃんとその、大事な人を頼って」

「榊くんは……悲しむ人、だったの？」

少しの間の後、少し掠れた声が返ってきた。

「いつか、話せたら話すよ……お前には」

わたしは小さく頷いた。この前の仲直りは、いつのまにか完了したらしかった。

そして、わたしと榊くんは実はとても似ているのかもしれない、二人が抱えているものは同じようなものなのかもしれないって、ちょっと思った。

うちはお母さんが働いてるから、芹澤家の家事は八割方わたしが引き受けている。掃除洗濯、炊事。マンションの家賃や公共料金の振込み、などなど。

スーパーでの食料品の買い物もわたしの仕事で、暑いこの時期は日が暮れた夜の七時台、駅前のスーパーまで足を運んでいた。この時間帯に行くとお肉とかも安くなってるし。

その帰り、自転車の前カゴにエコバッグひとつ、両方のハンドルにビニール袋ひとつずつを提げて自転車を漕いでたわたしは、背中を丸めて速足で商店街を行く影山を見つけてしまった。視界に入るものすべてをことごとく否定してそうな瞳は、わたしに気づかない。

ちょっと考えてから目の前のコンビニの駐輪場に自転車を停め、お財布と携帯を入れたバッグだけ持って、走り出した。間に五メートルくらいの距離を保ったまま、影山をつける。建物と建物の間に身を隠してちょこんと顔だけ出して、影山の背中が小さくなり始めた頃、また走り出して。また隠れて。何度かそれを繰り返してたら、通りすがりの頭を半分白髪にしたおばさんに、うさんくさそうにじろじろ、見られてしまった。反射的にえへへって、愛想笑いしちゃう。ついとそっぽを向いて、速足になるおばさん……あぁ、ますます怪しまれたかも。てかわたし、なんでこんなことしちゃってるんだろう⁇

尾行なんて、榊くんやなつきに知られたら怒られるんだろうな……一人で行動するな、危ないことは絶対ダメ‼って。でも、やっぱりこの人、気になるんだよね……

榊くんは特に変わったことはないって言うけれど、「人を殺したことがある」って話は、ただのハッタリだとはわたしには思えない。それにあの、食い違う証言。あの夜心霊トンネルの近くで目撃された影山と、そんなところに行ってないって言う影山。刑事さんたちに興奮しながら言った影山が、嘘をついているようには見えなかった。

だからって、尾行してもたとえばあの夜の影山のアリバイがわかるとか、そういうわけでもないんだけど……でもとにかくわたしには、これしかない。何かせずにはいられないんだから、動くしかない。

やがて影山は商店街の片隅、洋服屋とレンタルビデオ店の間に挟まれて建っている、二階建てのゲーセンに入っていった。十数秒待ってからわたしも中に入ると、盛大な騒音に耳を塞がれる。影山は女の子たちでいっぱいの、クレーンゲームとプリクラに占領された一階をスルーして、店の奥の階段を上がって二階へ。うす暗い二階はメダルゲームや『太鼓の変人』、レーシングゲームなんかが並んでいる。影山は迷わない足取りでずんずん進んでいって、格闘ゲームのディスプレイの前に腰を下ろした。わたしは『太鼓の変人』の機械の裏に隠れて、影山の様子をじっと窺う。

ゲーム画面を見つめる暗い目。敵を倒すことに夢中の手。店内を飾るLEDライトに照らされ、青い照明の中に頬の傷がくっきりと浮かび上がる。

たしかに怖い人だけど、「人を殺したことがある」が本当のことに思えちゃうような人だけど……でも、こうして見ると、結構普通だ。ほんの少し見た目が怖いだけで、最初に想像してたよりよっぽど普通の人。わたしをストーカーしてた行天のほうが、ずっと異常に、ずっと歪んで見えた。

「ねー君、一人ぃ？　よかったら僕らと遊ばなぁい？」

いきなり背中から声をかけられて、飛び上がりそうなほどびっくりした。振り向けば、いかにも軽そうな笑顔が二つ。あきらかにナンパだ。歳は二人とも、大学生ぐらいかなぁ？

「これからさぁ、二人で飲みに行こうとしてたんだよねー。君も一緒に来てよ、おごるから」

「ていうか君、ちょー可愛くない？　マジタイプなんだけどー」

「ごっ、ごめんなさいっ」

影山に気づかれるんじゃないかと思ったらいてもたってもいられなくて、頭を下げてダッシュして、そのまま一階まで下りていた。ふう、危なかったー。なんだなんだ？　って影山が振り向いて気づかれたら、それでジ・エンドだったし……でも、これからどうしよう？　二階に戻ったらあの人たちがいる……影山は普通にゲームしてるだけだし、いずれここを出て歩き出すはずだろうから、このまま一階で待ってようかな？

と思ってたら、影山が階段を下りてきた。相変わらずの眼光鋭い、怖い顔。わたしは急いでプリクラの機械の奥に隠れながら、影山を追う。外に出ると、さっきまで薄かった夜の闇がだいぶ濃くなっていた。商店街はちょっとずつ店じまいを始める店も出てきて、去年流行った歌のインストゥルメンタル・バージョンが控えめのボリュームで流れている。影山はせかせか歩いていく。どこか目指す場所があるのか、ただ漫然と歩いてるだけなのか、わからない。

五分ぐらいすると辺りの様子が変わってきた。スーパーやコンビニや洋服屋やゲーセンじゃなくて、キャバクラや『個室ビデオ』の看板が目立つ、ちょっと大人の町。行きかう人も出勤前のキャバ嬢っぽい髪の毛をプードルみたいなぐるぐる巻きにした女の人や、女の子に声をかけようと狙っているホストっぽい男の人たちが、多い。普通の高校生には無縁のこういう場所って、歩いてても落ち着かない。万が一、生徒指導が見回りとかしてたら、ヤバいかなぁ……とか思ってたら、影山に声をかけた男の人がいた。狼を思わせる銀色の髪。辺りにくっきり響き渡る、営業マン風の声。

「おぉ、お兄さん、カッコイイねー！　ねぇねぇ、夜のお仕事って興味あるかなぁ？　お兄さんみたいなカッコイイ人に、ぴったりの仕事なんだけ」

ど、までいかなかった。影山に思いっきり睨まれた男の人が、怪物メデューサに遭遇したかのように全身石みたいになっちゃったから。フン、と鼻を鳴らし、ツカツカ歩いていく影山を追う。うぅ、やっぱり影山、怖いよー。

それからしばらくして、咥えタバコで歩く若いチンピラ風の男の人が、影山とすれ違った次の瞬間さっと振り返った。

「あれ、久道じゃん。影山久道だろ、お前」

影山の反応は、さっきと違ってた。チンピラ男を見る顔は驚きに強張り、戸惑っている。チンピラは薄笑いを浮かべながらしゃべる。わたしは速足で二人に近づいて漫画喫茶の看板の裏に隠れ、影山たちの話に耳をそばだてた。

「お前、まだこの町にいたのかよー。てか、よくいれるよな？ 人一人殺しといて」

「……うるせぇよ」

影山の低い声。チンピラのニヤニヤ笑い。

二人のやり取りに、確信した。影山の「人を殺したことがある」は、本当だって。

この二人は事実を前提に話してるんだって……。

「待てって、久しぶりに会ったんじゃん、冷たいなぁ。なぁなぁ、どうなんだ？ 今回の事件もお前がやったのかよ」

「今回の事件」って、ひーくんの事件のことを言ってるの？ この人、影山が警察にマークされてるの知ってるみたいだし。影山、あの時「ダチにもマスコミにも、何度も同じこと聞かれて」って言ってたから、噂が広まってたんだろうな……。

影山の目つきが再び鋭くなる。チンピラは臆することなく、ニヤニヤをやめない。

「うるせぇよ、やってねぇし」

「隠すなっつーの。しかし、お前もよくやるよなぁ。女の次は及川聖ねぇ。そのトシで二人も殺すとか、まじスゲーよなぁ!!」

「……」

「あっでも気をつけろよ、あの刑事とか、及川の彼女に恨まれてるだろうからさお前。うっかりグサリってやられないよーに。アハハハハハ」

「関係ないんだよおメェは!!」

影山が叫んだのと、その拳がチンピラの顎を的確に打ち抜いたのとは、同時だった。

チンピラ男はバランスを崩し、ドサッとアスファルトに倒れる。影山は馬乗りになって、なおも拳を上げる。傍を通ったキャバ嬢風の人が悲鳴を上げ、あっというまに人が集まってきた。でも誰も止めようとしない。きっと影山が怖いから。怒りに血走り、どす黒いものに塗りつぶされた影山の目が、怖くて仕方なかったから。

わたしは走り出していた。振り向くことなく、一目散で逃げる。驚いたのと全速力で走ってるのとで、心臓が今にも胸を突き破りそうなほどバクバクしていた。

影山が人を殺したこと、それは本当だったんだ……!!　しかも被害者は、ある女の人。そしてあの刑事っていうのは、きっと……。

そして影山は、あの人は、実は——

唐突に閃《ひらめ》いた仮説があまりにも衝撃的で、自分で考えたことなのに信じられなくて、ただただ胸をバクバクいわせてた。

最終決戦

　真っ白い日差しがかんかんに地上を照らす夏の盛り。蝉は命の限り声を振り絞り、テレビは相も変わらずつまらないバラエティやドラマの再放送を流し続け、榊はひたすら受験勉強に勤しむ頃。

　俺は毎晩、悪夢にうなされていた。

　意識が消えると決まって、あの心霊トンネルにいる。ヤバい、今度こそ捕まる、悪霊たちに捕らわれる、逃げ出さなきゃと走るのに、俺はあっという間に影たちに囲まれ、アハハだのニヒヒだの不気味な笑い声に包まれながら四肢をものすごい力で引っ張られて、苦しくて息もできない。視覚聴覚嗅覚すべてを奪われ、気が付いた時には今度は真っ暗な世界にいる。上を見ても下を見ても右を見ても左を見ても黒しかない、黒一色の真っ黒な世界。どこにも、光はない。

　やがて歓迎会が始まる。さっき俺をこんなところへ引きずり込んだ影たちがどこからともなく現れ、クネクネと身体を動かし、気味の悪い踊りを始めるのだ。黒板を爪でひっかいたような、たまらなく不快な音楽が耳にねじ込まれる。耳を塞いでも聞こえてくる音楽に合わせ、歌い声が始まる。ようこそわたしたちの世界へ。ようこそ悪霊の世界へ。君も今日から悪霊――

嫌だ、そんなの嫌だ、俺は悪霊なんかになりたくない!! そう叫ぶと同時に目覚め、日は既にずいぶん高い所まで上がっている。天使の奴の言うとおり、俺の霊としての力は日々衰えているらしく、この頃では寝ている時間がずいぶん長くなってしまった。夜の九時ごろには眠くなり、起きたら朝の十時過ぎ。生きている頃には考えられなかった、とんでもない生活リズムだ。

その日も俺はねぐらにしている寺の上でまだぼんやりしている頭を何度か振った後、だるさが残る霊体で榊の元へ向かった。「致命傷」を負い、「幽霊の寿命」が尽き欠けている俺をこの世界に留めているもの、それはただひとつ。俺の事件の真相を知り、心菜の復讐を止めることだ。

とはいえ、意気込んで榊の家にやってきても新しい手がかりが見つかるなんてことはありえないわけで。

「なぁ、榊。お前、今でも刑事のこと疑ってんの?」

勉強中の榊の背中に向かって言うと、榊は器用にも英語の長文問題を解きながら答えた。

「どう考えても怪しい。酒屋のおじさんの証言を揉みつぶした点で、俺の中では黒だ」

「だからってさぁお前、常識で考えろよ? 刑事がそんなことするか? 仮にやったとして、動機は何なんだよ」

「俺には見当がついてる」

「マジで？」

上から引っくり返って榊の目の前に現れてやった。榊から見るとちょうど、天井から俺が逆さまにぶら下がってる格好だ。

「なんで動機までわかるんだよ、お前って名探偵？」

「別に名探偵じゃない。ただの霊能者だ」

「霊能者でも、そこまでわかるなんてすげぇじゃん！　なぁ、なんなんだよ、俺を殺した動機って」

「それを知るとお前が本気で落ち込みそうだから教えられない」

「ハァ!?」

つい、声が荒くなっていた。榊は涼しい顔で、ペットボトルに入ったレモネードかなんかをひと口飲む。

「なんだよそれ、勿体ぶり過ぎ！　知ってるなら言えよ！　俺ら、仲間だろ？」

「ダメだ。あくまで俺の考えはただの推理。証拠はひとつもない」

「証拠なんかなくたっていいじゃんか！　俺が殺された理由がわかってるんだろ？」

「ぎゃんぎゃん喚くな。致命傷が余計にひどくなるぞ」

言われた途端に胸にずん、と熱い痛みが走った。

起きてる間は極力意識しないようにしているが、思い出させられた途端にこうなる。

「や、やめろよお前！　そう言われると、なんか余計に……って、あれ？」

榊はレモネードのペットボトルを机の端に押しやり、勉強を再開しだした。

「お前、致命傷のこと知ってんの？」

「知ってる」

「俺、教えてないよな？」

「子どもの時同じ目に遭った霊に会ったことがあるんだ。悪霊に襲われて致命傷を負って、49日もこの世に留まれず早めに天界行きを選択した霊」

事もなげに榊は言う。

なんだよ！　こいつ、ちゃんと知ってたのかよ！　それで俺が一人で悩んで苦しんでるのも、知ってて知らんぷりしてたってわけか!?

「なんだよ、お前、知ってるならなんとかしろよ!!　霊能者だろ!?　この前だってあの変なノコギリ女、シールドみたいなの使って闘ってたじゃん」

「あれは気を使って出した武器なんだ。最近覚えた技」

「それが使えるんだったら、俺の致命傷だって治せんじゃねぇの!?　傷の手当だってしてくれたし!!」

「そう簡単に言うな」

榊がようやく教科書とノートから目線を外し、俺を見た。

「呪術をひとつ覚えるのに、どれだけの気力と体力と時間がいると思ってるんだ？　シールドを出すのだって、三ヵ月かかって習得したんだぞ？」

「三ヵ月……」

「はっきり言って、お前の負ってる致命傷は深い。深過ぎる。このままだと持ってあと二、三日ってところだな」

「は⁉　なんだよそれ‼」

そんなの、天使からだって聞いてない。というか最近あの天使、夢見てる時でも見てない時でも現れなくなったし。いったいどこでサボってんだ⁉　あのムカつく金髪野郎は‼

「そんなの納得いかねぇよ、このまんまじゃ俺、自分を殺した犯人もその真相もわからないまま、心菜の復讐心を止めることもできねぇままじゃんか‼　なぁ榊、真相がわかってるなら教えてくれよ‼　じゃねぇと俺、マジで悪霊なんかになっちまう‼」

「そう騒ぐな」

榊はいつもの素っ気ない、むしろ冷たい口調の中にも優しさを滲ませて言って、引き出しの奥から一枚、札を取り出した。

いつも見ている白い和紙に墨で呪文を書いた札じゃない。赤い和紙に真っ黒い墨が、おどろおどろしく書かれている。

「これからお前の致命傷を手当してやる」

「は、マジで!?」

「勉強だけじゃなくて、お前がグースカピースカ寝てる間こんなこともやってたんだぞ。まったく受験で忙しいっていうのに、お前も余計な世話をかける霊だよな」

なんて、軽い調子で愚痴っぽく言いながら、俺の霊体を隅から隅までなぞっていく。

頭、手、足、腹、背中――たっぷり三分はかかっただろう。そのうちに熱を感じないはずの身体が熱くなり、頭の中が妙に冴え冴えとしてきた。致命傷を負った胸の傷が、白い光の玉になってぼんやり輝いている。

榊は真っ赤な札を、玉に当てた。目を瞑《つぶ》って呪文を唱える。実際は一、二分だったと思うけれど、俺には何十分にも感じられた長い時間だった。

「これで終了だ。どうだ？　だいぶ身体、軽くなったんじゃないのか？」

「ほんとだ！　だるさとか眠気とか、まったくねぇ！　榊、まじサンキュ！　お前、すげぇわ!!　世界最高の霊能者!!」

軽くなった霊体が嬉しくて空中で宙がえりしながら言うと、榊はまんざらでもなさそうな笑みを浮かべた。

「ほんとお前は、俺の生活をとことんかき乱し――」

て、と言おうとしたんだろう。

言葉尻が消えた。

榊の顔からさっと色が抜け、ガタンと派手な音を立てて椅子から立ち上がる。俺がなんだかわからず立ち往生しているとすかさず耳に手を当て、動物のように何かを察知していた。窓に寄り、日差しを遮るカーテンを一気に開ける。真夏の午後の容赦ない日差しが一気に部屋に浴びせられ、目が焼けそうになる。榊は眩しそうな様子も見せず、窓の外のどこか一点を見つめていた。

「悪い気を感じる」

「え」

「この前の心霊トンネルだ。お前が二回襲われた時よりも、ヤバい気がパワーアップして渦を巻いてる」

「そんな。こんな昼間だぞ!?　お前、悪霊は夜に活動するって……」

「霊感を持っている人間の獲物が近づいているから、悪霊たちが大喜びしているんだ」

榊は言った後、ちょっと失敗したな、とでも言いたそうな苦々しい表情になった。

「霊感を持っている人間!?　それってまさか、心菜じゃねぇよな!?」

「……そうとは言ってない」

「いや、そうだ。絶対そうだ。お前、いろいろ隠してるつもりだけど結構いろいろわかりやすいぞ!? どんだけ大人っぽくても、所詮中身はチューボーだし」

「悪かったな」

榊は心底不服そうに頬を膨らませた後、さっと部屋着のTシャツを脱いだ。外出用の服にあっという間に着替え、自転車の鍵だけを持って部屋を飛び出そうとする。後を追うと、ものすごい顔で睨まれた。

「お前はここにいろ」

「なんでだよ。俺も行くよ。心菜の危機だろ!? こんなところで黙って待ってられるか!!」

「バカかお前は。致命傷を負って、療養中の幽霊だぞ? 人間でいえば病院の集中治療室にいるような状態だ。そんな霊、連れて行けるか」

「その致命傷、さっき榊が治してくれたじゃんか!!」

「悪いがその術は俺がお前をなんとかしなきゃと思って慌てて学んだもので、使うのもさっきが初めてだ。どれほどの効力があるのかもわからない。たとえ傷が治ってたとして、またあの強力な悪霊たちに囲まれてみろ。襲われたら今度こそ、一発で魂の消滅だ」

グサリと動かない心臓を一突きする、淀《よど》みのない口調。

榊は正しいことを言っている。悪霊のことなんてほぼ何もわかっていない俺が行ったって足手まといになるだけだし、かえって榊のお荷物になって、結果、心菜を傷つけることになるかもしれない。いくら不良のバカだって、それぐらいは理解出来る。

でもバカな俺は、正しいことを言われても簡単に引けないのだ。

「好きな女が大変な目に遭ってるっていうのに、こんなところで指咥えて待ってるなんざできねぇよ」

榊は表情を変えなかった。

「お前の助太刀はできねぇかもしれないけど、俺は邪魔にならないところでお前と心菜を見守ってる。それじゃあ、ダメか？」

「見守るって。お前、この前さんざんな目に遭ったじゃないか。向こうの霊力を侮るんじゃない」

「そりゃそうだけど。でも俺、嫌なんだよ。バカだから、不良だから、ロクデナシだから。我慢なんて、できねぇんだよ。お前が必死で悪霊と闘ってるのに、一人で安全なところにいるなんて。どうしても、嫌なんだよ」

そして俺は、言いたくなかったことまで言ってしまった。

「お前は――榊は、友だちだから。仲間だから。榊が頑張ってるなら、俺だって頑張らなきゃダメなんだよ」

「……ほんとお前は」

榊がやれやれと肩を落とし、ため息をついた。

「しょうがない幽霊だな」

汗びっしょりでチャリを漕ぐ榊の後を、俺は猛スピードで飛んだ。榊はこんな時でも律儀に交通ルールを守り、交差点で一時停止してたりする。でもチャリを漕ぐスピードは競輪選手もさながらの本気中の本気で、致命傷の治療が効いて霊体が軽くなった俺ですらついていくのがやっとだった。

心霊トンネルの前で榊は自転車を停めた。辺りにざわざわと嫌な感じのする風が吹き、背の高い雑草を揺らした。

「中、これで入んねぇの？」

「唯一の足だ。悪霊にこれを奪われたら大変なことになる」

大ピンチのはずなのに、内心では動揺してるだろうに、榊の口調は冷静だった。

こつ、こつ、こつ、こつ。昼間にも関わらず人も車もまったく通らない不気味な黒い空間に、榊の足音が響く。湿っぽいトンネルの中は、俺でもわかるほど嫌な気で満ちていた。今にも夢で見た真っ黒い影に足を掴まれそうで、恐怖が魂をひりひり焼く。

俺は榊の後ろにぴったりとくっついて飛んだ。

やがて、黒一色の空間に真っ白いものが見えた。幽霊か、と思ったら違った。真っ白いワンピースを着て、俺のプリクラやら供えられた花やらの前に蹲《うずくま》っている、心菜だった。

「ひーくん。わたし、わかんないよ。これまでひーくんのために復讐しようと思って、なんとか自分を保ってきた。ひーくんを殺した犯人を憎む気持ちで、生きてこれた。でもね、ひーくんはね、勘違いで殺されたの。そしてひーくんを殺した人も、ある人を途方もなく憎んでいた。わたし、怒りのぶつけようがないよ……」

心菜の言っていることがまったくわからなかった。

勘違いで殺された？　俺を殺した人も、ある人を途方もなく憎んでいた？

心菜は心菜で、榊と同様、事件の真相にたどり着いたんだろうか？

でも怒りのぶつけようがないって、どういう意味だよ⁇

「心菜、俺は……」

さっそく心菜に話しかけようとその華奢な肩に手を伸ばすけれど、見事にすり抜けてしまう。心菜に俺の声は聞こえていない。どうやらいくら心霊トンネルだからって、いきなり心菜の霊感が高まって、俺の姿が見えるようになるってわけじゃないらしい。

「心菜」

俺の代わりに榊が言って、心菜が振り向いた。ガラス玉みたいな澄んだ目に涙がいっぱい溜まっていた。

「榊くん……なんで、ここに？」

「聖に会いに来たんだ」

とってつけたような言い分だったが、心菜は疑わない。

「そうだよね。ここに来ると、ひーくんに会えるような気がするもんね」

「俺もそう思う。でも、ここは危ない場所だ。今すぐ離れたほうがいい」

「なんで？」

悪霊に襲われた記憶を忘れ、自分の霊感も自覚していない心菜は素直に疑問を口にする。

「危ないって、なんで？　たしかにこのへん、事故とか自殺とか多いみたいだけど」

「事故とか自殺が多いところは、悪い気がたくさんたまってるんだ。聖が殺されたのだって、もしかしたらそれと無関係じゃないのかもしれない」

「どういうこと？」

「聖は、ここにいる悪霊たちの念を受けた奴に殺されたんだよ」

榊が俺にも語らなかった真相をあっさりと口にした。

そうか。そういうことなら素直に納得がいく。このトンネルで事故でも起こって、その被害者の遺族で、加害者を、人を、世界を、どうしようもなく恨んでいる人間。そういう人間が、通り魔的な犯行に及んだ。悪霊たちがそいつに力を貸して、悪い気を吹き込んだから。

いや、でも、なんだろう。この腑《ふ》に落ちない感じは……。

「違うよ」

心菜が静かな声で否定をした。

「ひーくんを殺したのは、悪霊なんかじゃない。れっきとした人間」

榊は心菜の言葉を黙って聞いていた。

「でもその人も、ひーくんを殺すつもりじゃなかったの。ひーくんが殺されたのは、間違いだったの。だからわたし、どうしていいのかわからないの……」

「心菜、とりあえずここから出よう」

榊が心菜の腕を引っ張って立たせると、心菜は素直にそれに従った。ずっとそこに屈んでいたせいだろう、立ち眩《くら》みを起こしたらしく、心菜の身体がふらりと揺れた。

榊が心菜を抱き起こそうと両手を伸ばすと、その榊の足を黒いものが、掴んだ。

「今さら逃げ出すなんて、無理なんだよ――」

低い声の後で、いっせいに笑い声が響き渡った。心菜が大きい目をより大きく見開き、榊は足を掴んだ手のせいでバランスを崩してその場にすっ転び、心菜もはずみで転んだ。

「心菜!!」

俺は反射的に心菜に駆け寄る。幸い、ケガはしていない。でも榊のほうは既に脚に、腕に、背中に、いくつもの影たちの手が貼り付けられていた。手たちはものすごい力で、榊を悪霊の世界へ引き込もうと楽しそうに蠢く。

榊は負けなかった。苦しそうに顔を歪めながらも、胸ポケットから札を取り出す。

「乾・坤・兌・離・震・巽・坎・艮――悪霊、退散――!!」

足を引っ張っているいちばんでかい影に札が当たり、ぎゃあと蛙が内臓を突き破られたような悲鳴が上がった。他の影たちもとばっちりを食らったのか、驚いたのか、いっせいに榊から身体を離す。榊は素早く身を起こすと、俺と心菜の前に立ちはだかった。

「大丈夫かよ、榊!」

「こっちは大丈夫だ。心菜も聖も、ケガはないみたいだな」

「うん、大丈夫……て、ひーくん!?」

心菜が隣に当たり前のようにいる俺を見て、心底驚いた顔をする。俺の顔を見て、身体を見て、手足を見て、おそるおそる、言った。

「本当に、ひーくんなの……?」

「あぁ、俺だ」

「本当だ……本当にひーくんの手だ……」

手を差し伸べると、それが初めて触るものであるように、心菜はまじまじと指を観察し、手のひらを観察し、それからぎゅっと握って、その後俺に抱きついてきた。俺も力いっぱい抱きしめ返した。

ここが心霊トンネルだからって、悪霊が現れて大ピンチだからって、心菜と会えた嬉しさに勝るものはない。

「嬉しい。ひーくんだ……ひーくんに会えた……」

「知ってたか？　俺ずっと、榊のそばで心菜のこと見守ってたんだよ」

「そんな気は、してたよ」

心菜が潤んだ目で俺を見る。可愛い唇にキスしようと口を近づけると、榊がぴしゃりと言った。

「悪いがいちゃつくのは後にしてくれ。今はそんな状況じゃない」

俺は慌てて、心菜の前に立ちはだかり、心菜を守る体勢に入った。

トンネルの中は既に影だらけだった。何十、何百、何千という影が縦横無尽にひしめき、ケケケとかアハハとか嫌な声で笑っている。夢の中で何度も聴いた、黒板を爪で思いきりひっかいたようなあの音楽がどこからともなく流れ出す。

「何これ、怖い……」

心菜がぴたりと俺の背中にくっついた。

やがて影で作られた真っ黒く蠢く煙の中から、三体の悪霊が現れる。背広が血でそまったサラリーマンは内臓を引っ張り出し、ヌンチャクのごとくぶん回していた。この前一度対峙したノコギリ女のほうも今日は頭のノコギリを引き抜き、やる気満々といった風情。噂に出て来た、下半身のないおかっぱ少女もいた。

「あんたたち、よく懲りずに現れたわね」

血のように真っ赤な唇でにやりと笑いながら、ノコギリ女が言った。

「ここまで来たってことは、今日こそわたしたちの仲間になりに来たのかしら？」

「大歓迎だよ。霊感少年に不良少年に美少女、なかなか面白い組み合わせだ」

「わーい！　お友だちが増えるー!!」

「ガタガタ抜かしてるとぶったぎるぞ」

榊が冷えた声で言って、何もない空間から銀色に輝くシールドを生み出した。ちょうど、陶芸家がろくろの上で見事なお皿をひねり出すように。次はもう片方の手に、銀色の長いものを生み出す。よほど気力を使うんだろう、榊の苦しげな顔に汗の玉が滲《にじ》んでいた。現れたそれは、たっぷり五十センチは長さのある剣だった。剣とシールドを持った榊は、異国の敵に立ち向かう物語の王子のようだった。

「言っとくけど、今日の俺は本気だからな」

「そう、じゃあこちらも本気でいかせてもらうわよ。行きなさい、ハナ！」

おかっぱ少女が目を吊り上げ、般若《はんにゃ》のような形相で榊に飛びかかる。シャー！　と猫が怒り狂ったような声上げた。

榊は少女の突撃を見事にシールドで受け止めた。シールドは思いの他固かったのか、真正面からぶつかった少女がギャア!!　と悲鳴を上げる。アスファルトに転がった少女の身体に、榊は容赦なく剣の雨を浴びせる。一撃、また一撃、もう一撃。血の代わりに真っ赤な煙が何度も少女の身体から噴き出し、その度に少女はギャア!!　と苦しげな悲鳴を上げた。

首からも腕からも胸からも腹からも赤い煙を噴き出させた少女の身体目掛け、榊がおもむろに剣を振り上げる。最後の一撃を突き刺そうというのだった。少女はもう息も絶え絶え、抵抗する気力すら残っていなかった。

「榊くん、やめて!!」

心菜が俺の隣で叫んだ。俺が、榊が、ノコギリ女が、血まみれサラリーマンが、目を見開いた。

「その子、それ以上傷つけたら可哀相だよ!!　そんなに幼くして死んじゃったら、そりゃいろいろ未練とか残して、悪霊になるよ!!　可哀相な幽霊さんのこと、そんなにいじめないで!!」

「心菜。あいつらは悪霊だぞ……?」

「ひーくんは黙ってて!!」

黙るしかない。

ノコギリ女がふーんとか言いながら腕を組み、血まみれサラリーマンが驚いた顔のまま目をしばたたかせ、榊がゆっくりと剣を下ろした。アスファルトの上で今にも消えてなくなりそうな悪霊の少女に、話しかける。

「お前がなんで死んだのか、聞いてもいいか……?」

少女は苦しそうに何度か息を吐いた後、助けを乞うような目で榊を見て、言った。

「ハナね、三年生だったの。お父さんとお母さんと弟と一緒に動物園に行って、その帰り。このトンネルで、交通事故に遭ったの」

「……そうか」

「お父さんとお母さんと弟は無事だった。でも、ハナだけが死んじゃった」

思い出したのか、少女の目から涙が溢れ出す。いつのまにか少女の般若のような形相は、普通の可愛らしい小学三年生の女の子のものに戻っていた。何より驚くべきことは、なかったはずの下半身が存在している。おそらく事故の時失ってしまったそれが、今、たしかに少女のものとしてここにある。

「お父さんとお母さんと弟、今でも時々、ここに来てくれるの。でも、複雑」

「……」

「みんな、元気で仲良く暮らしてるの。時々ハナのこと思い出して泣いてくれるけど、でも次の日にはもう笑ってる。それ見たら、悲しくて悔しくてしょうがないの。どうしてハナだけ、って思っちゃうの。ハナだって、生きたかったよ。大人になりたかったよ。なのに、なのに……!!」

「苦しかったな」

榊がゆっくりと、少女の頭に手を置いた。少女は素直にこくりと頷いた。

「そんな若さで死んだら、そりゃ悔しいだろう。悲しいだろう。大人になりたかっただろう」

「うん」

「なんの悩みもなく、何不自由なく生きてる人間たちを、恨めしいと思うことだってあるだろう」

「……うん」

「でもな。そんなことをしても、お前が生き返ることは絶対にできないんだ。生き返りたいのなら早く、天界へ行くことだ。天界へ行ってちゃんと成仏すれば、生まれ変われる」

「それ、本当!?」

少女が目を輝かせる。心菜が感動しているのか、隣で涙をこぼしていた。榊が力強く頷いた。

「本当だ。俺は幽霊のことをよく知ってる。このまま この世界に留まって悪霊をやっていても、お前にとっていいことはひとつもない。お前の家族だって喜ばない。お前のためにも、お前を大切に思う人のためにも、早く天界へ行くんだ」

「わかったよ、お兄ちゃん……!!」

少女が桜がぱっと咲くように微笑んだ。

桜と同じピンク色の光が、少女の身体から溢れ出す。いつのまにか、あの真っ赤な煙は消えていた。その代わり、咲いた桜がたちまち散って朽ち果てていくように、少女の身体からピンクの光が流れ出し、霊体が徐々にぼやけていく。

俺も一歩間違えば、この少女のように生きている人間を憎む醜い悪霊になっていたんだろうか。死んだのがあまりにも唐突で、早過ぎたから。

俺がいくら心菜を思っても、既に心菜と俺は死に別れた身。もう手を繋ぐことも、デートすることも、キスすることもできない。

――

けれど俺がいつまでもこの世に未練を残していたら、きっと心菜だって、喜ばない

「お兄ちゃん、ありがとう――!!」

最後のピンクのひと雫が消えた時、その可愛らしい声がトンネルの中に響き渡った。ギャア!!　と悲鳴が聞こえて、何かと思って振り向くと、影の塊が三分の一ほど、風船が弾けるようにぽんぽんと音を立てながら消滅していくのだった。ギャア！　ギャア！　と悲鳴を上げ、消滅していく影たち。

「あの子が抜けたせいで、こちらの勢力が三分の一なくなったわ」

怒りを滲ませた声でノコギリ女が言った。

「もとから弱いと思ってたけど、こうまであっさりやられちゃうなんてね。次は頼むわよ、あんた」

「は？　僕が行くのかい？」

「そうに決まってるでしょう!!」

ノコギリ女が叫び、血まみれのコートから血しぶきが上がった。ノコギリ女の剣幕に気おされたサラリーマンが、おずおずと歩み出る。

「よ、よし。僕が行くぞ。相手してやる」

一生懸命士気を高まらせるように、血まみれサラリーマンがぶんぶんとヌンチャクを振り回す。榊が改めて剣を構える。

「榊！　そんなおっさんコテンパにやっつけちまえ!!」

「榊くん、頑張って‼」

 応援するしか出来ることがないのがもどかしい。俺まで加勢したら万が一のことがあった時、心菜をすぐ傍で守れる奴がいなくなる。ようやくその気になってきたサラリーマンがにゅっと口角を上げた。

「言っとくけど僕は、ハナのようにあっさりとはいかないからね」

ヌンチャク代わりの内臓から毒々しい紫の煙が溢れ出す。触れるだけでたちまち、身体が腐っていきそうな不気味さだ。それでも榊は怯まず、慎重にサラリーマンと間合いを詰めていく。

最初に榊が動いた。剣を振り上げるが、ヌンチャクがぶち当たってばこーん!! とものすごい音がトンネル内に反響する。どうやら榊の剣の威力をもってしても、あのヌンチャクはぶち破れないらしい。今度はサラリーマンの反撃だ。紫の煙が噴き上げるヌンチャクを右に、左に、自由自在に振り回し、榊の頭を狙ってくる。榊は逐一シールドで防ぐが、完全に防戦一方。攻撃の隙がない。

「榊くん……!!」

心菜が祈るように叫んだ。

ついに血まみれサラリーマンのヌンチャクが榊の頭を捕えた。榊は衝撃でその場にぶっ倒れる。嫌!! と心菜が声を上げる。倒れた榊に次なるヌンチャクが襲い掛かろうとする。榊は顔を歪めながら剣を振り上げた。いや榊、そこは剣じゃなくてシールドだろう!!　攻撃を防がなきゃいけないのに、何やってんだよ!!

「榊!!」

俺と心菜の声が重なった。

榊の剣がヌンチャクとサラリーマンの身体を繋ぐ、腸のいちばん細いところを切り裂いた。

あ、とサラリーマンが顔を崩した時にはもう遅くて、霊体に繋がれていないヌンチャクにその効力はないらしく、ただの不気味な内臓の塊と化していた。もう紫の煙も出ていない。榊は立ち上がり、丸腰になったサラリーマンに近づいていく。さっきまでの苦しげな表情は消えていた。今度こそこのタチの悪い悪霊をぶった切ってやるという決心が、顔じゅうに漲っていた。

「ま、まま、待ってくれ！　僕も、僕も違う!!　僕も元は、可哀相な霊なんだ!!」

いよいよ消されると思ったサラリーマンが命乞いを始めた。榊が眉を持ち上げ、心菜が目を見開き、ノコギリ女がやれやれと肩をすくめる。

「僕は、それなりに名の通った企業でバリバリ働いていた!!　仕事に一生懸命になり過ぎて四十にもなるのに奥さんも子どももいなかったけれど、でも仕事で上手くいって、そこそこの地位を得て、成功してた！　毎日が充実してた！　なのに突然、部下が運転している車で、このトンネルで、交通事故に遭ったんだ……」

サラリーマンの肩が震えだす。いつのまにか背広についた真っ赤な血は消え、腹の傷も消え、どこにでもいる普通の中年男性の姿になっていた。

「部下は助かった。大ケガを負ったけど見事にリハビリを遂げて会社に復帰し、やがて僕のポジションに上り詰めた――」

「……」

「僕と同じで女性には縁がなかったのに、地位を築いて見事に家庭まで手にしたんだ。会社では部下に慕われ、家にはきれいな奥さんと子どもが待っている。僕の理想の生活を、あいつは手にしている」

「……」

「今でも僕は苦しんでいるっていうのに、あいつはのうのうと生きてるんだ……!!それが許せなくて……人間たちが憎くなって、それで……」

いつのまにかサラリーマンが泣いていた。四十過ぎのしょぼくれた男性が、人目もはばからずぼろぼろと泣いた。

俺は、その涙にどう反応していいかわからなかった。たしかにこいつも、可哀相な霊だった。俺と同じように唐突に命を奪われて、可愛がっていたはずの後輩に自分のポジションを奪われて、気が付いたら人間に背を向け、悪霊と化していた。

でも、だからって……。

「ふざけんじゃねぇぞ、てめぇ!!」

俺は両手を握り締め、サラリーマンの前にガツガツ歩み出ていた。涙で濡れた一重の目で、サラリーマンが俺を見た。

「お前の事情ははっきり言ってどうでもいいよ！　でも俺たちはどうなんだ？　人間が憎い、人間が恨めしい。そんな理由で悪霊になって、人間に悪事を働くことが許されるとでも思ってるのか!?」

「……」

「お前、俺の倍は生きてる大人だろうが!!　大人だったら自分のことを可哀相だとか憐れんで、めそめそしてんじゃねぇよ！　お前みたいな霊は、さっさと天界に行って成仏しろ!!　これ以上俺にも心菜にも他の人間にも、迷惑かけんな!!」

言い放った言葉が、そのままブーメランになって自分に返ってくる。

俺だっていつまでも、この世に留まっていちゃいけない。きちんと成仏して、天から心菜を見守っていなきゃいけない。

心菜がいつか他の誰かと恋をしたとしても、それは心菜の人生だ。

「……その通りだな」

サラリーマンがごしごしと目元を乱暴に拭い、俺を見た。

「君の言ってることは正しい。僕がずっとこのトンネルでやっていたことは、明らかに間違っている」

「……」

「ありがとう、叱ってくれて。今度こそ僕は、成仏するよ……」

淡いグリーンの光がサラリーマンの身体を包み込む。さっきの光が桜なら、今度の光は桜の季節の次、初夏の太陽の下若葉をいっぱいに広げる木々の光だ。光はすっぽりとサラリーマンの身体を覆って、今はどこも血で濡れていないきれいな背広がだんだんと消えていく。

「さようなら――」

そう言い残して、サラリーマンの霊は消えた。

さっきと同じように、ギャア！　と悲鳴が上がる。俺たちを囲んでいた影のギャラリーがまた減った。ちょっと前まで何千もあるように見えたのに、今は多くて百とちょっとに見えた。確実に、このトンネルから悪霊の力は失われている。

「まったく、とんだ茶番だったわね」

一人になったノコギリ女が前に歩み出た。どこからともなく風が吹き、真っ赤なコートの裾をめくり上げる。

「言っとくけどわたしは、成仏なんかしないわ。わたしは心底、人間を憎んでいるの。

この世界から人間が全部消えて、悪霊だけになればいいって本気で思ってるんだから」

「なんでそこまで人間を憎む？」

榊が落ち着いた声で言うと、ノコギリ女はおもむろに長い髪をばっさりとかき上げた。

「わたしね、付き合ってる人がいたの。相手には奥さんがいて、いわゆる不倫ってやつだったけれど、彼は奥さんと別れてわたしと結婚するって約束してくれた。なのに彼、いきなり別れてくれなんて言い出すのよ。呆れちゃうわ。奥さんに子どもができた、これからは家庭第一の真面目な夫になりたい、だなんて」

そこでノコギリ女はほっほっほ、と高笑いをした。トンネル中に響き渡る嫌な笑い声に、心菜が身をすくめた。俺は慌てて心菜の傍に戻り、その細い肩を抱きしめる。

「だからね、殺してやったの！　寝ているところをこのノコギリで襲って、首を切ってね。ついでに相手の妊娠中の奥さんも、ノコギリで殺してやったわ」

「……」

榊は何も言わない。恐ろしい話なのに、眉ひとつひそめることはない。

「それで、あんな奴らのために死刑になるのもバカバカしいから、このトンネルで自殺したの。自分でノコギリで首を切ったわ。それからは悪霊になって、このトンネルで次々事故を起こしてやった。さっきのおっさんも、ハナも、わたしが起こした事故で死んだのよ」

それはもはや、悪霊による殺人じゃないのか。

でもノコギリ女は、罪悪感なんて微塵《みじん》もない心からの笑みを浮かべる。

「悪霊って、楽しいわよ。大嫌いな人間を、好きなだけ痛めつけられるんだもの。いくらひどいやり方で殺したって、誰からも咎められないものね。わたしは成仏なんかしないで、いつまでもこのトンネルにいるつもりよ。何十年も何百年も、人間に復讐しまくってやるのよ!!」

さあっとまた風が吹いて、ノコギリ女の髪が伸びた。髪は触手のようにうねうねと動き、大量の蛇がのたうちまわっているようだった。心菜がきゃ、と小さな悲鳴を漏らした。

「坊や、今日からあんたも悪霊の仲間入りよ!! 大丈夫、死んでもわたしが可愛がってあげるわ!!」

ノコギリ女が蛇の群れと共に、榊に突進していく。

榊はまったく、怯まなかった。剣を器用に操り、今や本体よりもでかくなってしまった蛇の群れを次々と切り裂いていく。しかし厄介なことに、蛇たちは切り落とされてもたちどころに再生し、また榊へ向かっていった。また榊が剣を振りかざす。蛇たちは再生する。その繰り返し。これでは本体にろくなダメージが与えられない。

「ほっほっほ、せいぜい苦しみなさいー!!」

ノコギリ女が笑いながら言うと、一匹の大蛇が女の頭からにゅーっと伸び、榊を呑み込もうとする。榊はすかさずシールドで防いだが、相手が大き過ぎてろくな防御にならない。大蛇の凄まじい突撃に、榊は少しずつ後退していく。

「どうしよう、これじゃあ榊くんが負けちゃう……」

心菜が泣きそうな声で言った。俺はもう、黙っていられなかった。

「おいこのブス！　殺すなら先に俺にしろ！　どうせ俺はいっぺん死んでるからな!!」

挑発しながらノコギリ女の元に向かっていく。榊に集中していたノコギリ女が、驚いた顔で俺を見た。

「なんなのよあんた。そんなに殺されたいの？　わたしに言われて、ついに気持ちが動いた？　悪霊になりたいと思った？」

「あぁ、なりたいね。悪霊になりたいね。悪霊、面白そうじゃんか。お前ら見てたら、素直にそう思ったよ」

「ひーくん、何言ってるの!?」

心菜が今度こそ泣きながら叫んだ。榊も大蛇の攻撃を防ぎながら声を上げる。

「聖、お前は本物のバカか!?　この期に及んで、俺の邪魔をする気か!?」

「うるせぇよ、バカ榊！　一人で格好いいことばっかしやがって！　お前、ムカつくんだよ!!」

「なんだと……!?」

榊がはっきりと怒りを顔に出した。ノコギリ女がにやりと唇を歪め、大蛇が引っ込んでいく。他の蛇たちもいっぺんにおとなしくなり、たちまちただの髪の毛に戻った。

よし、計算通りだ。

「悪霊になるのなら、今ここでわたしがもういっぺん殺してあげるわ。大丈夫、痛くないわよ。このノコギリで、一瞬で首をぶった斬ってあげる」

「あぁ、そうしてくれ」

「やめてよひーくん！　いきなりどうしちゃったの!?　何考えてるの!?　しっかりしてよ!!」

「うるせぇんだよ、心菜!!」

投げつけるように言うと心菜の顔が悲しみで引きつって、俺の魂にピリリと亀裂が入った。

「わかった、いいのね。一瞬のことよ。苦しみはないから」

「わかったから、早くやるんだ。俺の決意が変わらないうちに」

「ひーくんのバカ！　今すぐやめて!!」

「聖、正気に戻れ!!　お前はその悪霊に操られてる!!」

俺は心菜も榊の言葉も耳に入っていない振りをして、自分からどすどすとノコギリ女の前に歩み出てやった。ノコギリ女がノコギリを振り上げ、たくさん血を吸ってきたノコギリからぽたぽたと血がしたたり落ちる。

「ようこそ、悪霊の世界へ」

「ひーくん！　ダメ、逃げて!!」

「逃げろ、聖!!」

心菜と榊が俺に向かって駆けつけてくる。ノコギリが空を切る音がする。

俺は目を瞑って叫んでいた。

「今だ！　やれ!!　榊!!」

言い終わる前に、首に熱い衝撃が走った。キャーッと心菜の金切り声がする。

ばったり横ざまに倒れた俺は、なんとか機能する目でその瞬間を見た。さすが榊は頭が良く、俺の言葉の意味を一瞬で理解した。これで悪霊を増やせる、やってやった。そう思って油断し、悦に浸っているノコギリ女の身体を、斜めにばっさりと斬り裂いてやったのだ。

「イヤァーッ!!」

絹を引き裂くような悲鳴がトンネルの中いっぱいに響き渡った。それで、一度意識が消えた。

次に目が覚めた時、俺は心菜の腕の中にいた。隣に榊が立っているが、どうしても幽霊の目の焦点が合わないのか、ぼんやりしている。心菜は泣きながら、俺をぎゅうと抱きしめた。

「嫌、ひーくん嫌……せっかく会えたのに……お話、できたのに……ずっと会いたかったのに……嫌だよ、こんなのって……!!」

泣いている心菜の顔が近づいてくるから、俺はやっとの力で笑ってみせた。心菜は笑わなかった。

「お願い、ひーくん。もう一度だけ、元気になって——!!」

心菜の唇が俺の唇をそっと塞いだ。桃の花びらに包み込まれているような優しい感覚がたちまち全身に広がっていき、俺は心地よさの中で再び意識を失ってしまった。

そこは、公園のベンチの上だった。日は既に落ちかけ、空はオレンジとネイビーの中間色で水彩画のように太陽の残滓が輝いている。昼間の暑さを忘れさせてくれる秋の初めを告げる風が吹き、ブランコがかたかた揺れた。

「気が付いたか」

榊は立ったままペットボトルのコーラを飲んでいた。さすがに悪霊との闘いで疲れたんだろう、朝よりも心もち頬がやつれていた。隣のベンチに横たわる心菜が見える。

「心菜、どうしたんだ!?」

「大丈夫、気を失ってるだけだ。高等な呪術を使ったからな」

「なんだよそれ」

「その呪術のおかげで、お前はあのノコギリ女に首を斬られてもまだ霊体として存在していられるんだよ」

榊が残りのコーラを一気飲みした。

「心菜はあの瞬間、思いを込めて自分の生気を直接お前に吹き込んだ」

「キスした時か?」

「ちゃんと覚えてるじゃないか。幽霊に自分の気を直接注ぎ込む術は、そうそう出来るものじゃない。心菜に霊感があるから、心菜のお前を思う気持ちが本物だから、火事場の馬鹿力的なものが働いたんだよ。同じことをもう一度やろうと思っても、無理だろうな」

いつもの通り極めて冷静に言う榊を追いやるようにして、俺は心菜の元に駆け寄った。心菜の寝顔はとても悲しいことに耐えているように切なさを滲ませ、目の端に涙の粒が見えた。いったいどんな夢を見ているんだろう。

「まったく、お前も手間をかけさせやがって。二人もここまで自転車で運んでくるの、本当に大変だったんだぞ。心菜は人間だから自転車のケツに乗せればいいが、幽霊のお前を運ぶのは本当に——」

榊が言い終わらないうちに、心菜がだるそうに薄目を開けた。

のろのろと身体を起こし、榊のほうを見る。

「榊くん？　わたし、どうしたの——？」

その言葉ですべて、悟ってしまった。

心菜はこの間と同様、俺と共に悪霊と対峙したことをまったく覚えていない。

抱きしめ合ったのに、キスもしたのに、恐ろしい記憶と一緒に大切なものまで失われてしまったことが心底悲しかった。

「トンネルの中で熱中症をおこして倒れてたんだ。俺がここまで運んできた」

相変わらず、お世辞にも上手いとは言えない言い訳。でも心菜は素直に信じる。

「そうなんだ。迷惑かけちゃったね。ありがとう」

「いや、全然大丈夫だ」

「わたしね、ひーくんの夢見てたの。とても怖かったけど、とても素敵な夢……そして、とても悲しかった。夢の中でひーくんはまた現れたのに、また死んじゃうんだ」

心菜はすべてを忘れていたわけじゃなかった。

夢という曖昧な形でも、記憶はちゃんと残っていた。

俺は心菜の肩を抱きしめる。その手はやはりむなしく小さな身体をすり抜けてしまうけれど、大切なのは心菜に触れることよりも、心菜の傍にいてやることだった。

「死んだひーくんにキスして、そこで、夢は終わり。ひーくん、あの後どうなったのかな……」

大丈夫だったよ。お前のお陰で俺はまだ、幽霊としてだけどこの世にいられるよ。

そう言ってやりたいのに、俺の言葉が心菜に届くことは決してない。

「ひーくん、ひどい目に遭って死んだのに。なんでもう一度、わたしの前で死んじゃうんだろう……」

榊は何も言わなかった。でも何かを言いたそうに、静かな目で、心菜を見つめていた。

「ひーくんに会いたいのに。ひーくんに触れたいのに。大好きだって、伝えたいのに」

「……」

「榊くん。榊くんの力で、ひーくんに会うことはできない……？」

心菜が涙を浮かべた目で、まっすぐ榊を見据えていた。榊が切れ長の目を見開いた。

「榊くん、あの時、言ったよね？　あの、復讐なんかやめろ、ってわたしに言って、わたしが怒って帰っちゃった時。俺の知ってる霊、って」

心菜は目こそ涙に濡れていたが、その口調ははっきりとしていた。

「人、じゃなくて霊って言ったよ、榊くん。たしかに、そう聞こえた」

「……」

「榊くんは、霊感があるんだよね？　だから今でもひーくんの姿が見えて、ひーくんがそこにいるんでしょう？　ずっと不思議だった。榊くんといると、ひーくんといるような気持ちになれるから。それは、榊くんと幽霊になったひーくんが、一緒にいるからなんでしょう？」

「──ご名答だ」

榊が唇だけで小さく笑った。やれやれ、しょうがないなぁ。そんな気持ちと嬉しさが同時に出たような、榊らしい不器用な笑い方だった。

「俺には、霊が見える。心菜には夢としてのぼんやりとした記憶しかないけれど、それは現実だった。さっきまで俺と聖と心菜は、命がけで悪霊と闘ってた」

「やっぱり、夢じゃなかったんだね……」

心菜が視線を彷徨わせた。すぐ傍にいる俺を探そうとしていた。

「ひーくんは今、どこにいるの？」

「お前の肩を抱いている」

俺はすり抜けてしまう腕に力を込める。せめてこの魂の熱さだけでも、心菜に伝わるように。

「お前が泣かないように、落ち込まないように、寂しくないように。聖は死んでからも必死で、お前のことを守ろうとしてきた」

「……ひーくんが……」

「俺が復讐を止めろ、と言ったのはそれが聖の意志だからだ。聖はお前を殺人者にしたくなかった。お前の母親を殺人者の母親にしたくなかった。いくら自分のためだからって、聖はそんなこと、望んでいない」

心菜は下を向き、ほろほろと涙をこぼした。涙を拭おうと頬に手を伸ばしても、さっきのように触れることはできない。それが心底歯がゆく、心底悲しい。

「榊くん。榊くんの力で、なんとかもう一度、ひーくんに会えないの……？」

「残念ながら、俺にそこまでの力はない」

「……そっか」

心菜が乱暴に涙を拭いながら言った。

俺だって叶う事ならもう一度、心菜に会いたい。

心菜に会って、抱きしめたい。

だけどそれは、絶対に叶えられない願いだった。

「でも今ここで、聖に代わって、聖の思いを伝えることなら出来る」

榊が俺のほうを見て言った。

「聖、しゃべるんだ。俺が俺の口で、心菜に伝えるから。俺の口を借りて、心菜に言いたいことを言え」

「榊……」

悪霊との闘いで疲れ切っているはずの榊が、それでも全力で俺たちを結び付けようとしてくれている。その優しさが素直にありがたい。

生きている時は感謝とか幸せとか、わかってるようでちゃんとわかっていなかった。死んでから思う。こんなに俺のことを気にかけてくれている榊がいて、心菜がいて、友だちがいて家族がいて。そんな俺はどれだけ幸せで、どれだけ感謝すべきだったのかって。

「早く言うんだ。お前の気持ち、お前のすべて。心菜にぶつけてみろ」

「心菜」

俺は心菜の名前を呼んだ。心菜は当然のごとく、反応しなかった。すぐ傍にいるのに、心菜の耳に俺の声が届くことはない。

「心菜、お前、幸せになれよ」

榊がそっくりそのまま、俺の言葉を心菜に伝える。心菜の目に今度こそ滝のような涙が溢れ出し、心菜は両手で顔を覆う。

「復讐とか、もう考えるな。憎しみに囚われて生きていたら、あの悪霊どもと同じになっちまう。人を憎んで生きていくってのは、自分の心の一部を殺すことだ」

榊はそれも一語一句、そのまま心菜に伝えた。心菜が咽び泣いた。

「俺の願いは、心菜が普通に幸せになることなんだ。また普通に誰かと出会って、恋をして、結婚して、子どもを作って。そんな普通の幸せを、普通に手に入れてほしい。ほんとは俺が心菜を幸せにしてやりたかった。でもそれは、もうできない。だから」

していないはずの息が詰まって、言葉が喉に引っかかって出てこない。本当は言いたくないことを、俺は言おうとしている。

「だから俺よりも好きになれる人を、早く見つけるんだ」

心菜がついに泣き崩れ、その場に膝をついた。うわあぁぁ、という泣き声が夕方と夜の境目の公園に響き渡った。心菜は体じゅうを振り絞って泣き声を上げた。榊はそんな心菜の隣にぺたりと座り、心菜が泣き止むのを黙って見ていた。俺は心菜の背中をずっと抱きしめていた。

たっぷり二十分かかって泣き止んだ頃、心菜は赤くなった目で榊に聞いた。

「榊くん。わたしもう、ひーくんに心配かけないよ。たしかにわたしが復讐だとかなんとか言ってたら、ひーくんは喜ばない。ひーくんはずっと、浮かばれない」

ようやく心菜は、自分の足に固く絡みついていた憎しみの鎖から解放されたんだろう。思いきり泣いた後の顔は、どことなく晴れやかだった。

「薄々、気付いてた。わたしがしようとしてること、間違ってるんじゃないかって。わたしが復讐を果たすことは、わたしのお母さんを犯罪者の母親にしちゃうことだから……そんなこと、ひーくんは望んでないよね。わたし、普通に生きるよ。ひーくんと同じように、普通に。ひーくんが望む通り、普通に幸せになる」

「それがいちばんだ」

心菜ははっきりと頷いた。そしてそれから目を閉じ、何かにじっと集中している顔をした。

「たしかに、感じるね。ひーくんが傍にいるって。ひーくんの温かさ」

「……」

「こうしてると、ちゃんとわかる」

俺は心菜の頭を抱き、その額にゆっくりとキスを落とした。それが伝わっているのかいないのかわからなかったけれど、キスの後、心菜はそっと目を開けた。

「榊くん。わたし、復讐なんてもう考えない。ひーくんのためにもちゃんと、前を向く」

「あぁ」

「でもね、そのためにまず、やらなきゃいけないことがあるの……」

真相

昼間はまだ暑いのに最近は十八時を過ぎると空が暗くなってきて、立秋《りっしゅう》を過ぎた季節は確実に秋に向かって歩んでいる。

ひーくんが殺されたのは、夏の初め。今は、夏と秋の中間。もう一ヵ月もすれば、完全に秋になる。

まだ犯人が捕まっていないにも関わらずあれだけわたしたちを苦しめていたマスコミはほうぼうに散って行って、ひーくんの事件がワイドショーで取り上げられることもすっかりなくなった。今はワイドショーは、芸能人の熱愛や結婚や離婚や不倫で持ち切りだ。

時が過ぎ、ひーくんの事件は過去になる。でもわたしはまだ、ひーくんの事件を過去にすることができない。正確に言えば、したくない。

だからわたしは今日、榊くんとここに来た。

「今もひーくん、隣にいるの？」

工場の前で影山を待ち伏せしながら、榊くんに聞いた。榊くんは小さく頷く。

「聖にとってても大切なことだからな。直接影山に会って、ちゃんと確かめたいって言ってるぞ」

「そうだよね。わたしもう、影山から逃げない。あの人、一見怖いけれど」

そんなことを言ってるうちに影山が出てきて、わたしと榊くんはあたふたと電柱の後ろに隠れる。

影山はたっぷり二時間くらい、街をふらついた。こないだと同じゲーセンに入り、こないだと同じ缶コーヒーを飲み、この間と同じような人たちとしゃべっていた。友だちと笑い合う影山の姿は、一見するとただの十代の不良少年だ。

でも夜が深くなり始める頃、影山の顔からは幼さが消え、鋭い目に真剣な光が宿った。

影山がやってきたのは、街はずれの小さな霊園だった。真っ暗闇の中、携帯のディスプレイの光を足元に照らし、目的地へと進んでいく。わたしと榊くんは十メートル以上の間隔をあけて、影山を尾けた。影山は途中で、咲き始めたばかりのヒガンバナを摘んでいた。死者に手向けようと、影山なりの心遣いなのかもしれない。

小さな霊園の端っこ、簡素なつくりの小さなお墓の前で、影山は止まった。摘んできたばかりのヒガンバナを横たえ、蹲ってじっと手を合わせる。暗くて見えないけれど、影山はきっと真剣な顔をしているんだと思った。真剣に死者に、自分の罪に、向き合っていた。

その背中に、わたしは勇気を出して声をかける。

「そのお墓は、池尻百合子さんのお墓ですよね……？」

影山がさっと振り向いた。すぐに強張った声を出す。

「お前、この間の……」

「わたしです。芹澤心菜です。あなたの代わりに間違って殺されてしまった、及川聖の恋人です」

暗闇の中で影山の顔から色が消えるのがわかった。榊くんが歩み出て、守るようにわたしの隣に立つ。

ひーくんもそこにいるのを、感じる。だからわたしは、影山を前にしてもちっとも怖くなかった。

「あなたは過去に、刑事である魚住さんの大切な部下だった、池尻百合子さんに暴行を加えた。事件のトラウマを抱えた池尻百合子さんは、自ら死を選んだ。その事実に、あなたは耐えられなかった。少年院に行って出てきてからも、自分の罪から逃げ、強がって、誇張して、周囲に俺は人を殺したことがある、だなんて言って回るくらいに。でも本当のあなたは、ちゃんと後悔していた」

そう。ひーくんを殺したのは、魚住さんだった。

魚住さんは、池尻百合子さんを間接的に殺した影山が、今でもこの街で不良少年としてのさばり、自分は人を殺したことがある、だなんて自慢げに言って回っていることに、耐えられなかった。影山を、許せなかった。

だから影山を殺そうとした。だけど……

「ちゃんと後悔して、こうして池尻百合子さんのお墓に手を合わせに来るくらい、事件のことを気に病んでいた。でも残念だけど、その気持ちは魚住さんには伝わりませんでした。ある日魚住さんは金属バット片手に、凶行に及んだ」

影山はしゃべらなかった。榊くんもしゃべらなかった。でも、ひーくんが息を呑むのがわかった気がした。

「けれど、ここで悲劇が起こりました。あなたとひーくんの容姿は、すごく似ている。身長、髪の色、頬の傷。魚住さんはあなたとひーくんを間違えて、殺してしまったんです」

ひゅう、とひーくんのため息のような風が吹いて、影山の金髪を揺らした。スカートが風に持ち上げられて、太ももにかさかさとした感触を覚えた。

「影山さん。今からでも警察に行きませんか？　事件の直前、現場付近であなたがどうして暴れていたのかはわからないけれど。ちゃんと警察に行って、全部話して、事件の真実を話しましょう。魚住さんだって刑事なんだから、責任感はあるはずです。間違って関係ない人を殺してしまったことを、後悔しているはずです。一緒に、魚住さんを楽にしてあげませんか？」

「――何を言っている？」

やっと、影山が口を開いた。声が引きつっている。

「さっきからお前は、何を言っているんだ？　魚住とか、池尻百合子とか……」

「え」

「この墓は、恩地百合《ゆり》さんの墓だ。俺が殺してしまったのは、恩地百合さんだ」

頭が真っ白になって、何度か口をぱくぱくとさせてしまった。

恩地、なんて珍しい苗字、そうそうあるものじゃない。

まさかその恩地百合さんって――

「そこから先は私が話そう」

低い声がして、闇の中から大きな影が現れた。刑事らしい真っ黒な服に身を包んだ恩地さんだった。

さっ、と全身の肌が粟立《あわだ》った。そうだ、あの日見た覆面の男。パニックになっていて、ちらっとしか見ていなくて、顔も確認できなかったその男。でも身長や全体の感じは、たしかにこの人のそれとぴったりだ。

「百合は、私の娘だ」

恩地さんが振り絞るような声で言った。さあぁ、とまた大きな風が吹いた。

「母親を早くに亡くしたせいか、とてもしっかり者のいい娘に育った。仕事で不在がちの私に代わって家のことはほとんどすべてやってくれたし、料理も美味かった。成長すればするほど、病気で亡くなった妻によく似てきた。実際、百合は私の娘であり、妻のようなものだった」

そういえばうちに来たあの日、恩地さんは言った。

私にも、娘がいた。

いる、じゃなくて、いた。

その時はまったく気づかなかったけれど、過去形だった。

「でも中学三年生の夏、百合は友だちと花火をしに行くと出かけていって、それから帰ってこなかった。百合は普段はそんな友だちとつるむ子じゃなかったんだが、公園で花火をしていたらたまたま不良グループに声をかけられ、一緒に遊んだらしい。あのトンネル付近の道で、百合は不良グループと遊んでいた。そして当時十二歳、まだ中学一年生だった影山の無免許運転のバイクに撥ねられて——ガードレールを突き破り、険しい谷を転げ落ちた。全身にひどいケガをして、次の日の夜に息を引き取った」

影山がぶるりと全身を震わせた。榊くんは何も言わなかった。ひーくんはわたしの隣でたぶん、呆気に取られていた。

ある日突然、身近な人が理不尽に奪われてしまう悲しみ。わたしと共通するものを、恩地さんもまた、背負っていた。

「事故とはいえ、愛する娘を突然に奪われて影山のことは当然、許せなかった。でも当時影山は十二歳、少年法の適用外だ。不良と言ってもそれまでは誘われてタバコを吸ったり酒を飲んだりするくらいで、目立った罪を犯しているわけでもなかった。家庭裁判所は、影山を不幸な事件を起こしてしまった、ちょっとワルぶっている普通の子、と見なした。少年院に送致された影山はそこでの行いも比較的真面目で、たった三年で出てきてしまったんだ」

影山がうぅ、と嗚咽を漏らした。どうしようもなく弱いこの人にとって、自分が本当に謝るべき相手と対峙することは耐えがたいんだろう。でも恩地さんの言葉は続く。相変わらず、風が吹いている。

「影山が俺は人を殺したことがある、なんて、周りに吹聴して回ってると聞いて、いたたまれなくなったよ。この子はうちの百合を故意でないにしろ殺してしまったというのに、なんの反省もしてないのだと。少年院での三年間は、いったいなんのためだったかと。天国にいる百合に対して、申し訳ないと思った。刑事として毎日悪人と向き合いながら、日々影山への恨みが強くなっていった。このまま放っておいたら、影山はいずれ私たちが日ごろ相手にしている悪人たちと同じ、とんでもない大人になってしまう。その前に、私が影山を殺さなくてはいけない。そんな気持ちが、強くなっていった」

そこで恩地さんはしばらく言葉を切った。

影山の嗚咽と、墓地を吹くどこか不穏な雰囲気の風の音だけが、夜の底に響いていた。

わたしと榊くんとひーくんは、恩地さんの言葉をじっと待っていた。

「あの夜は、百合の命日だった。以前、百合の命日に百合が死んだ場所に花を手向けに行った時、影山とすれ違ったことがある。なんで影山がそんなところにいたのか、そこで何をしていたのか、まったくわからなかったが。影山は私に気付かず、ぷいと通り過ぎてしまった。今でも、聞きたい。あの時、君はあそこで、何をしていたんだ……？」

影山は答えなかった。ただ、低い声で泣くばかりだった。恩地さんは諦めたように、やがて言葉を続けた。

「とにかく、また百合の命日にここにくれば、影山を見つけられると思ったんだ。覆面と金属バットを用意して、影山を殺そうとした。でも百合が死んだ場所に影山は現れず、もしかしたら周囲にいるのかとふらついていたら――心菜さん。君と及川聖くんに会ってしまった」

恩地さんが苦しげな声で言って、わたしを見る。

どうしたらいいのかわからなかった。

わたしはきっと一生、ひーくんを殺したこの人を許せない。

でもわたし以上に、恩地さんは自分を許せない。

かける言葉が、見つからない。

「私も影山の特徴をちゃんと把握していたわけじゃない。顔は、十二歳の時に見て以来だったからね。身長、金髪、頬の傷……それらがすべて当てはまってしまった聖くんを、私は影山と間違えた。百合の命日に、百合が死んだすぐ近くで、彼女と遊んでいる。そんなこいつを、絶対許せないと思った。反撃されても、夢中で追いかけた。トンネルのところでやっと追いついて、金属バットを振り絞った『百合の恨みだ』。そう言って、殺した」

恩地さんがため息のような沈黙を取った。自分が犯してしまった罪を後悔するように、手のひらをじっと見つめている。

「不思議なことに、トンネルの中に入った途端、声が聞こえたんだ。そいつを殺せ、ブッ殺せ、殺されて当然だ、そいつは、って。声に導かれるように、私は金属バットを何度も振るった。身体じゅうに信じられないほどの力が湧いてきた。終わって、聖くんが動かなかった時も、私は冷静だった。このまま現場を離れ、覆面と金属バットを処分すれば、疑われることはないだろうと」

「悪霊にとりつかれたんだな」

榊くんがひんやりした声を出した。いつものごとく突き放した口調なのに、どことなく優しさが混じっている。

「あのトンネルには、大量の悪霊が棲みついていた。そいつらの念に、突き動かされたんだ。強い恨みに反応して、悪霊たちが力を貸した」

「そうかもしれないな」

幽霊なんて非科学的なものは一切信じなさそうな刑事という職業柄にも関わらず、恩地さんは素直に頷いた。

「事件の後、人違いだとわかって、激しく後悔したよ。パニックになってしまい、とにかく隠すことに必死だった。私は、弱い人間だ。自首することではなく、隠すことを選んだんだから。現場周辺の有力な目撃情報をなかったことにして、心菜さんに魚住の過去を話した。ああ話せば、心菜さんはひどい目に遭わされて死んだ百合子さんの恨みを動機に、不良が大嫌いな魚住が影山を殺した。そう結論づけると思ったんだ」

「よくよく考えたら、池尻百合子さんの事件は影山がまだ小さい頃に起きてますよね。辻褄《つじつま》が合わない。聞いた話そのものがショッキングで、肝心なことを忘れていました……」

わたしが言うと、恩地さんは弱弱しく首を上下させた。

恩地さんは、弱い人だ。そしてずるい人だ。表面的には自分は正義の味方だ、絶対に犯人を捕まえてやる。そんな隙のないほど完璧な刑事を演じて、実は隠ぺい工作をしていたんだから。

そんな恩地さんのことは、わたしはやっぱり許せない。

だけど、憎むこともできない。

「それに、魚住には事件があった時間に署にいたという、完璧なアリバイがあったんだ。だから、たとえ疑われても、逮捕されることはないだろうと思った。捜査の結果、事件は迷宮入り。それを望んだ。望んでしまった。私は、弱い人間だ……自分の罪を、認められなかった……心菜さん、本当にすまない……君のいちばん大切な人を殺したのは、私だ」

耐えられなくなって、わぁとその場に泣き崩れた。

恩地さんを憎むことができたら、殺してやるとナイフを振り上げることができたら、どんなによかっただろう。

でも恩地さんには、大切な人がいた。わたしにとってのひーくんと同じくらい、大切な存在がいた。

それを突然に、理不尽な形で奪われてしまう苦しみを知っているわたしは、恩地さんを憎めない。

憎めないから苦しくて、涙があとからあとから滝のように溢れ出す。

「今日は、百合に会うためにここに来たんだ」

どんな言葉で謝っても、伝わらないと思ったんだろう。

恩地さんはごめんなさいの代わりに、わたしに言った。

「百合の墓前で百合に会って、自首する決意を言おうと思ったんだ。これ以上苦しんで生きていくのは、耐えられない。たとえそれが自分のエゴで、贖罪《しょくざい》とはなんの関係もなかったとしても、私はここに来るべきだった。隠ぺい工作なんてしないで、自分の間違いに気付いたらすぐ、過ちを認めなくてはいけなかった」

「百合と、話すか……？」

榊くんが静かに言った。恩地さんが息を呑み、影山が嗚咽を止め、わたしの涙も止まった。隣にいるはずのひーくんだって、たぶん驚いていた。

「榊くん、そんなこと出来るの？」

「警察署で最初に会った時から、俺には恩地百合という十五歳の女の子の霊が見えていた。彼女は天国にも地獄にも行かず、父親を霊になって見守る道を選んだんだよ。決して悪い霊じゃない。心から、父親を守ろうという強い意志が感じられる霊だった。いわば、守護霊だな。でもすごく悲しそうな顔をしているから、ずっと気になっていたんだ」

そして、ついでのように付け加える。

「霊能者の俺には、真犯人はあんただってわかってたんだよ」

「君は、いったい何なんだ？」

恩地さんは困惑していた。決して怒っているわけではなく、ただただ混乱して、戸惑っている。悪霊のくだりはまだ受け入れられるけれど、自分の娘が幽霊になっているとか、守護霊だとか、普通の人にはそう簡単に受け入れられるものじゃない。

「そりゃ、私だって娘を亡くした身として、百合の存在を感じることはある。大切な人を喪った人間はみんなそうなんだろう。でも百合が私の守護霊だって？　君に見えるだって？　そんなことが、本当に……」

「今、会わせてやるよ。そしたら信じられるだろう。都合のいいことに、百合のほうもこの世に留まる時間が長いから、霊力を蓄えている。百合の霊なら、俺の力と百合の力を合わせれば、今ここに見せてやれるんだ」

「お前、いったい何言ってんだよ……!!」

影山のほうもぶっ飛んだ話に耐えられなかったのか、乱暴な声を出した。榊くんの霊能者としての実力を知らない人からしたら、こんな話は眉唾物。でも榊くんは、怯まない。

「今、百合の姿をここに現す。あまり長い時間は無理だ」

思考がまったく追いついていない恩地さんと影山の前で、榊くんは目を瞑った。ブツブツと、長い呪文のようなものを唱えている。あまりに真剣な調子に、恩地さんと影山も何も言えなくなっていた。

やがて夜の墓地に銀色の光が霧雨のように浮かび上がる。夏に降る気まぐれな雨の後、日差しを浴びた雨粒の輝き。まばゆい光の中に、女の子の姿が浮かび上がる。肩まで伸びた黒髪、恩地さんにどこか似た面立ち、長身を包むセーラー服。一目でわかった。恩地さんの娘だって。

「百合……！　百合じゃないか！　百合……まさか、まさか本当に、私の守護霊だったなんて……」

恩地さんが百合さんを抱きしめる。百合さんも恩地さんを抱きしめる。信じられない光景に、影山が息を呑んでいる。影山にもちゃんと、百合さんの姿は見えているらしい。

「ごめん、ごめんな百合。今までずっと、百合に心配かけていたな。犯人に復讐したいなんて、刑事である自分が思うべきことじゃなかった。百合を殺人犯の娘にしてしまって、本当にすまない……」

「お父さんの、バカ」

百合さんが目に涙をいっぱいに溜めて言った。榊くんの言う通り、百合さんはずっと恩地さんを見守っていて、恩地さんが残酷な犯行に及んだことも知っていて、だからといって霊の身ではどうしようもなく、歯がゆい思いで現世にとどまっていたんだろう。

「わたし、影山さんがよく反省していること、ちゃんと知ってた。頻繁にわたしのお墓に行って、命日にはわたしが死んだ場所に行って。でも、反省しながらも、不器用過ぎて強がって、人を殺したなんて言ってしまってたことも。そんな影山さんのことちゃんと知らないで、一方的に恨みだけ募らせて、殺すなんて。それも、間違いだったとはいえ、関係のない人を……お父さん、本当にバカだよ」

「ごめん、ごめん百合……」

恩地さんはぼろぼろ泣いていた。百合さんを抱きしめ、男泣きに泣いた。大人の男の人がこうまで人目をはばからずに泣く光景を、初めて見た。

「でもね、お父さんはきっと大丈夫。刑事の仕事をしながら、一人でわたしを育ててくれた強い人だもん。これから何があってもちゃんと、やっていけると思う。だからわたしもう、天国へ行くよ。天国に行っても、お父さんのこと絶対、忘れない。そして長い人生を終えて天国に行ったら、そこでわたしとまた、会おう」

「あぁ……そうしよう」

恩地さんは涙を拭い、もう一度百合さんを抱きしめた。百合さんも恩地さんを抱きしめた。二人はこの世とあの世に別れてしまっても、間違いなく、ちゃんと、親子だった。

「そろそろ時間だ」

榊くんが言うと、百合さんの身体が少しずつ消えていく。銀色の光に包まれながら、だんだん、薄くなっていく。雨の後の虹が瞬く間に消えてしまうように、百合さんに与えられた時間も少ないものだった。

「百合、百合……!!」

「お父さん、育ててくれてありがとう。会えて嬉しかった」

「百合、もう少し。もう少し一緒にいられないのか……!?」

「残念だけど、無理。わたし、天国に行ってもお父さんのこと、ちゃんと見守ってるからね。わたしのこと信じて、立派に更生してよね」

そう言って、百合さんは右頬にえくぼを作り、笑った。

百合さんが消えて墓地に闇と静けさが戻ってからも、恩地さんは泣いたままだった。百合さんのお墓の前で膝をつき、永遠にも感じられる長い時間の間、ありったけの涙をこぼした。震える背中に向かって、影山が言った。

影山の声も、涙で揺れていた。

「ごめんなさい、恩地さん……俺、ずっと怖かったんです。苦しかったんです。事故だったにしろ、人を殺してしまったって事実が恐ろしくて……あの日も百合さんが死んだ場所で、一人で百合さんに謝ろうと思ったんです。でも行く途中でいつも俺を人殺しってからかってくる連中に囲まれて、暴れちゃって……俺、ほんとバカなんです」

影山が膝をつき、腰から折って土下座をした。まだ子どもから脱出しきれていない痩せた背中が、震えていた。

「恩地さん、ごめんなさい。俺がやったことは、殺人です。事故だったけれど、人殺しとおんなじです。本当に、ごめんなさい……」

「私は――」

恩地さんがゆっくり顔を上げて、影山を見た。その声にはもう、恨みも憎しみもこもっていなかった。

「私は、気付いたことがある。及川聖くんを間違って殺してしまって、気付いた。遅いけれど、やっと気づいたんだ」

影山は土下座の姿勢のまま、泣いていた。低い嗚咽が、風の音に重なった。

「私は、君を殺したかったわけでも復讐したかったわけでもない。ただ、ひと言、謝ってほしかっただけなんだ――」

恩地さんの苦しみに満ちた声が、夜の中に真っ黒な染みのように響いた。

逮捕

恩地はその日のうちに警察に行き、自首した。

男子高校生が彼女をかばって通り魔に殺害され、犯人は迷宮入りかと思われたショッキングな事件が急に解決に向かった。ほうぼうに散って行ったマスコミが再び集まり、警察署の前で群れをなす。

一台の車が現れ、そこから出てきたのは心菜と、心菜の母ちゃんだった。これから警察の事情聴取に向かうらしい。心菜に向かって雷のように週刊誌のフラッシュがたかれ、マイクが集まる。

「ついに犯人が逮捕されましたが、犯人に言いたいことは!?」

「犯人はなんと、捜査に当たっていた刑事だということですが!?」

「あなたの彼氏を殺した犯人を捕まえようとして、正義を振りかざしていた刑事が犯人だったということですよね!? 今のお気持ちは!?」

「お前らいい加減にしろっ!!」

俺は心菜の前に立ちはだかった。当然、こんなことをしても無駄である。俺の姿は心菜にもマスコミ連中にも見えないし、声だって聞こえないんだから。

「心菜は何も悪くねぇだろ!!　心菜の気持ち、少しは考えろ!!　心菜は信じていた人に裏切られた上、お前らの無神経な取材で傷ついてんだよ!!」

「ひーくんは――」

叫ぶ俺の身体をすり抜け、心菜がマスコミ連中に向き合った。心菜の母ちゃんが心菜の腕を引いて早く警察署の中へ連れて行こうとするが、心菜は固く拒み、言葉を継いだ。

「ひーくんは、良い子でした。デートの時は必ず車道側を歩いてくれたし、誕生日には下手くそな手作りのクッキーをくれたし、帰りが遅くなると必ず家まで送ってくれた。あの日だって、わたしのことを真っ先に守ってくれました。でもひーくんは、誤解されることもたくさんしてきました。タバコを吸ったり、お酒を飲んだり、他校の生徒と喧嘩したり、夜遊びしたり。みんな、悪いことです。みなさんがひーくんのことを嫌いでも、そしてわたしのことを嫌いでも、仕方ないと思います。でも、被害者の恋人として言わせてください。これ以上、わたしたちを傷つけないで。いくらひーくんが不良だからって、殺されていい理由にはならないんです。よく、罪の重さを天秤にかけちゃいけないっていうけれど、どう考えてもひーくんが今までやってきたことと、殺されてしまうことは釣り合わない。事件の後、わたしはたくさん泣きました。心無いネットの書き込み、週刊誌の報道、態度が変わってしまったクラスメイトたち。

本当に、悲しかったです。しんどかったです。それでもわたしが生きてこられたのは、ひーくんがいたお陰です。わたしまで自殺してしまったらひーくんが悲しむから。ひーくんを殺した犯人が逮捕されて、裁きを受けて、罪を償って、社会に復帰して、普通の人として生きていって、それでわたしの事件はようやく終わるんです。だからそれまでは、わたしたちのこと、ほうっておいてください。わたしだって、普通に生きたいんです。普通に生きさせてください。どうか、よろしくお願いします」

心菜が腰からしっかり混ぜたお辞儀をする。バチバチとたかれるフラッシュの奥で、誰かが拍手をした。ぱちぱち、ぱちぱち。小さな響きがやがて大きな叫びになり、さざなみのように広がっていく。

いっぱいの拍手の中で、心菜はたっぷり一分は、頭を下げていた。

心菜より一時間遅れて、橋場が警察署に入った。あの日、恩地から逃げて来た心菜を家の中へ入れて通報させたのは橋場だったし、その後も犯人捜しとして事件に関わったから、橋場も重要な事情聴取の相手らしい。

深夜まで事情聴取が及び、心菜と橋場はようやく解放された後、心菜の母ちゃんの車に乗って走り出した。心菜の顔には疲弊の色が浮かび、橋場はようやくたどり着いた真実に今でも興奮しているのか、どこか昂った顔つきをしていた。橋場の母ちゃんが、携帯の画面を見せる。

「すごいわよ、心菜ちゃん、なつき。心菜ちゃんのこと、早くもネットですごいニュースになってる」

「マジで!?　見せて!!」

橋場が母ちゃんの手からひったくるように携帯を奪い、心菜も橋場に顔を寄せ、画面に見入った。

「悲劇の女子高生、カメラの前での訴え」とタイトルが躍るそのネットニュースは、顔を隠された心菜の写真と、心菜がマスコミたちに向かってしゃべった全文が載っていた。こんなことになったらまた、ネット上の心無い連中が騒ぐんじゃないか――俺の心配は、数々のコメントにより払拭された。

「今だって辛くて悲しくてしょうがないだろうに、高校生でここまでしゃべれるってすごい」「誰だよこの子、エンコー少女とか言ってた奴!　今すぐ出てきて謝りな!」「心菜ちゃん、すごいいい女の子。記事見て涙が出た」「悲惨な事件がようやく解決に向かいました。本人が言うとおり、これからは普通に生きていってほしい」「たくさんのアンチコメント、私も見ていて不快でした。大丈夫、この世界にはあなたの味方がたくさんいます」――

心菜が大きな目をぱちくりとさせ、顔を覆った。堰を切ったように溢れ出す涙を拭う心菜の肩を、橋場が何度も撫でた。

「心菜、すごいよ。心菜のひと言で、世論が引っくり返っちゃった！」

「わたし……別にそんなつもりじゃ……思ったこと、言っただけで……」

「その、思ったことを言うことがすごいことなんだよ！　なかなか普通は、こんなことできないんだから!!」

俺は安堵の涙を流す心菜の隣にそっと、寄り添った。車の中は狭いけれど、幽霊の身だったら関係ない。

心菜、お前はほんとに、俺の自慢の彼女だよ。大人たち相手にあんなにはっきり物を言える子なんて、そうそういないんだから。

俺、心菜の彼氏でよかった。

心菜を好きになってよかった。

「二人とも、お腹空いてない？」

助手席から橋場の母ちゃんが言う。時刻は既に二十四時を回っていた。

「空いたー！　めっちゃ空いた！　どこでもいいからご飯食べに行きたい」

「じゃあ事件の解決祝いに、どこかでファミレスにでも入りましょうか。好きなだけ食べなさい」

ハンドルを握りながら心菜の母ちゃんが言って、橋場がやったぁ、と声を上げた。

心菜は涙の筋が残る頬で微笑んでいた。

迷宮入りかと思われた事件は、ようやく終わった。

心菜はもう、復讐を考えてはいない。

だったら俺はもう、この世に必要ないんじゃないのか――

気が付けば、タイムリミットの49日間まであと五日しかなかった。

お世辞にもきれいとは言えない店内、カウンター席に六つのテーブル席。本棚には、ひーくんが小学校の頃に読んで影響を受けたという八十年代の不良漫画がわんさか置かれている。

そんな「及川食堂」が再開したのは、夏休みも終わりかけた頃だった。

「今でも嫌がらせの電話とか、脅迫文みたいな手紙とか、時々あるんだけどね。それでも一時期に比べればずいぶん少なくなったし。だいたい私たちがいつまでもふさぎ込んでたら、あの子が喜ばないでしょう」

わたしには生姜焼き定食。なつきには卵とじかつ丼定食を持ってきたひーくんのおばさんが言う。葬儀の時にはやつれ切っていた顔が、少し生気を取り戻しているように見えた。

「やり始めると、すぐに常連のお客さんがたくさん来てくれてね。頑張ってね、負けないでね、なんて応援してくれて、ちょっと高いもの頼んでくれたりするのよ。そういうのが嬉しくてね。いつまでも家にこもってぼうっとしているよりは、店をやっていたほうが気持ちも明るくなるわ」

「ひーくん、きっと、喜んでいると思います。おばさんは、元気で明るいのがいちばんだし」

そうだよね……？　今もきっと横にいる、ひーくんに問いかける。なつきは卵とじかつ丼をひと口かじり、おいしー！　と感想を元気いっぱいに口にする。

「やっぱりここの卵とじカツ、最強ですよー！　うちのお母さんのよりもおいしい！」

「それはうちの名物だからね。聖もこれが大好きだった」

目を少しだけ潤ませながら、おばさんが言う。

事件は、解決した。でも「解決」ということは、「終わる」ということとイコールじゃない。

これから恩地さんの裁判が始まり、被害者遺族としておばさんやおじさんも裁判に関わることになるだろう。恩地さんが影山に恨みを抱き、間違ってひーくんを殺してしまったという悲しい真相を、おばさんはどう受け止めているのか……

「犯人がどうしようもなく悪い奴だったら、わたしたちも少しは楽になれるんだけどね」

時刻は午後三時、ランチには遅過ぎて夜ご飯には早過ぎる微妙な時間。お客さんがわたしたちだけなのをいいことに、おばさんがわたしの隣に腰掛けた。

「娘さんがいて、事故で死んでしまってて、影山とかいう子を恨んでいて、間違ってうちの聖を……だなんて。正直、やりきれないよ」

わたしの内心に答えるように、おばさんが言った。

わたしも同じ気持ちだった。恩地さんをまっすぐ憎めたら、あるいは影山をまっすぐ憎めたら、いくらか心が楽になっただろう。

でもそれができないのは、恩地さんが自分なりの正義に基づいて凶行に走ったからだ。

「あの刑事さんの立場に自分が立ったなら、と思うとね。わたしも同じことをしていたかもしれないし。どちらにしろ、あの人のことは一生許せないと思うよ。許してしまったら、聖にも申し訳ないし」

「わたしも同じです。でも――」

隣にいるはずのひーくんに伝えるように。わたしは出来るだけ優しい言葉を選んで紡ぐ。

「でも、誰かを憎みながら生きていくっていうのは、とても悲しいことだから。ひーくんもそんなことは、望んでいないと思うから。許せなくても、辛くても、わたしたちは目の前のことを一生懸命やるしかないんじゃないでしょうか？　ひーくんも、それをいちばん望んでいるんじゃないかなって」

「心菜ちゃんは本当に聖には勿体ない、立派な子だね」

おばさんが笑った。目尻に何本も、笑い皺ができた。

「最後に心菜ちゃんを守れたのは、聖がやったこの世で唯一のいいことだよ。あとはもう、親に心配かけてばっか」

「わたしもたくさん心配させられました」

「うちの旦那、元不良でね。うちにある漫画も、旦那が集めてきたものなんだよ。それが良くなかったね。小学生って柔軟だから、モロに影響受けちゃって」

「ひーくんのおじさん、不良だったんですか!?」

思わず声に出してしまう。カウンターの中にいるおじさんが苦笑して言った。

「あの子を見ていると、過去の自分を見ているみたいな気持ちになったよ。だからなんとしてでも止めなきゃな、って思って。毎日喧嘩ばっかりだった。今思えばもっと、あいつの話をちゃんと聞いてやればよかったな」

「ほんと意外ですねー。おじさん、今は元ヤンオーラゼロですよ」

なつきが言った。おじさんはもう一度苦笑した。

「そう言われると喜んでいいのか、悲しんでいいのか、わからなくなるねぇ。昔は聖なんて足元に及ばないくらい、喧嘩、強かったんだよ」

本当だか嘘だかわからないその話に、わたしとなつきはへーぇ、と声を合わせた。

お母さんの休みの日、車を出してもらって、高速道路で一時間。

わたしはなつき、実沙、智穂と海に来ていた。

まだまだ昼間は夏の盛りの暑さが残っているから、浜辺は人で溢れていた。浮き輪をつけたままはしゃぐ子どもたち。大学生ぐらいの幸せそうなカップル。女の子を口説くのに熱心な若者のグループ。

「なつき、ちょっとは手加減してよー！　うちらはあんたみたく、運動神経抜群じゃないんだよ？」

ビーチボールでわたしとなつき、実沙と智穂の対決。黄色いビーチボールがスーパーボールのごとく元気に夏空に跳ねる。陸上だけじゃなくて体育の科目ならすべて得意ななつきは、わたしの鈍重ぶりをしっかりカバーして、一人で点を取りまくっていた。

「みんな、そんなに動いてたら熱中症になるわよ。少し休憩しなさい」

「うわぁ！　ありがとうございます！　ありがとうございます!!」

なつきの声に実沙と智穂がありがとうございます！　と言葉を重ねる。

海の家でお母さんが買ってきたサイダー片手に、しばし休憩。白い泡がビールみたいにはじける波打ち際、その奥の漆黒の波、奥でキラキラ輝く水平線。すべてのものが美しく見えるのは、事件が解決して、心に美しいものを美しいと言える余裕ができたからなんだろうか。

「お母さん。なんでひーくん、ここにいないのかな……？」

隣で同じサイダーを飲むお母さんに聞いた。お母さんははたと顔を凍り付かせた。

「もしあの夜ひーくんとわたしが、あそこにいなかったら。ひーくんはきっと今も元気で、わたしに宣言した通りに不良をやめて、勉強とかもちゃんと頑張ってたのかもしれないのに……今日ここにだって、一緒に来れたのかもしれないのに。運命って、なんで残酷なんだろう」

「運命は、いつも残酷よ」

なつきたちはお母さんが一緒に買ってきたたこ焼きにぱくついていた。三人から距離を取り、親子だけの話が始まる。

「お父さんから付き合っている相手がいる、子どもができた、責任を取りたい。そう聞かされた時は、心菜と一緒に死のうかと思ったわ。こっちは育児で毎日戦争のような日々を送っていたっていうのに、なんてことをしてくれたんだろうって……正直、殺したいって思った」

離婚して以来、慰謝料をもらわない代わりに、お母さんは一度もわたしをお父さんに会わせなかった。わたしも特に会いたいと思わなかったし、お母さんをそんな気持ちにさせたお父さんのことはとても許す気にはなれない。「会わない」という選択肢が、わたしたちにはベストだった。

「でも、そんなことをされたってなんの慰めにもならないのに、何度も膝をついて謝って、最後は土下座までして……そこまでされたら、しょうがないか、って思っちゃったの。この人を殺したところでどうにもならないや、ってね」

お母さんが薄い化粧を施した顔で微笑んだ。お母さんの中でお父さんとの時間は、もう既に遠い過去になっている。

「離婚して一人で働きながら心菜を育てるのは、正直、楽じゃなかったわよ。子どもの頃の心菜は身体が弱くて一週間に一回は熱を出すから、そういう時は保育園にも預けられないし」

「……」

「でも今は、心菜がいて心底、良かったと思ってる。心菜がいたからこそ、お母さんは残酷な運命に立ち向かうこと、乗り越えることができたの。心菜はお母さんに、笑顔をたくさんプレゼントしてくれたわ」

「わたしにも、お母さんがいる」

復讐することはお前のお母さんを殺人者の母にすることだと、榊くんは言った。

今改めて、わたしはその言葉の意味を実感している。

こんなにわたしを愛情込めてしっかり育ててくれた人を、裏切りたくない。

お母さんが強くあったように、わたしもちゃんと、強くなりたい。

お母さんのために。ひーくんのために。

「心菜、ちょっと話があるんだけど」

実沙が神妙な面持ちで肩を叩いた。実沙の隣で智穂も真面目な顔をしている。いってらっしゃい、とお母さんが言った。

「無視したの、マジごめん。わたしたち、最低だった」

実沙と智穂が揃って頭を下げた。今日なつきが実沙たちを呼んだ時から、こういうふうに言われることはなんとなく想像がついていたから、別に驚きはしなかった。

「クラスのみんなが心菜のこと悪く言ってて、逆らったらうちらまで無視されるような雰囲気だったから……つい、周りに合わせちゃった。今ではほんと反省してる」

「ごめんね、心菜」

頭を下げたままの二人に向かって、わたしは優しく首を振ってみせる。

「実沙と智穂が罪悪感を持ってくれていてよかった。今ちゃんと謝ってくれて、よかった」

「心菜……」

「もしわたしが実沙たちの立場だったとしたら、わたしも同じことしてたかもしれない。わたし、そんなに強い人間じゃないもん。だから実沙と智穂のこと、ちっとも怒ってないよ」

「心菜——!!」

実沙が抱きついてきて、智穂もおさげを揺らして泣き出した。なつきが二人の後ろで、ふっと顔をほころばせた。

榊くんから携帯にメールが入ったのは、海から帰ってきて、水着を洗濯していた後のことだった。

既に夜は九時を過ぎている。あの事件があった日と、同じ時刻——妙な予感がしていた。嫌な予感じゃない、妙な予感。

『この前の公園で待っている。なるべく早く来てほしい』

それだけの素っ気ない、絵文字ひとつない文面が榊くんらしい。

ただ事じゃない雰囲気を感じて、ワンピースの上にパーカーを羽織り、自転車を走らせた。夏の終わりの夜気に、薄いパーカーがひらひらとはためいた。

榊くんは公園で待っていた。簡素な遊具がぽちぽちと点在しているだけの、素っ気ない児童公園。あの日最後にひーくんとしゃべった悲しい思い出の地であり、榊くんがその口を通じてひーくんの言葉を伝えてくれた、素敵な思い出の地でもある。

「こんな遅くにごめんな。家、大丈夫か?」

「コンビニ行くって言って出てきた。あんまり遅くなると、お母さん、心配する」

「それじゃあ手短に話そう」

榊くんがベンチに腰掛け、わたしも少し距離を置いて座った。すぐ傍に、ひーくんの存在を感じた。感じる、としか形容のできないこの空気感。温かくて、優しくて、でも強く触れればたちまち消えてしまいそうな儚い存在。

「恩地さんと百合さんを会わせた時と同じことがまた出来るんじゃないかって、思ったんだ」

「え⁉」

「正確に言えば、お前の彼氏に頼み込まれたんだけどな」

ふ、と榊くんがクールな口元をほころばせた。

「最初は無理だって断ったよ。あれができたのは、百合さんの霊の霊力が強かったからだ。長く地上にいたせいで、霊としてのパワーをそれなりに蓄えていた。でも死んだばっかりの聖に、同じことが出来るわけがない。理屈上は、そうなんだ」

ざわりと風が吹き、元気いっぱいに葉を伸ばしたセイタカアワダチソウを揺らす。

榊くんの言葉は続く。

「でも聖がじゃあ俺も頑張る、俺も霊力ってやつを蓄えてやる、なんて無茶苦茶言い出したから。仕方ないから、付き合ってやるかって」

「それで……できたの？」

「ものすごい大変だったよ。あんな高等な術、今日明日で習得出来るものじゃない。昼も夜も呪術の習得に費やした。受験生だってことも忘れるくらいにな。たぶん、次の模試の結果はさんざんだ」

「じゃあわたし、今からひーくんに会えるんだね……!?」

我知らず、声が昂る。榊くんが深く頷いた。

「今日でちょうど49日。聖が天界へ戻る日だ」

「うん……」

「どんな霊も天界へ戻る瞬間は、霊力が一時的に高まる。その瞬間を狙って、今からお前たち二人に術をかける」

榊くんに導かれ、わたしは立ち上がる。目を閉じるように言われ、両目を瞑った。

榊くんは青いお札をわたしの頭にかざして、何やら長い呪文を唱えていた。一分、二分、三分、五分、十分？　お経みたいな呪文がようやく終わったと思ったその瞬間、全身にこれまで感じたことのない火照りを覚えた。サウナに入っているような、うだるような暑さとは違う。身体じゅうが温かく、細胞のひとつひとつが喜んでいるような火照り方だった。

「もう、目を開けてもいいぞ」

榊くんに言われて、目を開けて、驚いた。わたしの身体はキラキラと金色に輝いている。まるで成仏していった悪霊たちのように、黄金色の粒が全身から発されている。

「――心菜」

ひーくんの声が、聞こえた。

ひーくんもわたしと同じ、金色に光に包まれていた。朝日が昇る瞬間のような黄金色を全身にまぶしたひーくんは、まるで天使みたい。生きていた時と変わらない金髪のヤマアラシヘア、両耳を彩るピアス、子どものような無垢な瞳。わたしはたまらず、ひーくんに抱きついた。

ひーくんに、また会えた。ひーくんに、触れられた。

「ひーくん、よかった……！　ひーくんにまた会えるなんて、思わなかったよぉ……!!」

「そんなに泣くなって。せっかくの再会なんだから、もっと喜べよ」

そう言うひーくんの顔を見上げて、不器用に笑ってみせた。

「俺はこれから天界に行くけれど、寂しがるなよ。俺たち、また絶対会えるんだから。心菜がこれから頑張って生きて、幸せになって、結婚して、子どもとか産んで、しわくちゃのおばあちゃんになって、天寿を全うして、天国に行った時。そん時は俺が迎えてやる」

「そんなに長く待つなんて、無理だよ……!! わたし、もっとひーくんと一緒にいたい。出来るならこのまま、ひーくんと一緒に天国に行きたい」

「それは、ダメだ」

ひーくんが低い声でずばりと言った。

「心菜にはこれからまだ長い、人生が待ってる。どうあがいても俺は死んだ人間で、心菜は生きている人間なんだ。生きている人間はその命が尽きるまで、必死こいて生きていく使命がある。心菜にはちゃんと、使命を全うして天国へ行ってほしい」

「ひーくんの使命は、なんだったの……?」

「心菜を守ること、だったのかもな」

なんて、生きていた時と変わらない笑顔を見せる。

最後に逃げろ、と言ったひーくん。自分の身体を張って、わたしを守ってくれたひーくん。たしかにもしかしたら、それがひーくんに課せられたこの世での使命だったのかもしれない。

だったらわたしはわたしで、ちゃんと自分の使命を見つけなきゃいけない。ひーくんのためにも、生きなきゃいけない。

「ひーくん、わかったよ」

涙を拭いながら言った。それでも涙はあとからあとから溢れてきて、止まらなかった。

「わたし、一生懸命生きる。いつか大人になって、仕事して、頑張って働いて。ひーくんが守ってくれた命だから、大切に使う」

「そのためなら、俺のことなんて忘れてくれたって構わねぇからな。ていうか、そのほうがいいんだ。心菜には俺を忘れる権利がある。俺を忘れて、もっと他に愛してくれる人を見つけて、その人と幸せな家庭を築くんだ」

「そんなこと、出来るかなぁ」

ひーくんを忘れるなんて、とてもじゃないけどできないし、したくない。前を向いて歩いていくのとは別で、いつでもひーくんのことは忘れずに、心のどこかにちゃんとひーくんの思い出が詰まった宝箱を入れておきたい。それは、いけないことなの……？

「出来るよ、心菜なら」

ひーくんが優しくわたしの髪を撫でた。

「心菜は本当に心が美しくて優しい、素敵な子だ。いつか必ず、俺よりいい奴が見つかる。そしたらそいつのこと、精一杯愛すんだ。俺にしてくれたのと、同じように。いや、それ以上に」

「ひーくん……」

「心菜が幸せになることが、俺の望みだよ」

ひーくんが微笑んだ。その顔が安っぽいホログラムのように透けていることに気が付いた。

「ひーくん……!?」

「残念だけども う、時間がない」

透けているひーくんが榊くんのほうを見て言った。

「榊、ありがとうな」

「こちらこそ。お前のおかげで、なかなかユニークな経験をさせてもらった」

ひーくんが今度はわたしを見た。黄金色の輝きは命が尽きる直前の星のように強くなり、その代わり身体はみるみるうちに透けていった。

「心菜、ありがとう。心菜のおかげで俺、幸せだった」

「ひーくん……!!」

泣き叫ぶわたしの唇を、ひーくんの唇が塞いだ。不鮮明だけどたしかに柔らかな感触があった。

それを最後に、黄金色の光がぱあっと砕け、渦を描いて夜空に上っていく。細い月がかかる八月の夜に吸い込まれるように、ひーくんの魂は天界へと召されていった。

後に残るのは、ざわざわと二人きりの公園に砂がこすれるような音を響かせる風だけ。

しばらくわたしも、榊くんも、何も言わなかった。わたしはなかなか、嗚咽を止めることができなかった。

もうこれで本当に、ひーくんには会えなくなっちゃったんだ――

「お前の彼氏は、最高だな」

榊くんがぽつんと言った。

「最後までちゃんと、お前のことを心配していた。お前が前を向いて生きていけるように、ありったけの言葉を振り絞った。心菜のことが、大好きだったんだな」

「榊くん、わたし――」

立ち上がり、涙で腫れた目をこする。いつまでも泣いて蹲ってちゃいけない。ひーくんにそう言われたような気がしていた。

「わたし、頑張るよ。ひーくんの気持ちに応えられるように。ひーくんがくれた命、ひーくんがくれた残りの人生、一ミリも無駄にしないように。わたしはわたしで、精一杯生きる」

「それがいい」

言って、榊くんがふと目を潤ませた。いつもクールな榊くんには似合わない表情だった。

「心菜。俺にも、二度と会えない大好きな人がいるんだ」

榊くんがベンチに座り、背中を丸めながら言った。わたしはそっとその隣に腰掛けた。

「うちの中学であったいじめ事件。その時自殺した折原安音《おりはらあんね》って女の子のこと、俺は、好きになった」

どう言葉をかけたらいいのか、わからなかった。いじめ事件の話をした時複雑な顔をした榊くんのことを思い出す。

「心菜、俺たちって、仲間みたいなもんだと思うんだ。もう二度と会えない相手を、思ってるってところが共通してる。もう絶対叶わない願いを抱いて、これからも生きていく」

「そうだね」

わたしはそっと榊くんの肩に手を置いた。中学生にしてはしっかりしている肩が、ほんの子どものもののように震えていた。

「ひーくんはああ言ったけど、わたし、そう簡単にひーくんのこと忘れられないと思う。榊くんだって、そうでしょう？」

「あぁ……」

「それでも、明日は容赦なくやってくる。すべての人に平等に、時間は流れる。それってすごく残酷な事だけど、人が人として生きていく上では、避けられないことなんだよね。受け入れられない運命でも、受け止めて生きるしかない」

いつまでも悲しみに囚われていたら、運命に負けるのと一緒だ。

わたしは、負けたくない。今までもこれからも生きていくんだから、希望を信じて、歩いていきたい。

「榊くんとわたしは仲間だよ。これからも何かあったらいつでも相談していいし、わたしは既に榊くんのこと、弟みたいなもんだって思ってる。お互いひーくんのこと、折原さんのこと。心の隅っこに大切にしまったまま、これからも生きていこう」

榊くんが小さく頷き、ちらりとそっぽを向いて、目元を拭った。

夜が少しずつ深さを増していた。

天国か地獄か？

頭痛ぇ。

目が覚めて最初に思ったのは、それだった。

腕と脚に徐々に力を入れていき、身体を起こす。起こすといっても床がない、上下左右白一色の空間なんだから「起こす」格好になっているだけ。それにしても頭が痛い。死んでるはずなのになんでこうも、頭が重だるいのかわからない。

「大丈夫？　君、さっきので相当霊力消耗したからねー」

能天気な声が降ってくる。声の主はあいつしかいない。

「死にたてホヤホヤの弱っちい霊が、無理してあんな高等呪術使うから。消滅することはないだろうけれど、相当霊体にダメージ来てるはずだよー？」

「うるせぇよ。これで良かったんだよ。最後に、心菜に会えたんだから」

こいつにはこんな感情、一生通じないだろうけど。

下から睨みつけると、天使はふふんと鼻をならす。

「あーあ、思ったよりつまんない展開になっちゃったなぁ。僕は君がどうやって復讐を果たすか、結構楽しみにしてたんだよ？　なのになんだか、いい話にまとまっちゃって。最後のほうは僕の出番もなかったし。あーあ、つまんなーい！」

「うっせーよ、それより早いとこ、成仏だろ!?　ささっとやってくれ!!」

まったく、天使なんだか悪魔なんだかわからない野郎だ。こんな性格悪い奴、不良の風上にも置けない。

天使はにやりと笑って、芸術作品みたいなきれいな顔を俺に近づけてきた。

「成仏ってのは、もうしてるよ。君が人間界を離れた時点で、もう成仏。あとは君が決めるだけ。天国に行くか、地獄に行くか」

「そうか……本当に、俺が決めるんだな」

「だから最初っからそう言ったじゃーん！　どこまでバカなの？　君」

こっちを挑発するような言葉だが、不思議と腹は立たない。心菜に会えたことで、俺の心は森の中の小さな湖みたいに静かで、生きてる時には感じなかった清らかさが心地いい。

「俺は、地獄行きの要件は揃ってるよな」

自分で言いながら、ため息が出そうになる。やれやれ、ほんとにろくでもない人生だった。

「単純に不良に憧れて、不良になって、親にも心菜にもたくさん心配かけて。良い事なんて、全然してない。俺が生きてる時にやった良い事って、心菜を守ったことくらいだ」

「たしかにね。それは神様もお褒めになられてるよー」

「でも、そんなのは関係ない。俺は天国へ行く」

ヘラヘラ笑う天使を見据えて、言った。

「心菜はいい子だから、死んだら間違いなく天国へ行くだろう？　約束したんだ。心菜がいつか長い人生を終えて天国に来たら、その時は俺が迎えてやるって。俺は天国でもう一度、心菜に会うんだ」

「はあぁ。最後まで君はとことんつまんないねぇ。ほんといい話過ぎっていうか、ベタなくらい感動的っていうか」

「ベタのどこが悪いんだよ。俺の正直な気持ちを言っただけだ」

天使が外国人がやるみたいに肩をすくめてみせた。実際に外国人みたいに彫りの深い顔立ちに金髪だから、違和感が全然ない。

「ま、了解したよ。及川聖、天国行きね。さ、案内するから遅れないようについてって」

「そんなに遠いのか？　天国って」

「そうでもないよ。ここから三十分くらいかな。まぁ飛べるんだから、身体が疲れることもないでしょ？」

俺の斜め前をひらひら飛びながら、天使は嬉しそうに言う。

「しかしまぁ、天国かー。天国も、いろいろ大変なんだよ？　これならかえって地獄にしておくべきだった、なんて言う魂も少なくなくてね……」

「ハァ!?　なんだよそれ、そんなの聞いてねぇよ!!」

「守秘義務だからね。これ以上は教えられない」

「お前がいいなって言ってた、俺のちょっと前に死んだっていう女の子。その子は、どっちに行ったんだ？」

「それも守秘義務。まぁ、成仏はしたよ」

天使の斜め後ろを飛びながら、俺は天国を目指す。

天国がいい場所で、地獄が恐ろしい場所。そんなの、人間が勝手に考えたことで、本当のところはわからない。行ってみないと、実際はわからない。

そもそも、死んだら本当に天使が出てくるのかって？　天国か地獄、選択制に出来るのかって？　死んだ後49日、オマケみたいな幽霊の時間があるのかって？

それは、死んでからのお楽しみだ。

「もうすぐ天国につくよ。聖クン」

天使が鼻歌でも歌い出しそうな声で言った。

2019年、冬

元号が変わった。

消費税が二度上がった。

携帯がスマホになり、大人から子どもまでみんながスマホ依存に悩まされる世の中になった。

そんな2019年、わたしは立派なアラサーと言われる年齢に差し掛かっていた。

「心菜ちゃんは俺の想像通り、めっちゃ綺麗なお姉さんになったよなぁ。うちのなつきとは、まさに月とスッポン」

「誰がスッポンよ!!」

小さな地元の駅、三年前に新しく建設されたロータリー。ぴかぴかのベンチの上で、なつきが笹原くんの頭をはたいている。まっ黄色に染まったイチョウの葉が、風にくるくる回りながらなつきのパンプスの爪先に落ちる。

あの頃より少し伸びたなつきの髪、今は建設会社の営業をやっているというかつての不良の面影はまったくない笹原くんの黒髪。いろいろ変わったことはあるけれど、いちばん変わったのが二人が五年前から付き合い始め、一年前についに結婚したことだ。

付き合うまでにはかなりいろいろあったらしいけれど、まぁそれは、どこかまた、別のお話で。

「心菜ちゃんは今、事務だっけ？」

「うん。今年いっぱいで退職するけど」

「落ち着いたら職場、復帰するんでしょ？」

「まだ考え中。十年後も二十年後も、ずっと今の仕事やっていくかって考えたら、微妙だし。高校生の頃は想像もしなかったけれど、大人になるとややこしいこと、いっぱいあるよね」

「たしかにねー。うちも早く子ども欲しいんだけどさぁ、なんせ仕事がジムのトレーナーじゃん？　子ども産んだ後にしっかり減量しないと復帰できないしねー」

すっかり大人という年齢に差し掛かったわたしたち三人を見守るように、イチョウの葉がさわさわと揺れる。黄色い葉っぱがまたひとつ、今度はわたしのバッグの上に落ちた。

電車がやってきて、改札口から四人が現れる。電車の中で合流したんだろう、四人はすっかり打ち解けた雰囲気だ。

「心菜さん。久しぶりだね」

十年ぶりに見る恩地さんの顔。あの頃より少し痩せて、髪の毛にも白髪がだいぶ混ざっている。十年に及ぶ刑務所生活は、この人の内面に様々な変化を起こしたに違いない。

「今日は電話をくれてありがとう。とてもいい機会をもらえて、嬉しかった」

「いえ。わたしも今日はひーくんに大事な報告があるし、どうせだったら人数は多いほうがいいかなって」

「ちょっと多過ぎる気もしなくもないけどな」

笹原くんが笑った。わたしとなつきと笹原くん、さらに恩地さんに魚住さん、影山に榊くん。年齢も性別もバラバラ、一見すると繋がりのまったくわからない組み合わせだ。

「じゃ、行くか」

榊くんが中学生の頃よりも低くなった声で言った。わたしたちは頷き、歩き出す。

ひーくんのお墓は地元の駅から徒歩十分、小さな霊園にある。灰色の墓石がマンションみたいに軒を連ねた一角、隅っこにひーくんのお骨は納められていた。今でもひーくんのおじさんとおばさんが時々来ているらしく、きちんと花が手向けられている。わたしたちは途中で買った花を足し、ひしゃくでお水を撒《ま》いて、用意しておいた線香をあげた。一人一人順番に、天国のひーくんへ向かって祈りを捧げる。

まずは笹原くん。不良を卒業した後、頑張って大学に受かり、今は建設会社の営業マン。なつきと結婚も果たして、順風満帆な人生を送る中でも、この人はかつて拳を交わし、ひっそり絆を育てたひーくんのことを思っている。たっぷり二分ほど手を合わせた後、笹原くんは涙を滲ませて言った。

「聖、お前、天国でも元気でやれよな……！」

ぽん、と笹原くんの肩に手を置き、なつきがバトンタッチする。

高校時代からの恋を長期戦で叶え、大学に進学し、今も大好きなスポーツの仕事に関わり続けているなつき。なつきにとって犯人を追い、わたしのために泣いたり怒ったりしてくれたあの夏は、今でも特別だ。

「次。恩地さん」

なつきに指名され、恩地さんが神妙な面持ちで歩み出る。

正義の象徴であるはずの刑事が残酷な殺人事件を起こし、しかも事件後隠ぺい工作に走ったということで、検事側は恩地さんを厳しく責め立てた。一方で恩地さんが百合さんを亡くして悲嘆に暮れていたこと、影山の言動を今でも許せなかったということを、弁護側は一貫して訴えた。

それでも、人一人の命を殺めてしまったという罪は一生かけても償いきれるものじゃない。

　恩地さんには懲役十年という実刑判決が下った。刑務所の中で恩地さんはひーくんのおじさんおばさんと、わたし宛てに、一か月に一度手紙をくれた。恩地さんは手紙の中で何度もわたしに詫《わ》びた。

　許してほしい、とは言わないし、言う権利もない。

　本当に申し訳ない。ごめんなさい。他に言うことはない——と。何度も何度も。

　恩地さんの後で魚住さんが前に出て、ひーくんに祈りを捧げる。あの頃は不良なんて許さない、不良が事件に巻き込まれても自業自得だ……なんて、刑事にあるまじき考えを持っていた魚住さんも、この十年でずいぶん変わった。有体に言えば、丸くなった、って言うのかな。とげとげした雰囲気が消えて、人間としてだいぶまろやかになった。

　事件後、恩地さんに代わってわたしを個人的にフォローしてくれたのはこの人で、魚住さんがいたからこそ、わたしは恩地さんと今日まで繋がり続けることができた。魚住さんはすぐ傍にいた犯人に気付けず、何より大事な先輩の凶行を止められなかったことをひどく悔やんでいた。わたしたちの事件は、魚住さんにとっても転機になったんだ。

　今は魚住さんは刑事を続ける傍ら、不良少年の更生に携わっている。あの事件から

お手数ですが
切手をおはり
ください。

郵便はがき

104-0031

東京都中央区京橋1-3-1
八重洲口大栄ビル7階

スターツ出版(株)　書籍編集部
愛読者アンケート係

(フリガナ)
氏　名

住　所　〒

TEL　　**携帯／PHS**

E-Mailアドレス

年齢　　**性別**

職業
1. 学生(小・中・高・大学(院)・専門学校)　2. 会社員・公務員
3. 会社・団体役員　4.パート・アルバイト　5. 自営業
6. 自由業（　　　）　7. 主婦　8. 無職
9. その他（　　　）

今後、小社から新刊等の各種ご案内やアンケートのお願いをお送りしてもよろしいですか？
1. はい　2. いいえ　3. すでに届いている

※お手数ですが裏面もご記入ください。

お客様の情報を統計調査データとして使用するために利用させていただきます。
また頂いた個人情報に弊社からのお知らせをお送りさせて頂く場合があります。
個人情報保護管理責任者：スターツ出版株式会社 販売部 部長
連絡先：TEL 03-6202-0311

愛読者カード

お買い上げいただき、ありがとうございました！
今後の編集の参考にさせていただきますので、
下記の設問にお答えいただければ幸いです。よろしくお願いいたします。

本書のタイトル（　　　　　　　　　　　　　　　　　　　　　　　　）

ご購入の理由は？　1. 内容に興味がある　2. タイトルにひかれた　3. カバー(装丁)が好き　4. 帯(表紙に巻いてある言葉)にひかれた　5. 本の巻末広告を見て　6. 小説サイト「野いちご」「Berry's Cafe」を見て　7. 知人からの口コミ　8. 雑誌・紹介記事をみて　9. 本でしか読めない番外編や追加エピソードがある　10. 著者のファンだから　11. あらすじを見て　12. その他

本書を読んだ感想は？　1. とても満足　2. 満足　3. ふつう　4. 不満

本書の作品を小説サイト「野いちご」「Berry's Cafe」で読んだことがありますか？
1.「野いちご」で読んだ　2.「Berry's Cafe」で読んだ　3. 読んだことがない　4.「野いちご」「Berry's Cafe」を知らない

上の質問で、1または2と答えた人に質問です。「野いちご」「Berry's Cafe」で読んだことのある作品を、本でもご購入された理由は？　1. また読み返したいから　2.いつでも読めるように手元においておきたいから　3. カバー(装丁)が良かったから　4. 著者のファンだから　5. その他（　　　　　　　　　　）

1カ月に何冊くらい小説を本で買いますか？　1. 1～2冊買う　2. 3冊以上買う　3. 不定期で時々買う　4. 昔はよく買っていたが今はめったに買わない　5. 今回はじめて買った

本を選ぶときに参考にするものは？　1. 友達からの口コミ　2. 書店で見て　3. ホームページ　4. 雑誌　5. テレビ　6. その他（　　　　　　　　　　）

スマホ、ケータイは持ってますか？
1. スマホを持っている　2. ガラケーを持っている　3. 持っていない

ご意見・ご感想をお聞かせください。

文庫化希望の作品があったら教えて下さい。

生活の中で、興味関心のあること、悩みごとなどあれば、教えてください。

いただいたご意見を本の帯または新聞・雑誌・インターネット等の広告に使用させていただいてもよろしいですか？　1. よい　2. 匿名ならOK　3. 不可

ご協力、ありがとうございました！

十年以上が経ち、ヤンチャしてる子は表面上は少なくなった。でもそれはあくまで表面上のことで、今でもひーくんや影山みたいに、世の中と折り合いをつけられずに不器用に生きている子はいる。

「そういう子は家庭に問題を抱えている場合が非常に多いんだ。極度の貧困家庭に育ったり、親から暴力を受けたりしていてね。彼らの痛みに、まずは向き合ってやらなくちゃいけない。更生は、その次だ」

いつだったか、魚住さんはわたしにそう言った。不良を毛嫌いしていた魚住さんなのに、ものすごい進歩だと思う。

人って、いくつになってもいくらでも変われるんだ。

魚住さんの後には影山が前に出る。事件の後、影山は街を出た。人を殺したことがある、なんて悪ぶることを止め、そんな自分の言動を面白がる仲間たちから距離を置き、東京に出た。大都会での影山での生活は、決して楽じゃなかった。少年院内の中学しか出てない影山に就ける仕事は限られている。工場、コールセンター、コンビニ、スーパー、建設現場。いくつものバイトを転々とする生活は、影山の中にも変化をもたらした。

三年前、ＳＮＳを通じて連絡をくれた影山は、動画サイトの編集をやっていた。意外にも影山は、パソコンを操り、効果的な演出を加え、人目を惹く動画作りに才能を発揮した。バイト生活で知り合った今どきのアイドル風のイケメンとコンビを組んで、動画サイトに自分のチャンネルを持っていた。チャンネルは好評で、影山の「相棒」はネット世界では有名人になっていた。あくまで裏方に徹する影山だけど、動画サイトのお陰でバイト以外にも定期収入ができ、生活も楽になったと言う。

「及川聖が殺されたのは、俺のせいだ。俺は百合さんを殺し、間接的に関係のない人まで殺してしまった。心菜さん。本当にごめん――」

だいぶ雰囲気の変わってしまった黒い頭を下げ、影山がわたしに謝ったのは二年前のこと。わたしは影山に言った。

「そういうふうに思うなら、ちゃんと生きていってください。ひーくんのこと、百合さんのこと、時々は思い出してください。自分の罪から逃げないで、生きてください」――

だいぶ長いことひーくんに祈りを捧げていた影山の後、榊くんが前に出る。

榊くんは大学の心理学部に進み、臨床心理士の資格を取った後、スクールカウンセラーとして働いている。あの後、榊くんから改めて安音さんの話を聞いた。いじめを苦に自殺してしまったたった十四歳の女の子が過ごすことになった、波乱万丈の49日間の日々。悪霊との対決、自分をいじめていた子たちとの和解、決して仲が良いとはいえなかった家族と心を通じ合わせたこと。そして、榊くんと安音さんの間に芽生えた、ほのかな感情。

「榊くんは誰かと付き合ったりとか、しないの？」

あの夏からも「仲間」として定期的に連絡を取り合っているわたしたち。わたしが二十二歳で、榊くんがハタチの頃。一度だけ、そう聞いてみたことがある。榊くんは少しだけ困ったような表情を浮かべた。

「いいな、と思った子は何人かいるよ。デートもしたことがある。でも、いつもそれ以上には進めない」

「わたしも似たような感じかな」

当時、わたしは大学で知り合った男の子からかなり積極的なアプローチを受けていた。顔も頭も良かったし、有名企業に就職が決まっていた男の子で、ひーくんのことを知らない周囲からはなんで付き合わないのかと不思議がられていた。

「別に、忘れない、って自分で決めることはないと思うよ。ただ」

「ただ？」

榊くんはどこか遠い一点を見つめる瞳で言った。

「ただ、無理はしたくない。無理をすれば相手にも自分にも、結果的に良くないことになる気がする」

「――そう、だよね」

そのひと言で、新しい恋愛に踏み出せないわたしの気持ちはずいぶん楽になった。

榊くんの後、ようやくわたしの番が来る。ざわわ、と風が吹いて欅の梢を揺らし、赤茶色の葉っぱが十二月の午後の光を受けてキラキラと妖精のように舞う。

手を合わせ、目を閉じ、ひーくんと向き合う。

ひーくん、どう？　元気でやってる？

わたしはね、今でも時々ひーくんの夢を見るよ。夢の中ではひーくんは死んでいないことになってて、だからわたしもひーくんが生きてててもちっとも不思議じゃなくて、手を繋いだり、一緒にアイスクリームを食べたり、抱き合ったりしながら無邪気に笑ってるの。

だから目が覚めた途端、ひーくんはもういない、今のは夢だったんだ、って思う度世界が終わるんじゃないかと思うくらい悲しくなるよ。ひーくんはわたしにとって、今もそれだけ大きな存在なの。

でもね、それを超える存在が、わたしにもできたんだ。

わたしね、今、妊娠四ヵ月なの。相手は、同じ会社の営業部で働いてる三つ年上の男の人。ひーくんとは全然違うタイプだけど、真面目ですごく優しいの。

いわゆるできちゃった婚ってやつなんだけれど、わたしのお母さんも相手のご両親も祝福してくれてるし、来月には結婚式を挙げるんだ。

……どう？　ひーくん、怒ってる？　わたしと結婚するその男の人に、これから生まれてくる赤ちゃんに、少しは嫉妬してくれる？

でもね、わたし、その人のこと精一杯愛せそう。生まれてくる赤ちゃんのことだって、全力で愛せそう。妊娠がわかった時から今まで、心が幸せでいっぱいなんだ。

ひーくんと一緒にいる時以来だよ。こんな気持ちになったの。

ひーくん。わたし、ひーくんのことは忘れないよ。ひーくんはわたしが最初に愛した人で、最高に愛した人。そのことは今までもこれからも、変わらない真実。

ひーくんとの思い出を抱きしめながら、ひーくんの存在を感じながら、わたしはこれからも生きていく。

そして、しわくちゃのおばあちゃんになって天国へ行ったら、そこで迎えてくれるのはひーくんだもんね。

だからわたし、頑張るよ。大好きな人のために。大切な赤ちゃんのために。

そっと目を開けると、温かい涙がひと雫頬を滑った。欅の梢がざわざわ揺れて、また赤茶色の葉が舞い落ちる。

ひーくんのいる場所へまっすぐ続いていくような青空が、欅の後ろに広がっていた。

〈完〉

あとがき

まずはこの本を手に取ってくださった皆様、ありがとうございます。

この作品は二〇一〇年頃に「野いちご」で掲載した作品に加筆修正を加えたものです。

タイトルからして、「あの榊と安音の物語が再び読めるのでは」と期待していた皆様、ごめんなさい。榊と安音のその後ストーリーは、どうしても書きたくなかったのです。二人のその後は、読者それぞれの頭の中にあってほしいと思うからです。

さて、作品に移りますが、この作品は二〇一〇年に西日本で高校生の男の子が殺害された未解決事件をモチーフにしています。殺害方法や主人公のキャラクター等は異なりますが、殺害された男の子が茶髪にしていたことで「不良」だと周りからレッテルを貼られ、ネット上でひどいバッシングを受けたことは事実です。今もこの事件を検索すると、色々な憶測や批判が飛び交っています。

犯人を逮捕すること以上に大切なことなんてないはずなのに、事件の本質と違うところで被害者のほうが世間から叩かれる世の中に、当時、私は強い憤りを覚えました。その憤りが、作品を生み出す原動力になりました。幽霊少年とその彼女の物語、というだけではなく、犯人捜しに重きを置き、苦手なミステリー仕立てにしたのも、せめて物語の中だけでは犯人が捕まって、事件を終わらせたいという思いからです。

この世の中では、毎日悲惨な事件や事故のニュースが後を絶ちません。でも報道されるのは、事件が遭った直後だけ。次から次へと事件や事故は起きるので、世間の関心もすぐにそちらに移ってしまい、世間から忘れられた事件の一方で、被害者たちはやりきれない苦しみに苛まれます。

どうかそういう方たちが現実にたくさんいることを、忘れないでいてほしいと思います。そして当たり前に幸せな生活が当たり前に送れることに、感謝してください。

誰だっていつ、被害者になるかわからないのですから。

最後に、編集担当さま、素敵なカバーイラストを描いてくださったげみさん、校正の方々、印刷所の方々、その他この作品に関わってくださったすべての方に、改めて感謝の念を送ります。

櫻井千姫

この物語はフィクションです。実在の人物、団体等とは一切関係がありません。

櫻井千姫先生へのファンレターのあて先
〒104-0031　東京都中央区京橋1-3-1　八重洲口大栄ビル7F
スターツ出版（株）書籍編集部 気付
櫻井千姫先生

天国までの49日間
～アナザーストーリー～

2019年12月28日　初版第1刷発行

著　者　　櫻井千姫　

発 行 人　菊地修一
デザイン　西村弘美
発 行 所　スターツ出版株式会社
〒104-0031
東京都中央区京橋1-3-1　八重洲口大栄ビル7F
出版マーケティンググループ　TEL 03-6202-0386
（ご注文等に関するお問い合わせ）
URL　https://starts-pub.jp/
印 刷 所　大日本印刷株式会社

Printed in Japan

ISBN　978-4-8137-0806-3　C0193

スターツ出版文庫　好評発売中!!

『陰陽師・榊原朧のあやかし奇譚』　御守《みもり》いちる・著

祖父の死から怪奇現象に悩まされる志波明良22歳。幽霊に襲われたところを絶世の美貌を持つ陰陽師・榊原朧に救われる。榊原に除霊してもらった志波だが、高額な除霊料に加え、大事な壺を割ってしまう。借金のかたに彼の下で“シバコロ”と呼ばれ、こき使われるが…。榊原は腕は一流だが、実はかなりのくせ者！そんな榊原の無茶ぶりに振り回されながらも、依頼主たちの心に潜む“謎”を解くため奔走する志波。凸凹コンビは皆の救世主になれるのか…⁉

ISBN978-4-8137-0792-9 ／ 定価：本体590円＋税

『このたび不本意ながら、神様の花嫁になりました』　涙鳴《るいな》・著

昔からあやかしが見えることに悩まされてきたＯＬの雅、25歳。そのせいで彼氏には軒並み振られ、職場にもプライベートにも居場所がなかった。しかしある日、超イケメンの神様・朔が「迎えにきたぞ」と現れ、強制的に結婚することに⁉　初めは拒否する雅だが、甘い言葉で居場所をくれる朔との夫婦生活は思いのほか居心地がよく、徐々に朔を受け入れる雅。だがこの夫婦生活には、過去に隠されたある秘密が関係していた…。胸キュン×癒しの“あやかし嫁入り”ファンタジー小説！

ISBN978-4-8137-0793-6 ／ 定価：本体640円＋税

『さよならの月が君を連れ去る前に』　日野祐希《ひのゆうき》・著

幼馴染の真上雪乃が展望台の崖から身を投げた。その事実を現実のものと信じることができない、高校二年の連城大和。絶望のなか、大和は一冊の不思議な本と出会い、過去の世界へとタイムリープに成功する。運命を変え、雪乃の死を回避させるべく、ありとあらゆる試みに奔走するが、大和の献身的な努力とは裏腹に、ある日雪乃は驚きの事実を打ち明ける……。最後の賭けに出たふたりに待つ衝撃の結末は⁉　スリリングな急展開に、一気読み必至！

ISBN978-4-8137-0794-3 ／ 定価：本体580円＋税

『君を忘れたそのあとに。』　いぬじゅん・著

家庭の都合で、半年ごとに転校を繰り返している瑞穂。度重なる別れから自分の心を守るため、クラスメイトに心を閉ざすのが常となっていた。高二の春、瑞穂は同じく転校生としてやってきた駿河と出会う。すぐにクラスに馴染んでいく人気者の駿河。いつも通り無関心を貫くつもりだったのに、転校ばかりという共通点のある駿河と瑞穂は次第に心を通わせ合い、それは恋心へと発展して…。やがてふたりの間にあるつながりが明らかになる時、瑞穂の“転校”にも終止符が打たれる…⁉

ISBN978-4-8137-0795-0 ／ 定価：本体570円＋税

スターツ出版文庫　好評発売中!!

『ご懐妊!! 2～育児はツライよ～』砂川雨路《すながわあめみち》・著

上司のゼンさんと一夜の過ちで赤ちゃんを授かり、スピード結婚した佐波。責任を取るために始まった関係だったけど、大変な妊娠期間を乗り越えるうちに互いに恋心が生まれ、無事に娘のみなみを出産。夫婦関係は順風満帆に思えたけれど…？育児に24時間かかりっきりで、“妻の役目”を果たせないことに申し訳なさを感じる佐波。みなみも大事だし、もちろんゼンさんも大事。私、ちゃんと“いい妻”ができているの——？夫婦としての絆を深めていくふたりのドタバタ育児奮闘記、第二巻！

ISBN978-4-8137-0796-7 ／ 定価：本体580円＋税

『お嫁さま！～不本意ですがお見合い結婚しました～』西《にし》ナナヲ・著

恋に奥手な25歳の桃子。叔父のすすめで５つ年上の久人と見合いをするが、その席で彼から「嫁として不足なければ誰でも良かった」とまさかの衝撃発言を受ける。しかし、無礼だけど正直な態度に、逆に魅力を感じた桃子は、彼との結婚を決意。大人で包容力がある久人との新婚生活は意外と順風満帆で、やがて桃子は彼に惹かれていくが、彼が結婚するに至ったある秘密が明らかになり…⁉ “お見合い結婚”で結ばれたふたりは、真の夫婦になれるのか…⁉

ISBN978-4-8137-0777-6 ／ 定価：本体600円＋税

『探し屋・安倍保明の妖しい事件簿』真山《まやま》 空《そら》・著

ひっそりと佇む茶房『春夏冬《あきなし》』。アルバイトの稲成小太郎は、ひょんなことから謎の常連客・安倍保明が営む“探し屋”という妖しい仕事を手伝わされることに。しかし、角が生えていたり、顔を失くしていたり、依頼主も探し物も普通じゃなくて⁉　なにより普通じゃない、傍若無人でひねくれ者の安倍に振り回される小太郎だったが、ある日、安倍に秘密を知られてしまい…。「君はウソツキだな」——相容れない凸凹コンビが繰り広げる探し物ミステリー、捜査開始！

ISBN978-4-8137-0775-2 ／ 定価：本体610円＋税

『そういふものに わたしはなりたい』櫻《さくら》いいよ・著

優等生で人気者・澄香が入水自殺⁉　衝撃の噂が週明けクラスに広まった。昏睡状態の彼女の秘密を握るのは５名の同級生。空気を読んで立ち回る佳織、注目を浴びようともがく小森、派手な化粧で武装する知里、正直でマイペースな高田。優しいと有名な澄香の恋人・友。澄香の事故は自殺だったのか。各々が知る澄香の本性と、次々に明かされていく彼らの本音に胸が掴まれて…。青春の眩さと痛みをリアルに描き出す。櫻いいよ渾身の書き下ろし最新作！

ISBN978-4-8137-0774-5 ／ 定価：本体630円＋税

書店店頭にご希望の本がない場合は、書店にてご注文いただけます。